編輯樣

P_P

王聰威

/序

我的敝帚自珍的文學雜誌

我喜歡的雜誌樣子，如果以室內裝潢來比喻的話，我喜歡客廳、廚房、浴廁、臥室、書房、遊戲間、陽台、儲藏室俱有的清楚格局，不太喜歡所謂的極簡風，全部打通成一片的樣子。當然不是每個人都那麼有錢，買得起足以做得這麼徹底的寬綽房子，得好好利用有限空間。像我家就是，因為只有十來坪的關係，所以將客廳的兩面牆做滿頂到天花板的書架，正中央擺上一張大書桌做為工作的地方，然後把從品東西買來的小木頭沙發、長方形小木桌、用幾十年老門板改裝的古董長凳和 ipod 音響組合湊在一側，成了迷你客廳。沒有陽台，可是我又很喜歡盆栽，於是又在迷你客廳的一角，把野生蕨類放到雜物櫃上，鵝掌藤放到喇叭上，翠綠植物搭配溫暖顏色的木頭，襯著黑色鍛鐵 CD 架、白色的落地窗簾，我自認為這是家裡最有法國風的地方。就算在小不啦幾的房子裡，我還是喜歡這樣，一方面擁有親密的共同氣氛，但另一方面稍微走動或眼睛瞄一下，就能有身處不同空間的感覺。

如果是我以前參與的 *marie claire* 這類國際時尚雜誌所處理的龐大內容、試圖滿足的讀者複雜需求、可以給予的製作版面預算，大概就得用豪宅規劃或都市計劃來做比喻更符合實況，但文學雜誌從來不可能是什麼大議題雜誌，就算主題做的是莎士比亞、契訶夫或張愛玲都一樣，比較像是上面說的，一間舊公寓或一棟大樓裡的一戶小套房，在種種的限制之下，既不適合號召熱血激憤的革命宣誓，也不宜展開徹夜狂歡的派對，想要邀請進來的，無疑是少數熟悉彼此心意的友人。

有人是第一次來，所以不免要先聊聊野生蕨類，聊聊白窗簾，翻翻架上的書本和CD或是摸摸大桌子，問是哪裡買來的，雖然品味不可能都一樣，但是希望他們能在隨處角落，發現有些微不足道的驚喜物件，而因為發現這驚喜，所以擁有小小的幸福感。有人來了多次，熟悉了這房子，自己懂得去泡咖啡，幫植物澆水，挑自己喜歡的CD去播放，為其他人煮盤義大利麵什麼的，如果有心情的話，就拍拍照片，然後大家一起舒舒服服地窩著說話，說說家裡的事和孤獨的事。我喜歡的事物，為什麼會哭會笑，友人也喜歡或是能理解，反過來也一樣。正因為太舒服了，有時候連腳曲著麻掉了都沒發覺，只好一跛跛地站起來上廁所，甚至一整夜相處下來，一句話都沒聊到文學也沒關係，已經感到扎扎實實的滿足了。

「下次來的時候，再好好聊聊文學吧。」彼此這樣約定著，互道再見。

要是被人家說「這樣的話，非常敝帚自珍」也沒辦法，如果做一本雜誌沒有任何可以敝帚自珍的地方，那真不曉得做雜誌有什麼樂趣可言。

目次

296 期

296 期 UNITAS A LITERARY MONTHLY 2009
聯合文學
二〇〇九全國巡迴文藝營熱烈招生中
聯合文學小說新人獎即將截止
林崇漢↓畫出活靈活現高信疆
甘耀明↓小說《天公伯青瞑》
陳芳明↓書寫就是旅行
理論派歌手張懸╳搖滾系教授李明璁
五張聲音明信片．十三種無與倫比的聲線
阮慶岳↓幽微的與必遠揚的
耿一偉↓天使忙碌的聲音
吳柏蒼↓心跳的回聲
韓良露↓追憶台北的晨光、晨音與吃早餐
劉克襄↓點示歲月的鳥鳴
馮光遠↓旋轉吧！紅酒與黑膠！
台北聲音日記24時
Taipei Soundscape
Taipei
ISSN 1017-0898
NT$ 180
6

應許之地

媽媽掛掉電話，嘆了口氣，搖搖頭。

「怎麼了？」我說。

「唉，你阿舅都打第三通電話來了。」她說，「問你要不要填成大商學系，以後去他的紡織公司上班？」

我坐在餐桌前，桌上吃了半塊的煎黑甕串魚和一小碟炒菠菜還沒收掉。兩樣都是我愛吃的菜，讓我有點想再添碗飯，那時我還非常瘦，只有四十六公斤而已，可以多吃一點沒關係。

那時候，光聽ABBA一九七五年發行的「SOS」都會安靜地流眼淚。一直倒帶反覆聽，心裡抑止不住地跟著哼唱，像真的在朝誰吶喊呼求似的。

「你不用理他啦。」媽媽說，「你阿舅就是這款樣，給他講兩句就算了。」

我離開餐桌回房間，把大學聯考選填志願表拿出來擺在客廳茶几上。

「你是要填什麼志願？」爸爸問。

Memo：我剛來聯合文學報到的第一期，除了寫編輯室報告之外，什麼也沒做。您可以從封面標和專輯主題看出來，這一期是主編鄭順聰喜歡的廣泛文化議題思考下的成果。非常豐富且多面向，在我來任職之前有八個月的時間，幸好有鄭順聰的辛勤工作支撐著這份雜誌，據說當時存亡的危險程度，嗯……相當危險。

「台大哲學系，因為羅智成是台大哲學畢業的。」

「呃……那個，羅智成是誰？」

經過這麼多年，我當上作家出了書，認識了羅智成，正職工作也穩定，阿舅見到我，總算有了對得起我媽媽的欣慰表情，或許因為過去幾年都是擔任國際時尚雜誌與娛樂周刊的編輯，我對於身處文學圈子總有點異鄉人的感覺，不過終於，終於來到這個應許之地了。

這應許之地就像是在兒時，那些大我們幾歲的哥哥姐姐們有一天終於看見了我們的存在，在猜拳分隊選擇打棒球的成員時，願意浪費一個寶貴名額，選擇我們其中一位，讓我們上場揮一次棒、接一局球，或是派我們上去故意挨一記觸身球，保送上壘。

在他們費心思考挑選成員之際，我們在一旁握緊拳焦躁不安，或假裝不在乎地，心中拚命期待他們一會兒轉過頭來，用堅定的眼神一盯，「就他好了。」在那一瞬間，那片荒涼草地、停車場、灼熱的柏油馬路、無人操場、公寓間的水泥空地——無論那裡是哪裡，那裡就是應許之地。

沒有人，我敢保證一個也沒有，（因為慘痛經驗太豐富了）願意於天色將暗時，自己一個人默默坐在場邊，等待被叫喚去撿外野手漏掉的遠遠的球。

那麼此刻，你必定正拿著《聯合文學》二九六期這本雜誌，「就他好了。」我們幾乎可以聽見你的內心決定要這麼讀下去。讀舒國治、甘耀明、劉克襄、韓良露，讀李明璁策劃的專輯「台北聲音日記24時」，讀王文興、羅智成、朱振藩、孟東籬，讀陳芳明的〈書寫就是旅行〉——同樣地，無論你讀什麼，你堅定的眼神盯著任何一處，在那一瞬間，都讓《聯合文學》成了一處應許之地——完全屬於廣大讀者，同時也屬於許多作家、譯者、文化工作者、藝術家與攝影大師的應許之地。

當然更讓我們，包括我這個初來乍到的文學編輯人，不至於默默坐在場邊，等待被叫喚去撿外野手漏掉的遠遠的球，或者苦惱地後悔……當年其實應該去紡織公司上班才對。

297 期

297 期 UNITAS A LITERARY MONTHLY 2009
聯合文學
舊書摩登
收藏現在進行式
楊澤・謝其章・陳子善・吳興文・陳智德
不同世代談藏書之痴迷無悔
報名要快！二〇〇九全國巡迴文藝營
莫言《生死疲勞》新境或是困局？
朱天文《巫言》突破還是偏執？
王德威反思六十年中文小說
施叔青最新小說〈掌珠情事〉
高行健藝術創作的多種解讀
7月號
ISSN 1017-0898
NT$ 180

文學雜誌沒問題？

「那裡很適合你啊。」

朋友們一聽說我來了《聯合文學》任職，第一句話幾乎毫無例外地都這麼說。

「喔，謝謝。」心裡不禁嘆了口氣。

這些朋友包括了時尚雜誌的編輯主管、攝影師、造型師、高階經理人，另外還有文化創意產業的策展人、娛樂線資深記者、電視製作人、平面美術設計師、幾位作家和大學講師等等。

「你可是個文人耶，做這個沒問題的啦，文學雜誌簡單多了。」朋友們看我不接話，就紛紛朝樂觀面發表個人意見，「不用拍模特兒，也不用巴結明星跟經紀人，又不用擔心製版廠沒打好化妝品顏色，結果被廣告商威脅要抽廣告。」

「那我的稿子就投給你了，沒問題吧？」一位剛出道的年輕作家補上一句。

「問題當然非常多啊！」我在喉嚨底沉默地吶喊著，「你們這些鬥

Memo：這一期我仍然沒什麼事。談舊書是文人的雅好，我自己一讀之下也是大開眼界，某些照片拍起來真有氣質。這段期間我和同事們每週密集開會討論改版要怎麼做，想像著未來的樣子，至於當期雜誌則先維持原貌。我唯一動手改的，就是封面標的落法，整理得簡單扼要一些，但仍然不太對勁，有些老氣。

熱鬧的傢伙懂個什麼勁啊！」

但我實在沒立場這麼喊，因為不久之前我也是個「懂個什麼勁的傢伙」。

我想大概是在某天截稿前夕，深夜的時尚雜誌辦公室裡，我一邊看著被紅色粉蠟筆改得亂七八糟的 fashion 頁面彩樣，一邊寫著 CHANEL 復刻版香水的文案，然後一邊等 Renee Zellweger 在加州的經紀人回信，同意讓我們使用她的新照片當雜誌封面的時候，曾經以腹語術說了類似：「我到底在這裡搞什麼玩意啊，早知道我就去做文學雜誌了！」這樣不負責任的話，於是此刻朋友們便以一種同情我一度喪失了作家尊嚴與專業能力的正義感，為我加油打氣。

雖然很感謝大家不分青紅皂白地愛護我，但是麻煩請看看本期的「舊書摩登——收藏的現在進行式」專輯，或許大家就能明白編輯文學雜誌跟鬧革命一樣，不是只要請客吃飯而已。魯迅做書，不僅親自設計封面，「還將裝幀的全部內容——扉頁、字體、正文排版、版式、紙張、裝訂等一系列工序，仔細推敲直至滿意為止。」這種細工，現在哪有編輯光憑一個人做得到。而老舍描述理想雜誌封面：「一面一換，永不重複。

封面外套玻璃紙，以免摸髒了字畫，每期封面能使人至少出神地看上幾分鐘，有的人甚至於專收藏它們，裱起來當冊頁看。」坦白說，哪本台灣雜誌能做到如此水準？

如果這樣大家還覺得沒問題，那來看看《紫羅蘭》這本一九二五年創刊的鴛鴦蝴蝶派小雜誌，它在二至六期連載了張愛玲的〈沉香屑：第一爐香〉，如今十八期合售要價九千元人民幣以上……

那麼問題就是：我什麼時候才能連載到另一個張愛玲啊？

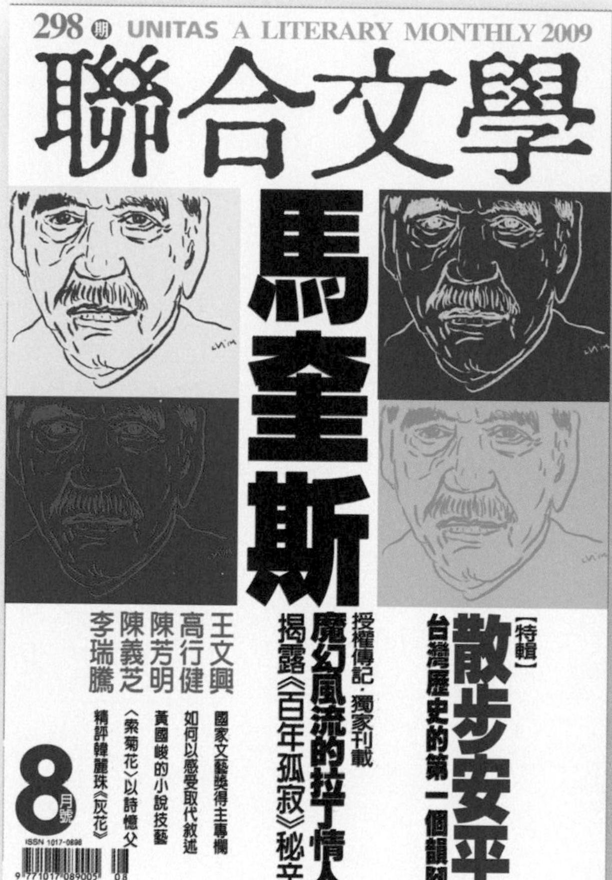
298 期 UNITAS A LITERARY MONTHLY 2009
聯合文學
馬奎斯
授權傳記・獨家刊載
魔幻風流的拉丁情人
揭露《百年孤寂》秘辛
【特輯】
散步安平
台灣歷史的第一個韻腳
王文興 國家文藝獎得主專欄
高行健 如何以感受取代敘述
陳芳明 黃國峻的小說技藝
陳義芝 〈索菊花〉以詩憶父
李瑞騰 精評韓麗珠《灰花》
8月號
ISSN 1017-0896
NT$180

馬奎斯夫人的憂鬱

一位和我同輩的詩人朋友來公司找我。

他原本的目的是什麼呢？讓我想想……老實說，不太記得了，大概開場白時有講了些正經事，不過很快我就扯到別的地方：「我看了你最近貼在部落格上的詩了，寫得既熱情又幽微，像是謹慎地探索戀人不為人知的心思。」

「喔喔喔，你有看了啊。」他說，「我最近還想試試用噗浪，一天寫一句詩。」

「不過我看你是不想活了吧……」我笑著說，「這玩意兒你還真敢寫。」

「怎麼了，你在說什麼？」

「這詩裡頭寫的女人，不是你老婆吧？」

「居然看得出來啊？」

「廢話，我有這麼瞎嗎？」

「沒辦法，我就是無法克制自己想談戀愛的心情。」他聳聳肩，「你

Memo：特輯「散步安平」是鄭順聰的拿手好戲，他最擅長做這種地方文化報導與地誌文學的主題，也能找到最佳的人物來引路。馬奎斯專輯則普通，最重要的是獨家傳記。封面設計用安迪．渥荷的普普風做法，表現馬奎斯的魔幻，最大的問題是封面標。非常單調無趣，也無法凸出專輯的豐富性，這是我的責任，那時還沒辦法掌握自己想要的文案風格。

不是剛結婚嗎？過幾年你就知道了，哈哈哈。」

我一聽當場就想把桌上的便利貼往他臉上丟過去，但其實我完全可以理解他的心，不對，與其說理解他的心，不如說是能理解身為作家的伴侶的心。

以異性戀男作家為例，因為工作形態的關係，另一半經常得孤孤單單一個人，也就成了跟「足球寡婦」或「電玩寡婦」相去不遠的「文學寡婦」。但這還不是最令人傷心的，最令人傷心的或許是：能讓男人乖乖窩在書房裡，日夜於腦中纏綿悱惻，並且落筆為文，大作足以傳之後世的女人，往往並不是自己。

於是我不得不好奇地猜想，跟我們這些平凡作家得應付的情感瑣事相較，那些震古鑠今的偉大作家們的伴侶，比方說，像是賈西亞．馬奎斯的一生至愛，並與其結髮數十年的 Mercedes Barcha 夫人，在相同情況下，不知道會有何反應？特別是，據說馬奎斯本人也曾經人不風流枉「少年」以及「中年」……

這一期雜誌，我們獨家摘錄了馬奎斯授權傳記《馬奎斯的一生》，你可以讀到 Mercedes Barcha 夫人對於這位在回憶錄中，老是將十五歲初戀女友 Martina Fonseca（一位已婚女子）的浪漫情事掛在嘴邊，卻幾乎不提起自己的丈夫，有一段這樣的回應——Mercedes Barcha 夫人帶著一點憂鬱地說：「Gabo 是個非常不尋常的男人，非常不尋常。」

乍聽之下只是一種言語上的迴避，但坦白說，真是高明無比的回答。這個從來沒有對馬奎斯說過「我愛你」的女人，為這私人間的情感遊戲，同時也是全世界讀者都想一窺的大師隱私，築起了無可深究的霧般圍籬，卻又讓人感到有種深情的包容。

不過，馬奎斯與馬奎斯夫人怎麼看待他們的風流過往、文學韻事是一回事，至於我的詩人朋友的下場如何則是另一回事。

299 期

299期 UNITAS A LITERARY MONTHLY 2009
聯合文學
21世紀
新十年作家群像
甘耀明 楊佳嫻 鯨向海 伊格言
李瑞騰・張瑞芬・向陽斷代論述
10大後浪潮現象解析 42本必讀新十年經典
專訪楊牧：關於「學院詩人」
對談蔡明亮╳成英姝用《臉》詮釋羅浮宮
廖鴻基海龜的收容柴春芽西藏魔幻之旅
9
ISSN 1017-0896
NT$180

從混沌星塵裡淘選新星的雙手

八月初，去參加了高信疆先生的追思會，午後，一直下著大雨。

我不認識高信疆先生，也來不及遇上「文學副刊的黃金時代」，我所知道跟這些有關的人事物，幾乎全部都是從文章裡讀來的。

會場裡，我遇到了一位許久不見的長輩，他曾為我出版了第一本短篇小說集《稍縱即逝的印象》。如今，因為彼此身處的媒體工作有競爭關係，所以我有些不好意思，猶豫了一會兒，才走過去跟他問好。

他有些忙，向我點點頭後，便跟別人說起話來。但就在我要離開之際，他轉過身來與我握手。

「好好幹。」他說。

我深深地吸了一口氣。

在整場追思會中，我一邊讀《紙上風雲——高信疆》一書，一邊聽著許多知名作家與重要的文化界人士，深刻地懷念高信疆先生當年對他們的提攜之情。我想起《稍縱即逝的印象》曾一度輾轉於不同出版社之間，無人聞問，有次我與這位長輩偶然相遇，他僅憑著十餘年前曾經在

Memo：這大概是第一本以六年級作家影像做為封面的文學雜誌。以二〇〇〇年至二〇一〇年做為評斷他們崛起現象討論的內容，我覺得沒什麼問題。但是影像方面實在不令人滿意。單獨一人的拍攝至少中規中矩的，但合照卻非常平板無趣，負責發想和現場執行的我不僅沒辦法讓作家呈現最佳狀態，也沒辦法讓攝影師信任我的想法，真是搞得一場糊塗。非常抱歉。

某個文學競賽中，審讀過一篇我的作品的印象，（他甚至不那麼喜歡）當下為我實現了出版小說集子的願望。

我自始至終都非常感謝他，但並不限於個人之事，更令我感動的是，許多資深的出版者或編輯人，不管在何種景況之下，總是願意無私地給予年輕寫作者最遼闊的包容與支持。

因此在製作本期專輯「新十年作家群像」時，我有很長的時間都這麼想著：無論是甘耀明、伊格言、鯨向海、楊佳嫻、童偉格、張耀升、許正平、李佳穎等等熠熠新星，才氣如何驚人，成就如何可觀，在他們的背後至少都有一位出版者或編輯人——當其他人對他們缺乏興趣，書稿散落於各出版社的資源回收處之際——敢於堅持與創意十足地，伸出雙手將他們自一片混沌灰暗的星塵之中淘選出來，使其各自的光芒足以閃耀而為人所見。

雖然我對高信疆先生感到陌生，但當我看著那些被他淘選出來，如今已在社會上各領風騷的作家與文化人，我能深切地感受到他的遠見與氣度。然而，不禁也有些疑懼，那麼本期所介紹的新十年作家們，是否能不辜負那一雙雙將他們淘選出來的手，持續地創作與發光呢？

坦白說，我不知道。

說不一定，或許有不少人的創作生涯連下一個十年也撐不到。

我所能確定的是，他們身上所承擔的殷切期盼，遠遠超過他們自己的想像。

300 期 UNITAS A LITERARY MONTHLY 2009
聯合文學
HARUKI MURAKAMI
村上春樹
《1Q84》
完全分析
專輯
諾貝爾文學獎的日本軌跡
川端康成的王朝之美
大江健三郎最後的私小說
村上風格，台灣製造
村上春樹得獎論戰直擊
哲人作家
孟東籬的最後一天
金門，說不完的文創靈感
10
ISSN 1017-0898
NT$180

完美的結束，完美的開始

本月編輯部有喜事一樁：雜誌主編鄭順聰喜得一女。

我去婦產科診所探視他家夫人與女兒，本來心中揣度，反正也不是第一次看生產完的媽媽朋友了，總之必定有一位看來氣色有待恢復的女人、臉皮皺得跟燒賣一樣的嬰兒、一間冷氣過強的病房、一頂鋼管機關單人床，加上一張硬綳綳的綠色假皮躺椅，所以大概閒話十分鐘之後，我就會想一走了之。

但是這一次可把我嚇壞了。

首先，診所房間就跟汽車旅館一樣豪華舒適，全室鋪設地毯、寬大膨鬆的雙人床、寬頻上網、電視音響一應俱全，柔軟沙發讓人一坐下去就不想站起來。

其次，初生小女嬰頭髮濃密，臉皮緊緻，右手還能擺出Ya的手勢拍照，至於鄭夫人氣色絕佳，滿室談笑風生毫無倦容，完全一副是別人家生小孩的樣子。她吃著現烤香魚的坐月子大餐，然後指揮順聰打開電腦，秀出照片報告生產概況，我深深感到受教了……

Memo：大家都知道我喜歡村上春樹，這期是我第一次做跟村上春樹有關的東西，但事實上只是歸在「諾貝爾文學獎的日本軌跡」專輯裡面的兩篇文章而已。不過當時新作《1Q84》正紅，所以我決定捨棄圖像，直接在封面上打出「村上春樹《1Q84》完全分析」一決勝負。果然，當月賣到沒書可以調貨，（後來也絕版了）這是我來之後，第一本算得上暢銷的《聯合文學》。也就是從這一期開始，通路大幅提高了每期訂貨量。

據說等待生產當夜，順聽體諒夫人躺在床上百般無聊，於是便朗誦聶魯達的長詩一首，以解煩悶。夫婦兩人津津樂道，這首詩還沒唸完，女兒就已趕著報到，一切順利。

做為詩人的順聽，有了一位迫不及待想現身與父親分享詩的孩子。如果說，每月製作一期雜誌，就像生一個孩子，那麼這個月，我們生了第三百個孩子。

從過去我未曾參與的手工貼稿年代，到如今完全依賴電腦排版的世紀，無論孩子們長得醜或美，聰明靈巧或是笨手笨腳，都是歷任編輯一面感嘆好累好累，一面仔細孕育呵護而生的寶貝。

我們投注不變的情感於這三百個孩子身上，想像讀者閱讀每一期《聯合文學》，便如同在產房朗誦聶魯達的情詩，或誕生一位心靈相通的女兒，親眼見到文學不只是記錄他人故事而已，更能成為自己人生獨特的動人時刻。

是的，《聯合文學》三百期了。不過，三百這個數字或許沒那麼重要。我剛去看了舞台劇《人間條件4——一樣的月光》，這是《人間條件》系列的第四百場演出。

「一百有個特殊的意義。」導演吳念真在謝幕時說，「既是一個完美的結束，也是一個完美的開始。」

吳導說的很有道理，但我倒寧願這麼想：「每一期的《聯合文學》跟每一位出世的孩子一樣，都是一個完美的結束，也是一個完美的開始。」

而未來，我們將會有更多孩子等待出世。

以及紀念，孟東籬老師（一九三七年五月—二○○九年九月），一位作家、翻譯家、哲學家，與終生追索愛的人。

301 期

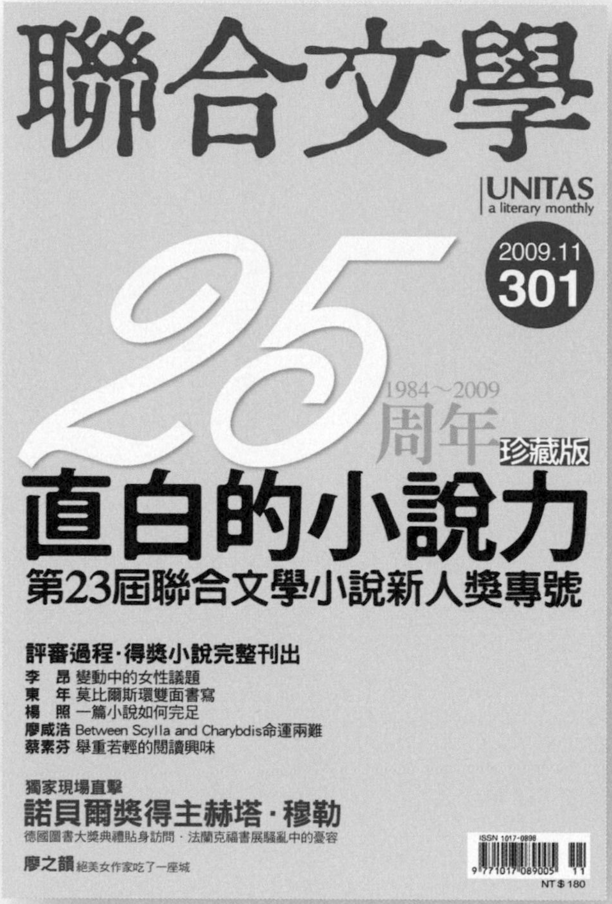
聯合文學
UNITAS
a literary monthly
2009.11
301
25
1984～2009
周年
珍藏版
直白的小說力
第23屆聯合文學小說新人獎專號
評審過程・得獎小說完整刊出
李　昂 變動中的女性議題
東　年 莫比爾斯環雙面書寫
楊　照 一篇小說如何完足
廖咸浩 Between Scylla and Charybdis命運兩難
蔡素芬 舉重若輕的閱讀興味
獨家現場直擊
諾貝爾獎得主赫塔・穆勒
德國圖書大獎典禮貼身訪問・法蘭克福書展騷亂中的憂容
廖之韻 絕美女作家吃了一座城
ISSN 1017-0898
NT$180

請繼續寫下一篇小說

我們在九月號雜誌「新十年作家群像」專輯裡，邀請了資深的藝文線記者陳宛茜撰寫一篇討論新世代作家現象的文章。

宛茜對文學應有的品味非常執著，思想與下筆也向來銳利。我們邀請她寫這稿子，她聽完整個企劃內容後，坦白地說：「我怕我想寫的，你們不敢登。」唉，宛茜實在不知道啊，我們這些傢伙就是激不得。

文章很快來了，我和編輯一讀完，毫無疑義地立刻決定全文照登。

「但是應該會被罵吧？」主編順聽補這麼一句。

「嗯……」我考慮了半秒，「我想也是。」

果然，這篇〈新世代面目模糊？〉在網路上被大量轉貼討論，特別是文內直言批判某些創作者參與文學獎的小資心態和機巧算計，引起PTT文學獎版、文學網站和部落格的鄉民、網友激烈筆戰。認為宛茜寫的頗有見地，又具文學史觀的讀者不在少數，但年輕作家的粉絲們各為其主出聲捍衛，或正熱中於寫作這一行的新人，覺得她一竿子打翻一船人的，也所在多有。

Memo：每年的十一月號固定是「聯合文學小說新人獎」專輯，會有完整的評審過程和得獎作品完全刊載。我們會從當年的參賽作品與得獎者風格中，找出一致性的主題，或特別現象來做封面標。這次是「直白的小說力」。另外，十月第二週會公布當年的諾貝爾文學獎得主，十一月號也一定會報導。這年的得主是荷塔·穆勒，連德國文學線記者都不太認識，我在德國的朋友，也是優秀的譯者與記者藍漢傑特別為我們去了法蘭克福書展現場拍攝採訪，是一次台灣刊物的獨家直擊。我來之後，建立了「特派員」的合作形式，許多時候都得深深的依賴他們。

一位被牽涉其中的小說家在我的辦公室裡為難地說：「宛茜說的確實很有道理啊，不過被人家罵了，很少人會開心吧。喂，你自己不也是從文學獎出身的嗎？」

「嗯……」我考慮了半秒，「我想也是。」

身為文學雜誌編輯，我永遠樂於刊出這樣具有影響力與批判性的文章。不幸的是，我也常常被世代論者歸類為「從文學獎出身」的作家，當然是活該被罵的這群人之一……但是等等，我回過神來，我憑什麼算是「從文學獎出身」的作家啊！這不是往我自己臉上貼金嗎？

三大報文學獎我一個也沒得過。寫也認真寫了，投也認真投了，（每次都還特別花錢寄限時雙掛號）卻連入圍決審一次的資格都沒有。

而且我也沒得過「聯合文學小說新人獎」，這才真是傷透我的心了，最接近得獎的一次是二〇〇二年入圍了短篇小說決審的第二輪投票，但僅僅只有李昂老師投我一票，然後就完蛋了，並沒有其他賢達人士說我的好話。

「沒得過聯合文學小說新人獎，就像跳過很酷的青春期，直接長大一般的遺憾。」這完全是我個人的感受。

今年我參與決審會議的籌辦工作，在現場聽著李昂老師、東年老師、廖咸浩老師、楊照老師、蔡素芬老師熱烈而一度氣氛緊繃的激辯，我深深覺得儘管文學獎這回事未來仍會充滿爭議，但是如果自己的作品能夠得到自小心儀的作家全心全力地為它爭執辯護，甚至不惜動怒，再怎麼說都會打從心底感到很幸福吧。

非常恭喜第二十三屆「聯合文學小說新人獎」的各位得主。不過，得獎跟成為作家終究是兩碼子事，所以有意投身此行的朋友，領完獎座之後，就請繼續寫下一篇小說吧。

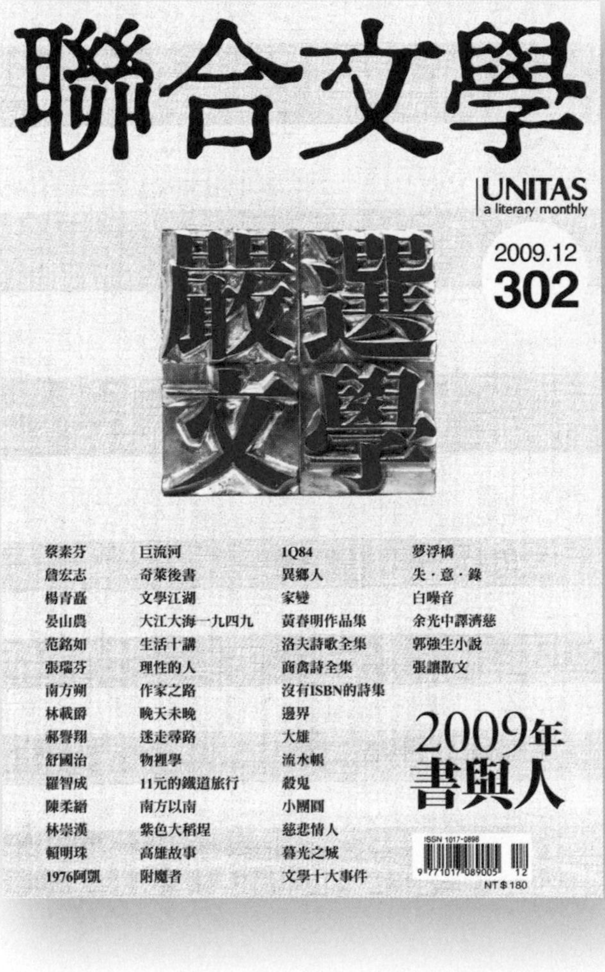
聯合文學
UNITAS
a literary monthly
2009.12
302
嚴選文學
蔡素芬 巨流河 1Q84 夢浮橋
詹宏志 奇萊後書 異鄉人 失・意・錄
楊青矗 文學江湖 家變 白噪音
晏山農 大江大海一九四九 黃春明作品集 余光中譯濟慈
范銘如 生活十講 洛夫詩歌全集 郭強生小說
張瑞芬 理性的人 商禽詩全集 張讓散文
南方朔 作家之路 沒有ISBN的詩集
林載爵 晚天未晚 邊界
郝譽翔 迷走尋路 大雄
舒國治 物裡學 流水帳
羅智成 11元的鐵道旅行 殺鬼
陳柔縉 南方以南 小團圓
林崇漢 紫色大稻埕 慈悲情人
賴明珠 高雄故事 暮光之城
1976阿凱 附魔者 文學十大事件
2009年
書與人
ISSN 1017-0898
NT$180

老闆娘，再來一本文學書

冷雨不停下著，我和順聽一整日在外頭赴約，與遠來的文化官員見面，也和一位作家談妥了新書。

褲管、袖口、外套下襬全浸得濕漉漉的，而且我還拿了支壞傘，幾根傘骨斷裂垮掉一側，冷雨像是機靈的拳擊手，發現了對手弱點，毫不留情地猛往這一側揍過來。

事情都辦妥之後，我們躲進一家居酒屋裡，先點了毛豆、山蕨涼拌菜和白蘿蔔燉肉丸子。

「那要喝點什麼？」

「老闆娘，台啤來一瓶。」我說。

「你是有自虐傾向嗎？」順聽說，「都這種天氣耶。」

我一邊灌著冰冷的啤酒，一邊大聲呼氣。

「嘿，這丸子很入味耶。」

沒多久伊格言和他的德國版權經紀人來了，我說：「啤酒喝嗎？」

伊格言看著我們，嚴肅地考慮了一會兒，大概覺得這兩個人腦子有

Memo：現在幾乎沒有什麼文學刊物會做年度回顧了。從這一期開始，我規定每年的十二月號一定要有「嚴選文學．書與人」專輯，評述當年度的焦點作家、重要的文學作品、以及回顧當年熱門的文學現象、論戰、市場行銷等等。我覺得最好的部分是，雖然聯合文學出版公司自己有大量的出版物，但在這個專輯裡我們不分出版社的界限，只要是我們認為重要的事物就一律介紹！

點問題吧，「喔，好啦，喝一點。」他說。

這位版權經紀人是個美麗熱情的台灣女人，穿著低肩毛衫，露出稜角光滑的漂亮鎖骨。她拿出德國的文學雜誌與報紙，上頭刊登鴻鴻、夏宇等人的作品，並報導了她在德勒斯登舉辦台灣詩作德語朗讀會的消息。也是因為她，伊格言的作品在萊比錫書展和法蘭克福書展都受到出版商的注目。

「明年要去波蘭文學節朗誦。」美麗的版權經紀人環顧我們三個男人說，「他們非常喜歡台灣的作品，急著要多看一些。你們要加油啊！」

我們又點了現烤海釣中卷、鰻魚玉子燒、鮭魚烤飯糰、綜合天婦羅、炸蚵、烤鯖魚、鹽烤松阪豬肉，再喝了一瓶冰啤酒之後，所有人終於都受不了了，改喝溫熱的清酒。

我們談起范銘如老師寫給這一期雜誌的文章〈長篇的年代，豪華的打線〉，坦坦白白地評論了三本年度最重要的小說：《殺鬼》、《流水帳》、《燭光盛宴》。正如村上春樹所說的，「所謂完美的文章並不存在。」這幾本小說，自然也有它們不完美之處，讀著那有所缺憾的地方，就像是在冬季雨夜裡喝冰啤酒，感到冷冽心悸，如錯失愛人一般的痛心。

但是，一旦讀到那足以觸動人心的時刻片段，腦細胞裡的碎冰便隨著芳香溫暖的思緒流轉融化，覺得整副身心都可以交付給對方處置，絕不遲疑。

我想，正因為痛心與愛戀總是共同存在著，閱讀文學才有永不令人厭倦的樂趣。

我們再點了第二壺的清酒，隔壁桌的一對情侶探頭探腦地喚來老闆娘，指了指我們桌上的清酒說，他們也要來一壺。

那麼，你今年是否讀完了一本小說？或者讀完了一篇散文或一首詩？

早就讀完了一整間圖書館的分量或是一本也沒有？

無妨，指一指本期的《聯合文學》，總之再點一本文學書吧。

303 期

聯合文學
UNITAS
a literary monthly
2010.01
303
丹・布朗《失落的符號》完全破解
《失落的符號》全書文本分析
丹・布朗暢銷小說技巧解謎
攻破《失落的符號》偽科學
國際歷史懸疑小說趨勢
2010 專欄陣容
南方朔・李長聲・柯裕棻・羅智成・楊照・舒國治・陳寧
2010 全新單元
全球文學快訊 + 嚴選好書 + 作家靈感角落
ISSN 1017-0898
NT$180

又不是口香糖糊的！

我爸最近迷上電腦。據說社區裡舉辦了三天的教學課程，他也興致高昂地去參加。

「不錯啊，我會上網了，還會用 Google 寫信給老師。」他打長途電話來跟我說，「唉呀，不過家裡又沒電腦，一下子就會忘記了啦。」

我想這是相當明顯的暗示，但正好能讓我表現一下為人子的孝道，「過兩天我要回去辦打狗文學獎的頒獎典禮，再買一台筆記型電腦給你。」

「唉呀，不用……」他假裝很為難似的，「不用急啦，唉呀，過年再說好了啦……」

結果我回高雄的隔天，他就差人來裝好寬頻網路、指定好要買哪台筆電、甚至連在哪家店買，加上刷哪張信用卡可以分期付款零利率都打聽完畢。

我去刷了卡，把筆電抱回家，插上電一開機，立刻把他嚇壞了。

因為他學的是古老的微軟 XP 系統，但是新買的筆電是最新

Memo：這一期是從裡到外正式改版的第一期。加入了新的長短專欄，還有消息稿式的新單元、下期預告，並將整個閱讀線確定下來，改變字級、欄目、標眉等等，甚至連目錄頁、版權頁都重新設計，就好像是訂製了一個新櫃子，再把東西一件一件歸納到正確而固定的位置。不過現在重看，整體還是非常粗糙的樣子，拉拉雜雜的許多地方都沒有做到位。

Window 7系統，螢幕變了樣，他也露出一臉茫然的樣子，可想而知，原本三天內興孜孜學來的全不管用，我得重頭教起。

慘的是，用慣蘋果電腦的我也不太會弄這新玩意，只好滑鼠隨便亂移，鍵盤亂按一通，每種功能都管他的試試看。

他有點緊張，「你是會還不會啦！」

「學電腦就是這樣啊，反正多按幾次就會知道怎麼弄了，又不會壞掉。」

「不會壞掉嗎？這是電腦耶！」

「不會啦。」我說，「又不是用紙糊的。」

這一期，我們做了改版。

首先，你一定發現了，雜誌封面擁有了嶄新強烈的視覺風格。

其次，敢以暢銷小說天王丹·布朗新作《失落的符號》做為專輯主題，這或許是台灣文學雜誌從未嘗試過的想像。（我也因此挨了幾位師長朋友的罵。）

接著，包括南方朔、楊照、李長聲、柯裕棻、羅智成、舒國治、陳寧七個年度重量級專欄，加上跨品牌的每月嚴選文學書籍、全球文學特派員快訊、作家靈感角落等等新闢單元，一次同步上場，我想你可以感覺到，我們這次改版的決心，只是……

「我不知道這麼改，對還是不對呢，妳要不要幫我看看？」出刊前，我在電話裡不安地跟一位旅居英國的資深編輯訴苦。

我這朋友人雖然長得美，腰又細又軟的，工作能力也強，不過嘴巴有點不饒人。

「做雜誌就是這樣啊，反正多改幾次就知道怎麼弄了，又不會壞掉。」

「不會壞掉嗎？《聯合文學》耶，萬一改壞掉了我怎麼辦！」

「不會啦。」她氣呼呼地說，「又不是用口香糖糊的！」

我爸現在已經會用 MSN 跟我視訊（非常煩），又會 Gmail 寫電郵來給我。十二月十九日大地震那天，我打電話回家關心時，他居然說他正在讀網路新聞。我心裡想，「您老大也進化太快了吧！」

我多麼盼望，當你讀完這一期雜誌時，也能聽見你在心裡這麼對我們說。

304 期

聯合文學
UNITAS
a literary monthly
請用德語
說愛我...
情人節專輯
最一板一眼的語言
訴說最浪漫的愛情
Ich liebe Dich
珍藏朱天心
於初夏荷花時期
2010最佳愛情小說
《塔羅牌送行者》
彩寫海德堡
悠遊歌德將心遺落之處
6本必讀當代
德語畸戀小說
8首情人節必備
示愛情詩
2010.02
304

我去見朱天心

我去見朱天心。

見她的前一夜我覺得坐立難安，早上醒來，我盡可能地使自己好看一些。

我從來沒見過她，但我應該見她的。

你明白我的意思，我是說，我當然讀了她所有的書，在許多地方見過她的照片與報導，也與她通過幾次電話，（起初聽見她的聲音，我甚至一度以為她並不想和我說話，她警覺著陌生人，因此推上某個年輕甜美的少女在話筒另一側應答。我感到有些怯懦，害怕拒絕，如高中生一般的無助。）但這一次我應該去見她，並且斬釘截鐵地告訴她有關我對她的所有想法，就像將不會有下一次的機會，因為我或許要搬到非常遙遠的世界去了。

我去見朱天心。

我推開門，踏進高中圖書館，在長久的排隊等待之後，《擊壤歌》終於輪到我的手上。那深綠色書皮早已磨損破裂，邊緣發黑捲曲，書底

Memo：比上一期好一點，有種繼續在修整各項細節的感覺。這一期增加了一個新的，也是改版最重要的單元之一：「當月作家」，（這一期的欄名叫『特載』）推出了朱天心老師。用跨頁的彩色影像呈現作家，加上最大的篇幅專訪，是我們能回報作家的最好禮物。封面則用彩色軟糖小熊來把德國文學和情人節結合起來，不覺得很可愛嗎？

裡的借閱卡蓋滿雜亂的墨藍色日期章與潦草鉛筆簽名，我知道許多人在此之前讀過這書，但從此刻起這書僅僅是屬於我一人的，而未來也是。

我借足兩個星期，自然又續借了兩個星期，不得已要把書還回去的那一刻，便立刻預約下一次見面。往後，當我去圖書館時，總會不由自主地，去該放著《擊壤歌》的書架前流連。大部分時刻，我是見不到她的，那必定會有小小的，可以諒解她為何不在的失落。若能見到，我便有種幻想，我幻想她今日故意給我一個驚喜，或者，她懂我的百般無聊與錐心之痛，所以因著憐憫而注視我。

我見到了朱天心。

年輕散文家房慧真正在訪問她，但是她們說些什麼，與我完全不相關。你明白我的意思，我是說，我這個人常常只在乎自己的事情，當我看著她時，我看見的是自己年少時坐在房間裡，掌心深處緊握著原子筆，眼淚忽然嘩啦啦地落在六百字稿紙上的模樣。

「喂，你有什麼要問天心的嗎？」慧真轉頭對我說。

我當然有滿腦子的話想對她說，我想從高中時代的我與《擊壤歌》說起，一直說到昨夜為何坐立難安，不對，我該說到今早如何刮掉不再青澀的鬍子為止。

「好的，那我來做個結論。」我說。

等等，等等！我在朱天心面前說什麼？

「我‧來‧做‧個‧結‧論」這是什麼玩意兒？

我不敢相信自己的耳朵，我這人到底是哪裡有毛病啊。

我看見朱天心，她淺淺而困惑地笑了。

就像是曾經在校園白色長凳上，於兩堂課之間與我併肩而讀的她。

紀念詩人羅葉，一九六五—二〇一〇年一月十七日。

305 期

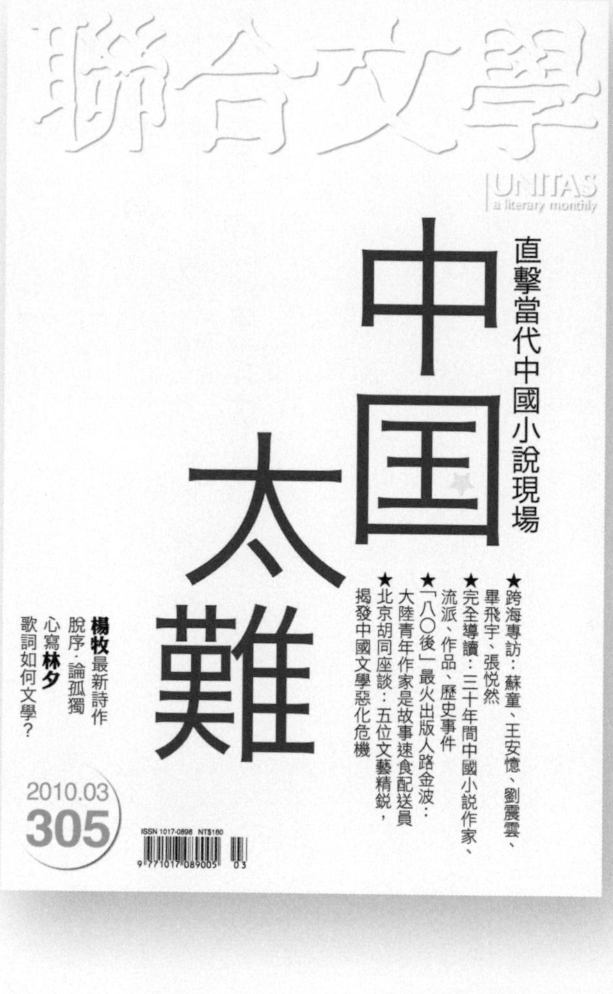

聯合文學
UNITAS
a literary monthly
中国太難
直擊當代中國小說現場
★跨海專訪：蘇童、王安憶、劉震雲、畢飛宇、張悅然
★完全導讀：三十年間中國小說作家、流派、作品、歷史事件
★「八〇後」最火出版人路金波：大陸青年作家是故事速食配送員
★北京胡同座談：五位文藝精銳，揭發中國文學惡化危機
楊牧最新詩作
脫序：論孤獨
心寫林夕
歌詞如何文學？
2010.03
305
ISSN 1017-0898 NT$180
9 771017 089005 03

中國啊，實在太遙遠了

我聽大學學弟提起，H從中國回來了，於是我打電話給她，問她是否願意與我見面。

她輕輕鬆鬆地說好，我們便約在敦南誠品二樓的咖啡館。

「剛買了你的新書。」她遞給我，「請簽名。」

我點檸檬汁，她則點拿鐵咖啡，另外多要了一包奶精。

「還喝這麼甜，舊習慣都沒變？」我說。

「當年欠社刊的小說還是得繼續欠著，沒寫出來。」她笑了笑。

「早沒抱希望了，這小說欠十幾年了吧。」

H是我社團的學姐，大我兩屆，過去寫詩也寫小說。研究所畢業之後，一度當了空中小姐，然後又到一家國際出版集團工作。等我再聽到她的消息時，人已經在中國生活，據說愛上一位在北京非常活躍的已婚文化人，所以毅然決定辭掉副總經理的職位，飛去異地。

「為什麼不跟我聯絡呢？」我問。

「怕被你罵吧。」

Memo：中國當代小說家的作品這幾年在台灣並不太暢銷，不過我們還是決定這樣的專輯，而且一口氣直接訪問了五位中國第一線的小說家，並且做了全面性的回顧。我們依賴在北京的幾位好朋友，像是叢治辰和柴春芽，幫我們組稿和舉辦座談，讓整個專輯看起來有模有樣的。通通做完之後，還聽說了一些作家的風流韻事，恕無法在此公開。

「因為小說的事情？」

她搖搖頭，她說，是因為戀愛的事情。

「那也是早就沒抱希望了。」我笑著說，「等這個答案，比等妳欠的小說還久。」

「倘若那時答應了，一切會簡單許多。」

我心裡有道微微裂開的細縫，沉默的記憶從其中如泉水湧出，但很可惜這畢竟是上一輩子的事情了。

「在中國，不幸福嗎？」

H考慮了一會兒，並沒有回答這個問題，「你去過中國嗎？」

我搖搖頭，「一次也沒去過。」

「咦……真是稀罕，現在居然還有人沒去過中國的。」

「之前幫中國刊物寫過文章，手邊也還寫著上海一本文學雜誌的專欄。」我說，「唯一有次機會去，是有份工作可談，但錯過了。」

「嗯嗯。」

「中國非常陌生，對我來說。因為工作的關係，讀了不少中國小說，認識不少中國人，可是一旦讀了更多的小說或是認識更多人，那中國的輪廓卻並沒有變得更清晰，反而變得更模糊難以測度。就像……就像逐日踏查一處巨大的內地湖泊，因為過於巨大，令人恐懼這其實是個沒有邊際的海洋，於是原本我們執著相信的必然事物便崩潰掉了。」我說，「倘若那時候妳答應了，一切真的會變得簡單嗎？」

H伸手摸著我的臉頰，「當然不會。」

「說的也是。」我問，「還回去嗎？中國？」

「過完年便回去了。」

「不回來了嗎？」

H看著我，像是朝深深的井底投擲石子，久久沒有回答。「對了，村上春樹是不是寫過呢？在〈開往中國的慢船〉那篇小說裡的那句：『朋友啊，中國實在是太遙遠了。』就因為實在太遙遠了，所以在那裡能掌握的幸福樣貌，也變得非常不同，即使跟你說了，你也一定不能諒解。」

她將我的小說收進提包，我目送她離開。

彷彿第一次，也是最後一次，親眼見她搭上那開往中國的慢船。

那麼中國，距離我站立的地方，到底有多遙遠呢？

306 期

聯合文學
UNITAS
a literary monthly
村上春樹熱愛的美國作家
約翰·厄普代克
John Updike
經典「兔子系列小說」
完全導讀
首部曲《兔子，快跑》
獨家摘錄
深入「美國天命」
文學神話
剖析《紐約客》文風
黑暗面
「美式寫實主義」小說
技術大公開
兔子來了
麥田捕手
閃啦！
高行健二〇一〇訪台特輯
最新詩劇〈夜間行歌〉
荒村行人 琢磨童偉格
2010.04
306
ISSN 1017-0898
NT$180

並且，在霧中

先講幾件跟上一期雜誌有關的事。

本來以為用「中國太難」當主題探討「當代中國小說現場」，注定會是冷門的一期，沒想到四處聽來的反應很熱烈，該賣的雜誌數量一一賣掉，一些出版、寫作的前輩和中國編輯人，也給了許多讚美，把我弄得有點樂暈暈的。

後來朋友貼了個網站給我，有位讀者留言罵我寫的編輯室報告〈中國啊，實在太遙遠了〉，大概意思是說，我之所以在文章裡言必稱「中國」，一定是因為我沒有心向祖國的緣故。

還有一次，我去一家飯館吃飯，跟老闆娘聊起我的工作。她眼睛一亮，說她正好讀了當期雜誌，覺得外觀做得很漂亮，很有氣質，不過她很快地露出親切憐惜的表情。

「但中國並不遙遠啊……不怪你，或許因為你只是個孩子，沒辦法感受歷史的牽絆。」一九四九年自四川逃家而來的老闆娘這麼說。

雖然我對這兩位讀者意見的基本立場有所保留，但能聽到這樣坦白

Memo：我一直想做約翰・厄普代克，事實上也已經簽了他的兩本書《東村女巫》與《東村寡婦》。本來也打算要簽「兔子系列」，不過問代理商的時候，已經被簽走了，也就是做這次專輯時合作的晨星出版社。我們常常跟不同的出版社合作專輯，而且也做得很冷門，像約翰．厄普代克，讀者一定覺得非常陌生，以前似乎沒有文學刊物做過他的專輯，連要找作家學者來寫都很難。可以特別注意專輯內的作家年表，做得簡潔清晰，編輯漂亮年表是美編小五擅長的技術。

的批評，提醒我反思某些自以為是的想法，非常感謝。

只是我覺得隔開兩岸之間的，並非一道具體的險惡海峽，而是一個個獨立，並且各懷心思的人，不對，不止如此，我想操持著不同意識形態的人們，就像一座座的荒村孤島，而其分野既無路標指示，亦無城牆保護，「在不同的場所之間，唯有籠罩著一片茫茫的霧而已，我們摸索著前進，並不知道穿透這霧之後會是什麼。」而正因為霧仍未散去的緣故，我希望彼此能夠諒解對方的不安感。

這也是我在另一處專欄裡，為童偉格新作《西北雨》寫的評論。

這是一本那麼棒的小說，與你所能讀到的其他台灣小說有著截然不同的傑出感，但是還有點什麼不一樣的事情，並沒有被指出來？

我們約在師大夜市的小酒館 Salt Peanuts 訪問偉格，他對我說：「小說情節零散是刻意所為，完整故事並非此小說的重要目的。」

「正因為情節的零散，加上聚焦於描述文字所營造的氛圍，讀者便像身處霧中，無法掌握小說具體的外形。」我說，「這樣的話，不怕讀者讀不懂嗎？」

「嗯……」他沉思了一會，「我倒希望這小說能讓人覺得，自己是被特別選上的讀者。」

啊……聽偉格這麼一說，那霧中讀者的形象忽然間具體起來。其實，我是這麼想的，這小說所選擇的讀者，便是他自己的模樣，一個走在師大夜市巷弄，如同走在與其無關的荒村孤島之間的旅者，（或住民？）愛不足以傷害之，恨亦無能救贖之。

訪問結束，走出 Salt Peanuts，夜深了。

「你要去哪裡坐車呢？」我問。

「你們先走吧。」偉格說，「我想去從前住過的地方看看，在這附近。」

不知道為什麼，當我聽他這麼說的時候，覺得所謂的「在這附近」，好像遠得跟地球的另一面一樣。

並且，在霧中。

紀念尤克強老師，一九五二—二〇一〇年三月十一日，

一位理性與感性的詩人。

307 期

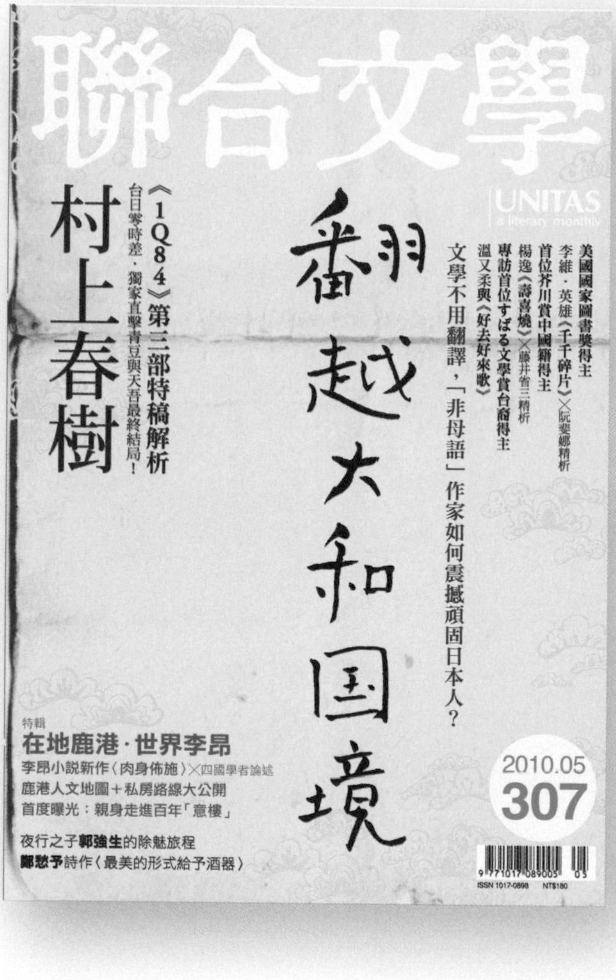
聯合文學
UNITAS
a literary monthly
村上春樹
《1Q84》第三部特稿解析
台日零時差・獨家直擊青豆與天吾最終結局！
翻越大和国境
文學不用翻譯，「非母語」作家如何震撼頑固日本人？
美國國家圖書獎得主
李維・英雄《千千碎片》×阮斐娜精析
首位芥川賞中國籍得主
楊逸《壽喜燒》×藤井省三精析
專訪首位すばる文學賞台裔得主
溫又柔與《好去好來歌》
特輯
在地鹿港・世界李昂
李昂小說新作〈肉身佈施〉×四國學者論述
鹿港人文地圖＋私房路線大公開
首度曝光：親身走進百年「意樓」
夜行之子郭強生的除魅旅程
鄭愁予詩作〈最美的形式給予酒器〉
2010.05
307
ISSN 1017-0898 NT$180

小威並不知道！

有個日本電視綜藝節目叫「日本大國民」，日文原名的意思是「祕密的縣民秀」，顧名思義專門介紹日本四十七個都道府縣住民各自獨特的風俗習慣、方言用語、行為想法。每次看，我都覺得很不可思議，首先日本這國家百分之九十九以上是由單一民族組成，（除了備受爭議的北海道愛奴族之外）何況又不是很大的地方，卻分成了這麼多都道府縣，哪可能有這麼多各自不同的有趣事物可以開成一個熱門節目。

好吧，就算承認每個小地方總有些眉眉角角的東西不太一樣，但現在不是全球化加網路時代了嗎？為什麼每次當外景主持人訪問縣民談他們的獨特事物時，幾乎每個人都回答得非常理直氣壯，一臉「除了這個樣子之外，世界上還有別的樣子存在嗎？」真令人感到困惑，這種無比的自信到底是從哪裡長出來的？

四月我們去鹿港舉辦座談會，與作家、當地文史工作者暢談鹿港文化、文學、古蹟、社區營造和語言趣事。我列席旁聽，坦白說，我向來認為自己台語的聽說運用足以應付日常訪問，但聽著各位老師操持鹿港

Memo：這期是我跟鄭順聰合作的最好示範。我喜歡做的冷門文學題材：大概沒人閒到會去做「非母語」日本作家的專輯，加上鄭順聰最厲害的文學地誌探查，（只要做這種題材，我們就會來去鄉下住一晚！）這樣還不夠，得再加上熱門的村上春樹《1Q84》特稿解析，就什麼都有了！封面可愛的手寫字，是美編小五寫的。

腔台語應答時，我一度陷入慌張的地步，大概有三到四成左右，我實在不知道他們是在講什麼……

從那時候開始，我就陷入了「日本大國民」式充滿疑問的驚嘆句效果：「台北一郎小威並不知道！」

「小威並不知道在鹿港，肉圓要寫成『肉粬』！」

「小威並不知道在鹿港，切仔麵要寫成『趔仔麵』！」

「小威並不知道在鹿港，紅豆餅要叫『紅豆粿』！」

「小威並不知道在鹿港，麵線糊裡要加豬血！」

「小威並不知道在鹿港，芋丸大得跟肉圓一樣，而且是鹹的！」

「小威並不知道在鹿港，綜合魷魚羹裡還要加神祕炸肉！」

「小威並不知道在鹿港，半夜三點吃焢肉飯會這麼過癮！」

「小威並不知道在鹿港，仍保留著王爺會不定時出來夜訪捉鬼，讓鎮民攔轎申冤，將鬼捉到野地海邊燒掉的習俗！」（聲光效果非常震撼，三頂神轎在狹窄廟口拉高轎尾，幾乎無法迴身地猛力衝擊，夾雜好幾個乩童同時起乩，眾人大喊『黑令！黑令！』以壓制惡鬼時，把我嚇壞了。）

至於，有關鹿港人如何表達他們對自己所擁有的事物，具有無比的信心，請讓我用一個在座談會裡聽來的笑話做結尾：

一個老先生一輩子都在鹿港生活，從來沒踏出小鎮一步。他退休後，兒子花錢送他去環台旅行，經過一個月，老先生回來了。

「爸，你對這趟旅行有什麼感想？」兒子問。

「嗯……」老先生沉吟了一會兒，相當慎重地回答：「走過台灣這麼多地方，還是鹿港話最沒腔。」

就是這麼一回事，厲害！

聯合文學
UNITAS
a literary monthly
特輯
蔣勳
越深刻的愛，越知名不具
最新散文〈欲愛是走向疼痛的開始〉
跨世代男作家談《欲愛書》
阮慶岳、郭強生、高翊峰、張耀仁、羅毓嘉、朱宥勳
只有英國佬讀得懂的歷史小說，
憑什麼暢銷全球？
在現代街頭讀《狼廳》
《狼廳》獨家選文＋專訪作家 Hilary Mantel
南方朔重量導讀＋彭淮棟文本分析
讀通十六世紀英國都鐸王朝政治史
曼布克獎身世＋40年獲獎作品全紀錄
華文歷史小說如何突破書市重圍
2010.06
308
小說新人獎即將截止
全國巡迴文藝營熱烈招生！

握緊拳頭歡呼的榮幸！

本月編輯部來了一位新人：黃崇凱。

我們都叫他「黃蟲」，這個讓人琅琅上口的諢名，憑我的語言學專業推論，可想而知是先從「黃崇」演變成「蝗蟲」再演變成「黃蟲」得來的。至於詳情是否真是如此，他本人或許有所嚴肅解釋，但我沒打算花時間問他。

黃蟲二十八歲，台大歷史研究所碩士，瘦而單身，對某些被他傷害過的女生來說，是有名的花花公子。不過很不幸的，這樣的人常常是才華洋溢的傢伙。他是「聯合文學小說新人獎」的得主，也贏過台北文學獎、全國學生文學獎、吳濁流文學獎等等，不久前剛剛出版了他的第一本小說集《靴子腿》，將經典流行音樂的內容融合在一篇篇情感故事裡，說實話相當芭樂，可是沒辦法，讀了就會讓人想起不想再想起的過去，想偷偷地掉眼淚，非常居心不良，因此並不太建議文藝少女們寫信來給他。

我們會請黃蟲來《聯合文學》工作，自然不是折服於他個人的魅力，

Memo：本期製作曼布克獎得獎作，但老實說沒人知道作者是誰的《狼廳》專輯，卻因為雜誌帶來的行銷宣傳效果極佳，我寫的「只有英國佬讀得懂的歷史小說，憑什麼暢銷全球？」的封面文案也頗受歡迎，幫我們打響了跟其他出版社合作愉快的名聲。現在若要跟我們合作專輯的話，請務必三個月前先來跟我們報書，否則會很難排得進去喔。專輯內「曼布克獎贏家四十年全紀錄」所有書封都以彩色呈現，做得非常漂亮又完整。

而是他有一項許多年輕創作者或編輯人缺乏的特點：他大概是七年級文學圈裡最博聞強記的傢伙，對於眾多文學作品的細節名句、版本源流、掌故逸聞一清二楚，真令人懷疑每天忙著泡咖啡館的他，從哪裡生出時間來讀書？

他跟我完全相反，我的記憶力是有名的一目十行過目即忘，所以基本上都是憑瞬間直覺與個人美感當編輯。當我鎮日鬼混耽溺於雜誌裡每一篇令人紙醉神迷的文章，像是蔣勳老師的散文新作〈欲愛是走向疼痛的開始〉、劉大任老師的小說新作「枯山水系列」、廖偉棠的全新組詩〈西班牙謠曲集〉，壓根兒什麼事也不想管，把又硬又複雜又難敲定評論訪問的《狼廳》文本分析兼曼布克獎綜覽兼十六世紀歷史論述兼二十一世紀書市銷售研究專輯丟到一邊去的時候，黃蟲就會默默而快速走到我旁邊，假裝很委屈地說：「聰威，我們是不是該多做點那個那個，這個這個，專輯才會比較完整。」

我要是懶得理他，他又會不屈不撓地接著說，「其實還有那本書、那個人、那件什麼什麼事，可以拿出來討論一下，一定會很精采……」「給我閃邊涼快去吧！」我在心裡吶喊，「我都還沒讀完董啟章咧！」

唉，雖然是這麼想，終究還是得聽進這傢伙的話，換成我默默地去處理要傷腦筋的正經事。

好吧，黃蟲，加油！

最後，跟所有親愛的讀者報告一個好消息：當我正在寫這篇「編輯室報告」時，五月號《聯合文學》已站上了博客來網路書店「文學史地類雜誌」總排行榜第一名。對於較弱勢的文學刊物而言，這不是件容易的事，我們總算創造了新的紀錄。

這是我們不禁想握緊拳頭歡呼的榮幸，謝謝大家。

309 期

聯合文學
UNITAS
a literary monthly
2010 全國巡迴文藝營
報名即將截止！
2010.07
309
如果故事中出現槍，就必須發射！
2010獨家專輯
契訶夫誕生
150周年紀念版
總導覽 契訶夫巨人文學生涯全景
現場 彩頁直擊契訶夫莫斯科故居
小說 所有小說家的老師——短篇小說徹底分析
戲劇 世界戲劇最高殿堂——劇作魅力完全解讀
名作 經典〈帶小狗的女士〉新譯精析
迴響 誰來穿越時空傳簡訊給契訶夫？
特別連載 平路 最新長篇小說《東方之東》終於曝光
讓我們足足等待八年，一切總算值得……
ISSN 1017-0898 NT$180

契訶夫一頭熱？

話說去年底，我們正傷透腦子，一直吵著今年雜誌主題到底要做什麼的時候，忽然發現二〇一〇年正是俄國大文豪契訶夫誕生一五〇周年！再怎麼說這都是一件世界級的文學大事，畢竟是契訶夫啊，隨便捉一個寫短篇小說的作家來問：「請舉出三位你覺得最棒的短篇小說大師」，其中必定有一位是契訶夫，絕對不會出問題。倘若真有某個傢伙沒把契訶夫放在裡頭，我們大概會嘆口氣搖搖頭說：「這就像選三位史上最重要的足球巨星，卻沒選到 Edson Arantes do Nascimento 吧！」

我們當然立刻決定要做「契訶夫誕生一五〇周年」紀念專輯，趕緊找了資深編輯人，莫斯科大學語言系文學碩士丘光來策劃這個專輯，（丘夫人則是莫斯科大學文學博士熊宗慧老師，也幫我們寫了文章。）運氣也非常之好，丘光正打算成立自己的出版社，專門出版俄國經典文學作品，第一本要面世的書便是契訶夫的《帶小狗的女士》。

但我也開始變得神經兮兮，再怎麼說這都是一件世界級的文學大事啊，在俄羅斯可是從二〇〇九年年底便展開一整年的慶祝活動，還發行

Memo：契訶夫誕生一五〇周年，在我們做這個專輯之前，台灣沒什麼報導。不過運氣很好，剛好遇上獨立出版人，莫斯科大學碩士丘光創立了櫻桃園出版社，第一本書就出版契訶夫的《帶小狗的女士》，專輯才能成形。鄭順聰做到這期離職了，直到現在還是和太太、兩個女兒悠哉悠哉地過日子，真是令人羨慕啊。「當月作家」是劉克襄老師，版面設計轉了九十度，很有趣，但不幸的，把克襄老師的嘴巴夾進折縫裡，我看打樣時卻沒注意到，真是很愚蠢又低階的失誤，不知道眼睛長哪裡去了。

了成套紀念金幣銀幣，所以我猜想台灣也一定有許多文學刊物會製作專題報導，我才不想落在人家的後面，好像對世界文學大事一無所知的樣子！所以一邊拜託丘光趕工翻譯選文、交出企劃案，一邊催促編輯做功課邀稿，好不容易熬到這個月，總算做出來了——我們是台灣第一個製作契訶夫紀念專輯的文學媒體。不過，現在回想起來卻覺得有點莫名其妙，因為其他人好像不怎麼重視這回事，從頭到尾只有我們自己一頭熱似的……除了下半年有些與契訶夫相關的劇場表演之外，最近唯一一條與契訶夫有關的新聞居然是總統夫人周美青擔任雲門舞集的榮譽團長，參加了六月十日在莫斯科舉行的「契訶夫國際劇場藝術節」。

最後跟大家報告一件小事：我們敬愛的《聯合文學》主編鄭順聰，將於做完本期雜誌之後（他總共編了六十三期），順利畢業回家帶小孩兼寫作，往文壇一線作家邁進。為了歡送他，我和在上一期「編輯室報告」裡大出風頭的菜鳥編輯黃蟲打算以契訶夫的戲劇經典定律「如果故事中出現槍，就必須發射！」的句型造句，送給順聰做為私房臨別感言。

先舉個例子，比方說若是送給我的話，那一定是：

「如果應酬中出現酒，就必須乾掉！」

假如送給黃蟲則必然是：

「如果咖啡館中出現文藝少女，就必須搭訕！」

那麼，我送給順聽的臨別感言就是：

「如果人生中出現文學，就必須揮霍！」

黃蟲送的則是：

「如果生活中出現隱喻，就必須提筆！」

歡迎大家一起來造句，祝福順聽吧！

P.S. Edson Arantes do Nascimento 就是球王比利。

紀念商禽老師，一九三〇—二〇一〇年六月二十七日，

一個時代的結束，

並留下我們繼續瞻望歲月。

310 期

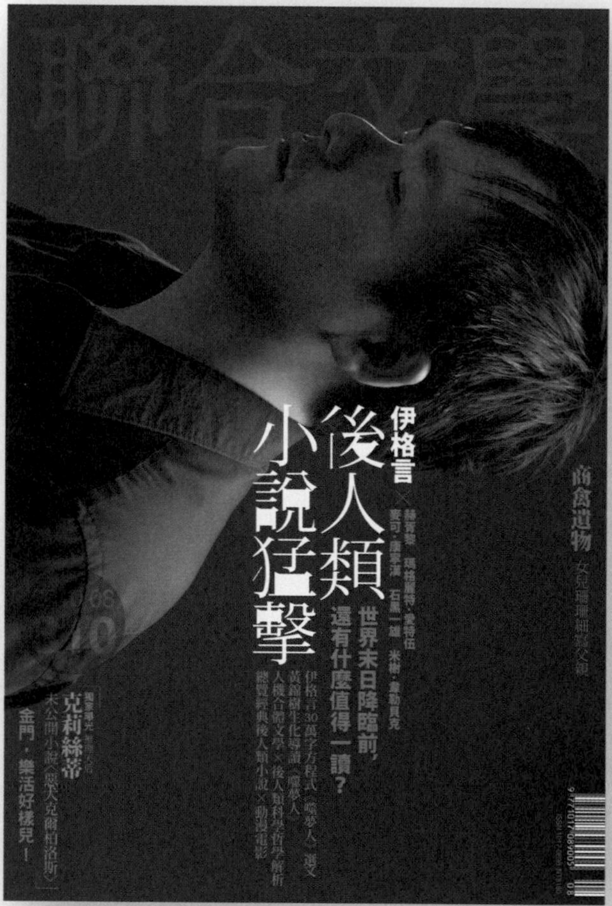
聯合文學
商禽遺物
伊格言
後人類、
小說猛擊
世界末日降臨前，
還有什麼值得一讀？
伊格言30萬字方程式《噬夢人》選文
黃錦樹生化導讀《噬夢人》
人機合體文學×後人類科學哲學解析
總覽經典後人類小說×動漫電影
克莉絲蒂
金門．樂活好樣兒！

伊格言捏爆橘子

伊格言是我的好朋友，嗯……應該，是吧。

當然，所有人都知道我們曾經是「小說家讀者8P」的成員，我也是在那個時候認識他的，但究竟為什麼，我們會成為好朋友的呢？（喂！小伊，是吧，我們算是好朋友吧？不然的話，這篇報告再繼續寫下去會讓我變得非常厚臉皮。）

我剛認識的伊格言這傢伙，二話不說就是一個腦子裡充滿了各種意見的傢伙。不管是溫和或麻辣，在發表意見時，他總是一對犀利眼神直瞪著對方，彷彿同時也在認真地表示：「你知道嗎，這世界沒有我不能捏爆的橘子。」

而且由於二〇〇三年他出版了第一本小說集《甕中人》就技驚四座，一下子成為備受文壇矚目的超級新人，卻又自作自受地裝出一種遇神殺神逢佛滅佛的不良形象，結果不管是有心或無意，伊格言就莫名其妙地成了個話題人物。

不過，這樣一個有著各式各樣的難以妥協的堅持的傢伙，當二〇〇

Memo：伊格言有文壇周杰倫之稱，人長得像他，歌喉也相當不錯。但我認識他日久，其實覺得還好，何況周杰倫是贏在有才華，又不是靠臉才紅的。當然小伊也是，並非靠臉才紅，或是他本人這樣覺得，不得而知。但是拉進棚裡拍照之後，果然很帥啊，封面這張照片是我選的，雖然被人家說有點想睡的感覺，但能夠適切地表現出他的憂愁與溫柔善感的一面。不久，他就出了情詩集《你是穿入我瞳孔的光》，那種深情款款的樣子，正是這封面想要的效果。

五年我即將出版第一本小說集《稍縱即逝的印象》，卻沒有前輩老師願意幫我寫序時，他居然慷慨地答應幫我寫一篇導讀以為序。「你的小說寫得很好。」我打電話謝謝他的好心時，他大概是這麼說的，「否則我不會幫你寫。」

我聽了這話，心裡相當掙扎不知該開心還是難過。能被他誇獎這一句，一定表示自己寫好了什麼，只是這傢伙的年紀還小我五歲耶，居然敢講得一副當我老大的樣子。

過了這麼多年他終於寫出第二本作品：三十萬字的長篇小說《噬夢人》。雖然是好朋友，但他沒讓我那麼好過，為了爭取這本書能在我們這邊出版，該談的談了，該規劃的規劃了，該氣的該唸的該罵的該抓狂的也都一應俱全了。而且為了讓他能展現獨特強烈的個人形象以登上雜誌封面，我們特別為他設定服裝造型，甚至出借我個人結婚用的皮鞋，並首次將作家、攝影師、編輯與美術人員都拉進攝影棚討論範本、定裝、試光、拍照長達三個小時。這對時尚媒體來說只是小兒科的練習，但我們應該是台灣有史以來，第一個如此慎重處理作家影像與封面設計的文學雜誌。

因為我知道出版這小說對他來說是一件再重要也不過的事情了，在他的作品獲得德國法蘭克福書展、萊比錫書展選書，並入圍二〇〇七年曼氏亞洲文學獎（The Man Asian Literary Prize）與二〇〇八年歐康納國際短篇小說獎（Frank O'Connor International Short Story Award）之後，他或許是六年級這一代最接近頂尖國際獎項的重要作家，雖然很不甘心，可是我想我明白這傢伙的焦慮。

「完成這小說之後……」小說完稿的隔天，他這麼對我說，「我能感受到深深的虛無。」

我看著伊格言近乎筋疲力竭的臉色，我知道這就是我喜歡他的原因。或許，也是他會不吝當我的好朋友的原因：他是個心神善感而溫柔的人，而且懂得小說是怎麼一回事。

311 期

聯合文學
史上最簡單明瞭，一次讀懂張愛玲！
UNITAS
a literary monthly
張愛玲
學校
2010.09
311
張愛玲學校開學
朝會演講 蟲患—張愛玲的精神分析／台大精神科醫師 吳佳璇
獨家教材 張愛玲自傳體小說《雷峯塔》選摘
必讀科目 國語課／林俊頴・英語課／郭強生・歷史課／季季
地理課／周芬伶・社會課／蔡登山・健康教育課／章緣
家政課／楊佳嫻・美術課／黃心村・電影課／吳國坤
課後輔導 超詳實人生年表＋速成張迷測驗卷

我不懂張愛玲

我不懂張愛玲。

去年備受道德爭議的《小團圓》出版之後，姑且不論寫得好不好，我一看就覺得這應該是只有「真正的張迷」才讀得懂的書吧！於是我趕緊分別去問了兩個我一直以為是張迷的年輕女作家。她們一律都說是的，她們非常了解裡面在寫什麼，這果然是只有張迷才讀得入心的東西。

「所以，妳是張迷沒錯吧。」我有點捉住對方小辮子似的說。

「不是啊，我不是張迷啊，你不要亂說喔。」她們異口同聲回答。

「妳們明明就是啊！」我在心裡吶喊著，「幹嘛不敢承認！」

所以我不懂啊！張愛玲究竟是怎麼樣的人？為什麼大家好像都對她抱著一份不易說出口的情感。

我當然早早讀了《半生緣》、《傾城之戀》、《紅玫瑰與白玫瑰》、《怨女》、《秧歌》等等這些棒得不得了的經典作品。看完電影《色戒》之後，一出戲院自然也跟著一干女性友人碎碎念：「演這什麼嘛，小說裡又沒做得那麼激烈……」（不過對我來說，做得這麼激烈也沒什麼不好就是了。）

何況張愛玲對於我，還有一件恩惠值得一提。我念高中時，在報紙副刊上讀到她於一九三六年寫的短篇小說〈霸王別姬〉，這篇不到五千字的小說以現代手法重寫垓下大戰前夕虞姬與霸王的生死離別，內容少寫歷史主角霸王，反而特別著重描述虞姬女兒心思的愛痛流轉，其實題目若改為「姬別霸王」更合本意。我那時正自以為天縱英才地猛寫小說，一讀之下驚為天人，第一次覺得這世界真是大啊，同時也深感挫折——人家才十六歲就能寫成這樣了，難怪有資格說上一句：「成名要趁早。」

但是隨即心裡又想，「張愛玲寫得出來，難道我寫不出來嗎？」於是也依樣畫葫蘆地寫了一篇改造三國歷史的〈麥城之圍〉，小說字數相近、敘述手法相仿，題目也用四字成語，內容同樣不寫歷史主角關羽，而寫一位小小蜀軍帶兵官眼中的戰事，居然給我矇到了生平第一個文學獎「雄中青年文學獎」，這全得歸功給張愛玲。

正因為張愛玲確實寫得很棒，加上其名門身世、與胡蘭成的愛情故事、鮮為人知的私生活等等因素，使她成了當代最值得探討的文學人物，結果這幾年來也就出現了為數眾多的張愛玲專家與各類研究論文書籍，

Memo：不用說，這一期是我來了之後賣最多、改版形象最鮮明、被各方討論最熱烈，而且必須再版的一期。張愛玲做為文學刊物專輯是一個老哏，不知道被做過幾百次了，只要做了通常賣得不錯。但我們就是想，要怎麼樣才能做得跟以前不一樣，給讀者新鮮感，而不是「祖師奶奶又來了。」從張愛玲誕生九〇周年，時間剛好是九月開學季，加上《雷峯塔》出版發想起，決定要用「張愛玲學校開學」為主題，規劃內容、找到文案切入點、設計版面元素，然後破天荒地找北一女畢業生穿制服上雜誌封面，我還特地去買了日本街拍雜誌做參考，所有一切環環相扣確實

我可以保證，假如你有閒一一聽完專家教訓與讀完這些書的話，你一定會跟我有類似的感嘆：「如今的張愛玲真是複雜啊，我真搞不懂她。」

雖然說有魅力的女人往往比較複雜，但是這一次，就讓我們把事情變得簡單一些，更有條理和全面規劃一些，一步一步掀開「張學」的神祕面紗！重新回到最基礎，最國民教育的功課上：國語課、英語課、健康教育課、歷史課、地理課、美術課、朝會演講……讓我們回到最循循善誘的張愛玲學校，一所別人並不知曉，只有你知道的，上學一次就能夠清楚明白張愛玲其人其作原本面貌的學校。

那麼開課了，起立、敬禮、老師好！

P.S.特別感謝北一女的田威寧老師，既為我們設計了課後輔導內容，也為我們推薦三位北一女畢業生：陳孟婕、陳品蓉、曾方瑜出任封面模特兒。我想，有她們就讀的張愛玲學校，很多人都會急著去註冊吧。（去吧，黃蟲！）

組合在一起，才能讓這一期的嘗試如此成功。而且要特別感謝北一女國文老師，也是張愛玲超級粉絲田威寧的全力協助。

312 期

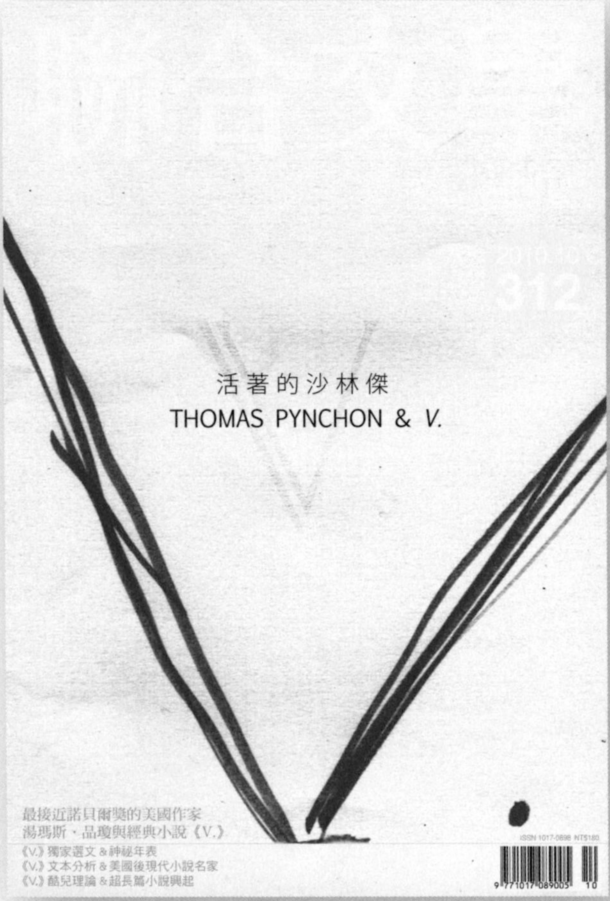
312
活著的沙林傑
THOMAS PYNCHON & V.
最接近諾貝爾獎的美國作家
湯瑪斯・品瓊與經典小說《V.》
《V.》獨家選文 & 神祕年表
《V.》文本分析 & 美國後現代小說名家
《V.》酷兒理論 & 超長篇小說興起
ISSN 1017-0898 NT$180
9 771017 089005 10

KTV陰謀論

本月，歡送黃芷琳同學自聯合文學畢業。

芷琳是我們去年九月依教育部「大專畢業生企業實習方案」聘任的雜誌實習編輯，按規定只有一年的實習時間，所以不得不依依不捨地與她分離。

當時來應徵的人非常多，可是不管選誰我總覺得很擔心。這些剛從各大專院校畢業的七年級孩子，看起來一律手足無措的樣子，面試時我必定會問：「最喜歡的文學作品是什麼呢？」或許你不相信，即使這些孩子明明知道要去應徵的是一家文學出版公司，但就是會回答出非常令人驚豔的答案。有一位男生說：「我最喜歡的是鄭豐喜寫的《汪洋中的一條船》。」我的意思當然不是《汪洋中的一條船》有什麼不好，只是這聽起來顯然不太對勁吧。

至於以當圖書館館員為職志的芷琳則回答《惡童三部曲》，於是我們當下便決定要錄取她。實際一起工作之後，才發現她比我們所能想像的要更棒，不僅閱讀的品味極佳，批評寫差了的作品也十分得理不饒人。而除了交代的各種雜誌庶務、採訪、約稿、校稿、訂便當訂肯德基訂鮮

Memo：湯瑪斯．品瓊是我偏愛的作家，作品《V.》是後現代小說的鉅作，他也是美國作家中最接近諾貝爾文學獎的一位，不過我偏愛的作家照例在台灣非常冷門，研究者也少，所以找不太到人來幫我們寫文章，最終成了一個很小型的專輯。封面最特別的地方一「看」就知道，或者說一「看不到」就知道……「聯合文學」四個字幾乎消失掉了。順帶一提，那組紅色的「V.」形線條，是我隨手在影印紙上畫的，被美編誇獎很好看喔。（驕傲個什麼啊！）

芋仙都能順利完成之外，還非常能吃苦耐勞，任何加班要求從沒聽她有任何抱怨，也從沒藉口住在基隆太遠蹺班不來，不只適合當編輯，我想當媳婦也相當不錯。

我們在錢櫃KTV為她舉辦歡送派對，同時也拍攝本期專輯的開門頁。如大家所見的，我們在聚光手電筒前面紮上彩色玻璃紙，關掉包廂裡的所有燈光，只留下電視螢幕的白光，然後由我、黃蟲、雜誌副主編維信哥、叢書副主編小草、工讀生菜菜，一一輪流站到電視機前揮動手電筒製造V字的效果。

實在非常難，我們已事先於YouTube上找到日本人做的影片當參考，但仍然調整了好幾次照相機的快門時間，改變手揮動速度、角度、站立的位置、燈光顏色、需要遮光的程度都是一試再試，最後才在美術編輯小五親自揮動與指導拍攝之下，總算拍出接近理想的成果。

正當我們人仰馬翻地拍照時，芷琳也熱烈地唱著歌。首先，她理所當然地唱著蔡依林、徐佳瑩、五月天的新歌，然後她開始唱陳綺貞、王菲、梁詠琪時，我已經覺得有些奇怪，這對她來說不都是老人的歌了嗎？接著她居然唱起了周璇、布袋戲主題曲〈爍爍俊〉和一首不知道怎麼回事的順口溜〈長藤掛銅鈴〉！這該是一個二十出頭的女生會唱的玩意兒嗎？

我站在一群年輕同事、杯盤狼藉的剩菜和成打的扭曲啤酒罐前，一邊像機器人般一次又一次地揮動光影詭異的手電筒，一邊聽著越發不合時宜的古老歌曲時，忽然有種荒謬感從腳底長出來，就像兩種不同的思考邏輯或開挖隧道的營造工法被硬生生地嵌合在一起，所以必然是有某人對這整個行為和場景，設計了某種滲入在場所有人的陰謀論，因而合謀了一個不正常的時空。

假如真有如此的合謀，要去了解這事，可想而知一定相當困難，湯瑪斯．品瓊的《V.》寫的便是無數這樣令人不安的片刻，其結論終究會是：這世界有我們無法預料的、無法想像的、恐懼說出口的什麼，在深深的底層存在著。我們可能永遠讀不懂這複雜的小說究竟是怎麼回事，或者「V.」字到底代表什麼意義，但讀起來卻非常過癮，如活生生的美國一九六〇年代反文化、奢華而暴烈的氛圍撲面而來。

最後，與《V.》和KTV陰謀論完全無關的，寫這文章時，芷琳已回基隆當國小代課老師了。非常可惜，敝公司目前既無正式編輯職位可續聘之，亦暫無媳婦的空缺，倘若讀者朋友有以上兩項的人員需求，我個人很願意做她的推薦人。

313 期

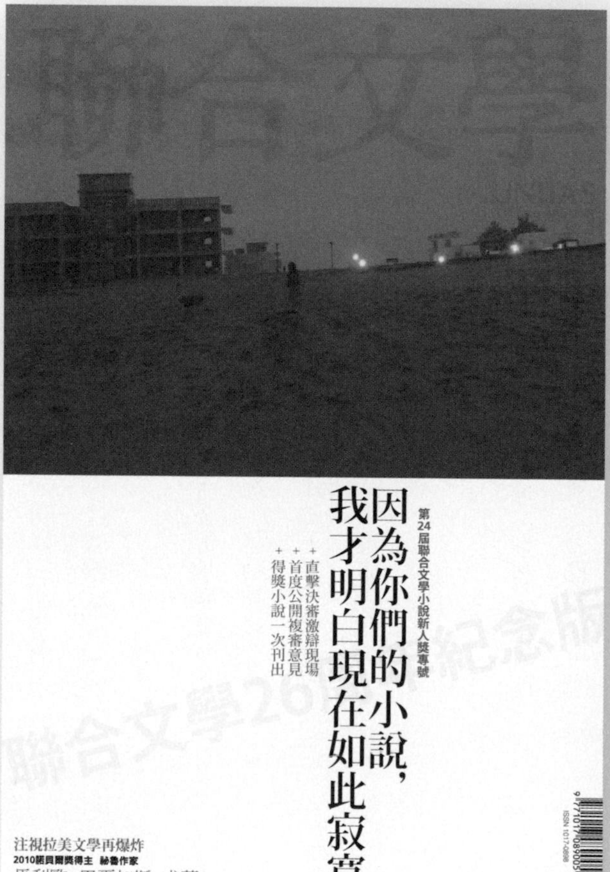
聯合文學
第24屆聯合文學小說新人獎專號
因為你們的小說，
我才明白現在如此寂寞。
+直擊決審激辯現場
+首度公開複審意見
+得獎小說一次刊出
注視拉美文學再爆炸
2010諾貝爾獎得主 祕魯作家
馬利歐·巴爾加斯·尤薩
ISSN 1017-0898
NT$180

文學是什麼？

某個週六，我應邀到一個社區去演講。是個有相當戶數的社區，十餘層高的大樓一棟接著一棟，中央有處頗大的綠樹公園，走在裡頭非常舒服。

會請我去演講的原因是這個社區要慶祝落成十五周年，因此利用週休二日舉辦聯歡活動。週六早上九點起跳蚤市場開賣，下午四點舉辦烤肉活動，晚上則有「星光卡拉ＯＫ大賽」，據說還特別請了幾位老牌歌星來唱歌，搞得跟國慶僑胞聯歡晚會一樣。於是在跳蚤市場交易期與烤肉活動中間出現了一個空檔，且不知是管委會的哪一位天才突然靈光一閃，覺得社區住戶會需要陶冶一下文學素養，於是便找我去演講填空。主題很簡單，就是談談我的創作歷程。

我到的時候，穿著上頭印了「××社區媽媽」粉藍色背心的媽媽們，正將一箱箱的礦泉水拆封，一瓶瓶地擺到烤肉區的長桌子上。其中一位見我來了，很客氣地引我到社區閱覽室裡，我想那時候的確已經到了兩點整演講時間了，十分寬敞乾淨，而且有一半空間擺了豪華撞球桌、桌球檯與三部健身器材的閱覽室裡，在另一半排列整齊的桌椅前坐了三個

Memo：這一期我們將四位小說家新人獎得主拉進攝影棚拍照，包括四人合照。這大概也是第一次有文學獎競賽，會特別請得主進棚拍照，然後再加上長篇專訪。這個規模是比照「當月作家」單元，向來都只有成名作家，並且適逢新書出版才能登上的單元。我認為，除了高額獎金之外，這是可以給文學獎得主最好的待遇。

人。然後，社區媽媽就說：「那老師您就可以開始了，我還要去弄烤肉的東西。」

一位念企管的大學女生、一位理工組的高中男生、一位退休的爺爺，便是我所有的聽眾。人數多算兩遍還是很少，沒辦法，畢竟是答應人家的事情了，還是得硬著頭皮講完。但是結果，這或許是我今年以來最開心的演講了，沒有人打瞌睡、沒有人假裝去上廁所提早離席、沒有人將眼光離開我的身上，（只有三個人，我看得很清楚。）我拋出問題問他們時，他們甚至搶著回答，我從未有過這樣的待遇啊！

演講結束已經四點了，但彼此好像都覺得還不夠盡興似的，繼續坐下來聊天。他們問我許多聽起來非常「業餘」的問題，像是：「寫作時候沒有靈感怎麼辦？」、「我心裡有個故事，但不知道要怎麼下筆寫出來？」、「我每天都很忙，沒時間寫東西，老師您是怎麼做到的？」在各種文學演講場合，類似的「業餘」問題一道一道出現，「專業」講者一一順利解決之後，最終一定會有一個人問以下這個問題……

退休的爺爺像是為今天做個總結似的問了：「老師，那你覺得文學是什麼？」

「我不知道。」我坦白地說，可想而知，如果真有答案的話，也絕對不是我能回答出來的，「不過即使不知道答案，也不妨礙我們去讀一首詩、寫一篇散文、虛構一部小說啊，也不妨礙我們浪費一整個下午，彼此分享對文學的熱愛、誤解跟無知。」

我覺得新人作家起步時，也應該是這樣才對吧！文學是什麼根本一點也不重要，勇敢地浪費大把的時間，寫一些可能根本沒人會讀或讀得懂的東西，還以為自己寫得好的要命，有這樣的衝勁和自大狂才是最重要的吧！

既然參加了文學獎比賽，名次和講評也公布了，評審老師愛說什麼，就隨他們說吧！能從裡頭學到什麼當然最好，如果被誇獎了就徹底高興一陣子，跟朋友炫耀個半年，被罵說寫得很差就管他的，繼續寫自己愛寫的東西，終於會有一天，（也許要花一輩子也說不定）我們能夠逐漸勾勒清晰輪廓，溫度與觸感兼具，什麼樣子都好，只要是別人無法奪去地，完成我們自己偉大的或渺小的文學。

附帶一提，演講完畢後，社區媽媽很熱情地邀請我留下來烤肉，以及參加隔天週日的旅遊活動：「完全免費！淡水萬里金山一日逍遙遊」。「都熟了都熟了，老師吃一點再走啊！」大家都非常開心，真希望跟文學有關的事情也都能這麼開心。

314 期

聯合文學
UNITAS
314
村上春樹《挪威的森林》映画化完全保存版
我們的悲哀如今觸目可見
陳英雄
張明敏
賴明珠
郭正佩
藤井省三
嚴選文學&跨年讀本補完計畫
二〇一〇年書與人

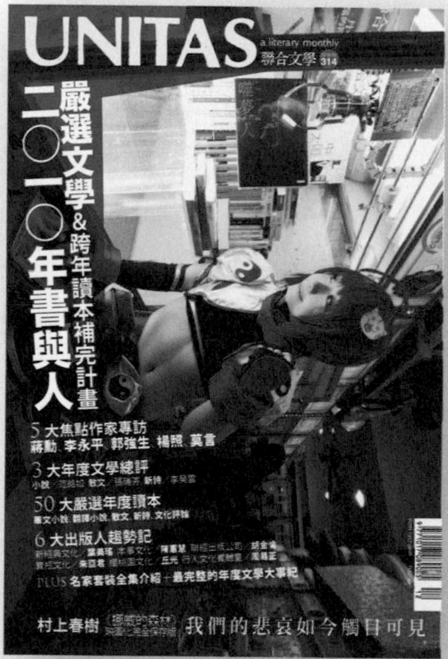
UNITAS
a literary monthly
聯合文學 314
嚴選文學&跨年讀本補完計畫
二〇一〇年書與人
5 大焦點作家專訪
蔣勳 李永平 郭強生 楊照 莫言
3 大年度文學總評
50 大嚴選年度讀本
6 大出版人趨勢記
PLUS 名家套裝全集介紹＋最完整的年度文學大事記
村上春樹
我們的悲哀如今觸目可見

無情的總編輯

俞君哭了。

她坐在桌前不停啜泣，同事圍著安慰她，我坐在辦公室裡，隱約聽見是怎麼回事。

俞君是那種漂亮溫柔，讓人想對她說心事的女孩子。她在自己的部落格裡寫又甜又痛的情詩，還有像是一絲絲抽出心底話的散文。雖然是這樣，工作時卻非常有條理，執行力強又不怕麻煩，是每個主管都會想配備一位的行銷企劃人員。對她交代事情時，總是「嗯嗯嗯」地一口答應下來，好像沒有做不到的事情，不過有時也會露出強悍不妥協的一面，我就被她寫 e-mail 唸過做得不好的地方。被人家唸了一定不開心，但有些事確實做不好，只好乖乖承認下次改進。

我走出辦公室，問她怎麼了。她站起來想答話，卻一句話也沒來得及說出口，豆大的眼淚又嘩啦嘩啦地滾了滿臉。同事們試著向我解釋，因為某些通路商的銷售規定實在太嚴格了，害得求好心切的她再也承受不了了。接著他們看看我，心裡大概是在想：「俞君真的好為難，總編

Memo：村上春樹《挪威的森林》電影上映，當然要大做，十二月也一定要做「嚴選文學．書與人」專輯，於是就想來做雙專輯。接著就異想天開地做雙邊開本，一邊做一個專輯，於是採左開橫式，右開直式的做法。兩邊內容都做得中規中矩，但是被一些資深讀者說這樣排版很亂……嗯，直排的部分不太熟練，看起來確實有些粗糙，很抱歉。不過，右開封面 cosplay 的性感女模是林文義老師的乖媳婦喔。（後面那個黑衣人是我本人）我們去西門町租了一家抓娃娃店拍攝，還清空其中一台機器，換上我們的書籍裝置，想想還真是閒啊。

輯一定會說點好話安慰她吧？」

非常慘的，我從進社會工作以來，大約有百分之八十以上的時間都是與一大群女孩子朝夕共事，可是我從來也沒學會如何安慰正在哭泣、發怒或失戀的她們。我默默地看她哭泣，一會兒她坐回椅子上，轉頭面對電腦不再望著我。最後，我只說了一句：「所以結果怎麼樣？」非常無情的說法，我知道的。

我對她自然沒有任何責備，但同樣的，也無法很帥氣地告訴她：「管他的，我們不用靠這個通路才能賣書！」非常抱歉，我們確實得用盡各種方法（就算得委屈自己）與通路商、經銷商、廣告商、製版廠、印刷廠、紙廠、裝訂廠、倉庫好好相處，如果不這樣的話，我實在不知道要怎麼將我們全心全意做好的書、編好的雜誌，明明是如此值得一讀的文學作品，讓它們有機會與讀者相遇。

一位我衷心喜愛的前輩作家最近寫了封信跟我說：「聽大家談文學出版，雖然表面鬧哄哄，可是我覺得底下有巨大的悲傷，不是說個人的，而是說群體的。」我是這麼回覆她的：「我想我多少明白妳的意思。只是我現在是出版者了，即使有悲傷也得克服，或者得繞過去不管，才能繼續做下去！」她說的也許不專指出版實務，或者包括了作家本身的問題，但無論如何，因為是喜歡文學出版而不是想要去競選民意代表的緣故，我們不幸地擁有了較為純粹卻也更容易受到傷害的理想。

擁有這種不幸的理想的，當然不只是聯合文學。在這一期的雜誌專輯「二〇一〇年書與人——嚴選文學 & 跨年讀本補完計畫」裡，你可以讀到更多跟我們一樣死腦筋的傢伙，明明知道做這一行就是沒辦法領股票分紅當年終獎金，卻非要懷抱著什麼無法丟棄的東西繼續做下去不可。而所有人這一年來的成果，不管你愛或不愛，讚美或諷刺，也就坦坦白白地攤在你的面前。

別哭了。

315 期

聯合文學
UNITAS
a literary monthly
2011.01
315
20年過去了，
依然沒人比她更懂得流浪……
收藏三毛專輯
25年間首度曝光
三毛夢幻演講
原音珍錄〈談我的寫作經驗〉
鄭明娳
專文導讀
三毛作品全貌
蔡詩萍
現場回顧
「三毛旋風」文化現象
李桐豪
跟著三毛去
撒哈拉沙漠旅行
PLUS
最完整的三毛人生紀事
直擊中、港三毛風潮
二〇一一全新
國際專欄陣容
日本 村上龍 波蘭 奧爾嘉・朵卡萩 德國 顧彬
台灣 鄭清文／傅月庵／郝譽翔／紀大偉／劉大任／楊照／舒國治
ISSN 1017-0898 NT$180
9 771017 089005 01
特輯
谷崎潤一郎
耽美而變態
李長聲獨家解讀谷崎作品
不朽鉅作《細雪》＋古典名著《武州公祕話》新譯選摘

稍微煩惱一陣子

我和妻子去西門町看了《挪威的森林》，散場後我們走路去中山堂附近，想吃隆記，結果恰好是每月的第三個星期日，公休。

站在隆記那條幽暗的巷子前，妻子問：「小林綠是不是很可愛？」她指的自然是電影裡的水原希子，「很可愛啊。」我說。

「那我有比她可愛嗎？」

「有啊，妳比小林綠可愛兩倍。」

「是嗎？那是有多可愛？」

「就像兩隻春天的小熊從長滿三葉草的緩坡上滾下來一樣可愛。」

「你也太混了吧，這不是完全抄村上春樹的說法嗎？」

「嗯……村上春樹只寫了一隻小熊，不信妳回去查小說。但是妳卻有兩隻噢，所以可愛了兩倍。」

「如果人生能夠在十八歲和十九歲之間來來去去就好了吧。」妻子照著電影裡直子的台詞說，「十八歲過完之後是十九歲，十九歲過完了又回到十八歲。你不覺得嗎？那時候要煩惱的事情真的比較少。」

「是嗎？我現在煩惱的事情也不多啊，就是上班、寫作和玩桌上遊戲而已。」

「你光煩惱雜誌成本和出版業績就每天唉唉叫了，哪還有寫什麼東西。」

「呃……那個，但是十八、十九歲時也一定有很多要煩惱的東西吧！」

「除了上課打工、談戀愛，還有嗎？」

「我沒有打工，也沒談戀愛。」

「所以沒什麼煩惱啊，沒錯吧。」妻子說，「附帶一句，我也沒談戀愛。」

我十八、十九歲之間到底在煩惱什麼呢？想不起來……真慘，只有頂著成功嶺受訓的光頭，從高雄來台北念書這件事讓我很不適應而已。

然後還有一件事：三毛去世了。

那個時候，很抱歉，我記得我已經不那麼喜歡她了。

我不喜歡她的理由是：她不再是我國中時代夢裡花落知多少的三毛，而是被粗劣的八卦消息、媒體過度消費和神怪傳言包圍著的三毛了。

或許還有其他的理由，像是因為解嚴開放，大家都可以去撒哈拉沙漠流

Memo：三毛在我長大的年代是超級作家，其紅的程度，現在沒有任何作家可以比擬。（九把刀也不是對手）但是二十年過去了，做此次專輯的時候，台灣卻已經感受不到那樣的熱度了，（中國倒還是挺火的）所以也只能是一個小型專輯。值得一提的是，我們從耕莘文教院那邊找到了她在一九八七年公開演講的錄音「談我的寫作經驗」，非常難得。從這一期開始，我設計了一個「聯文講堂」的欄目，針對「創作訓練」與「文學教育」開闢專屬單元，也將藝術、音樂、戲劇、文化性質的文章、消息稿一併歸在此處，像是雜誌中附屬的實用性別冊。另外，我們有國際作家的專

浪了一類的，但我是不是不該就這樣不喜歡她呢？她曾經是我唯一讀完所有出版物，還買了演講錄音帶的作家，也曾經是我唯一敢抵抗大人們反對我當作家的理由。

現在她不在了，我該怎麼辦啊。我都已經十八、十九歲了，還以為自己已經長得夠大，早就找到其他的文學偶像能支持我繼續走下去，沒有三毛沒關係了，但這樣想的時候才發覺，心裡面真正被誰深深埋下根，因此而被絞痛到哭出來，不得不跟大人吵架的，也只有三毛一個人。當那些根枯萎消失之後，有很長的一段時間並沒有其他的事物長進去填補，只好讓那些空隙空在那裡不去管它。這便是當時我最煩惱的事，不過坦白說，也就是在那之間稍微煩惱一陣子而已。

「所以沒什麼煩惱，沒錯吧。」妻子說，「你想不出來吧。」

「想不出來。」我說。但或許二十年過去了，再稍微地煩惱一陣子也無妨吧。

P.S.謝謝大家對《聯合文學》的支持。去年我們的訂戶成長了一三〇%，而九月號「張愛玲學校」專輯則再版兩萬本，這是創刊二十六年以來的新紀錄。

欄，包括了日本村上龍、波蘭奧爾嘉．朵卡秋、德國顧彬，他們都是第一次在台灣雜誌開專欄。（村上龍耶！開什麼玩笑！）

316 期

聯合文學
大人的寓言
《少年 Pi 的奇幻漂流》暢銷作家
楊・馬泰爾新作
《標本師的魔幻劇本》獨家選摘
跨海專訪楊・馬泰爾
南方朔重量導讀
深入解析
寓言小說
西方源流
全景論述
中國不朽
寓言傳統
PLUS
當代寓言小說
經典總覽
一隻驢子加
一隻猴子能夠告訴你的，
一則世界上最悲傷的故事。
ISSN 1017-0898 NT$180
每月放送：村上龍獨家專欄「月曜日」
當月作家：《蘇菲的世界》大師喬斯坦・賈德
聯文講堂：如何寫得跟余華一樣厲害？
實用指南：2011 台北國際書展特別報導

我願意再讀一期《聯合文學》

這個月要跟大家報告的事情，其實上個月就應該要報告了，不過因為寫了如各位所見的「炫耀文」，（許多朋友不吝詢問到底是不是真有如此甜蜜，是的！完全是真的。）結果該講的正事沒講，只好延到本期一併報告。

首先再次感謝大家在二〇一〇年對《聯合文學》的支持與鼓勵，去年畢竟是我們嘗試改版的第一年，我於一月號的編輯室報告〈又不是口香糖糊的！〉裡就很擔心地寫了：「不會壞掉嗎？《聯合文學》耶，萬一改壞掉了我怎麼辦！」幸好，現在看起來狀況還算不錯，我想確實比「用口香糖糊的」要好很多。

既然這樣，我們便再接再厲讓二〇一一年的《聯合文學》呈現更豐富的面貌。今年，我們仍然以強烈的視覺風格做為封面設計導向，你必定會驚豔一本文學雜誌居然能展現這麼多嶄新的美術概念。其次在內容方面，將有更多世界當代文學與第一線頂尖作家的深入介紹，就像這一期，我可以保證你絕對無法在其他華文刊物，同時讀到獨家越洋專訪《少

Memo：一口氣訪問了《少年Pi的奇幻漂流》的楊．馬泰爾，和《蘇菲的世界》的喬斯坦．賈德，他們的新書繁體中文版剛好都上市了，讓整本雜誌非常有外國感，這兩個訪問，也都是少數中文世界直接對他們的深度專訪。最近去看了李安拍的少年Pi電影，忽然間也想起來，我們也曾經訪問過楊．馬爾泰啊！凡是這種越洋專訪，幾乎都是編輯黃崇凱擬的題目。這傢伙年紀雖輕但博聞強記，書又讀得快，總能問出最具水準的問題，跟頂尖作家一來一往毫不遜色。在這方面，我完全信賴他。（我自己不太靈光）

年Pi的奇幻漂流》作者楊．馬泰爾與《蘇菲的世界》作者喬斯坦．賈德。

此外，我們也推出了全新專欄陣容，包括了三位首次為華人文學雜誌供稿的國際級作家：日本小說家村上龍「月曜日」、波蘭小說家奧爾嘉．朵卡萩「來自地平線那端的明信片」、德國漢學家顧彬「空山志異」，以及鄭清文、傅月庵、郝譽翔、劉大任、楊照、舒國治，光把這些名字這樣一個一個打字出來，我就感到一陣激動，像是年少時頂著寒風長途跋涉騎機車去拉拉山上，與友伴們用手電筒照著可以轉動的厚紙版星圖，仔細辨認出一整個夜空的星座。

最後我們規劃了一塊新的閱讀版面，叫做「聯文講堂」。它就像是雜誌內的一本固定加值別冊，特別與大部頭文章區分開來，專門告訴你更多藝文知識、作家祕密、創作技巧、假日人文活動等等。內容單元包括了由紀大偉領讀當代文學經典的「經典讀書會」、一步一步教你如何寫得跟大師作家一樣厲害的「大師預備班」、來跟作品被選入中小學課本裡的國民作家談文論藝的「國民作家相談室」、拜託你人長越大越要學習體會中國古典文學廣博深邃之美的「大人的古典文學」、文化部落格、影像焦點、當代藝術，以及幾乎每個人都愛得要命的私房單元「靈感角落」，我知道的，雖然是在全本雜誌的最後一頁，但很多親愛的讀者，甚至聯合文學其他部門的同事，每次一拿到新雜誌都先讀這裡，然後才讀編輯室報告。（哼！）

那麼再次回到去年一月號的編輯室報告裡，我曾寫了「我多麼盼望，當你讀完這一期雜誌時，也能聽見你在心裡這麼對我們說：『您老大也進化太快了吧！』」今年，我的野心變大了一些——我多麼盼望，當你讀完這一期雜誌時，能聽見你在心裡這麼對我們說：「嗯，沒問題，我願意再讀一期《聯合文學》。」

317 期

聯合文學
全作導讀　小說技術　極簡主義　村上春樹　私人年表
UNITAS
a literary monthly
本期是瑞蒙・卡佛
選讀〈他們不是妳的丈夫〉〈能不能請你安靜點？〉
親訪村上龍在東京　當月作家余華　張曉風相談室

方圓兩公尺以內的日常生活

上個月去逛國際書展時，跟一位老朋友吵了一架，對方是女孩子，還因此流了眼淚。

非常對不起，K。

K小我幾歲，十多年前我們一起在一個校外的詩社混，那時候，絕大部分的友伴都堅決以為博學且文筆驚人的她會成為一位詩人，結果她順從父親要求去倫敦念經濟學，後來嫁給一個法國家具設計師，留在當地的研究單位任職。

我記得她寄給我的一張婚禮側拍照片裡，頭戴婚紗卻穿著T恤與牛仔褲的她，光腳丫縮在丈夫設計的絨毛椅上，裝出一副冷得要命，又非得很認真讀著我剛出版的第一本小說集的表情。

這次她回台灣度假，事先沒跟我聯絡，自己興致勃勃地到書展採買文學書。偶然遇見了，我說：「我拿幾本我們家的書給妳吧。」她搖搖頭，只說我的書她早託人買了，我多推薦還有哪幾本好，她自己買就行了。

「倒是你，總算變成作家了。」她說。

Memo：瑞蒙．卡佛著作開始在台灣一系列出版，對文青們可是大事一件啊！讀了好多年唯一的繁體翻譯本《當我們討論愛情》，現在總算有更多的瑞蒙．卡佛可以讀了。整個專輯都只有字而已，沒有任何插畫跟影像，（有一張他的小照片）希望能傳達「極簡」的效果。我自己很喜歡封面設計，因為出版社提供我們的照片解析度太低，沒法放大使用，所以我想乾脆封面全部上密密麻麻的字，把假裝是內文的版型直接放上去，圖則小小一張就好。另外，黑底加上聯合文學標誌用金色字，讓整個封面看起來非常氣質高超。

「是啊，好不容易。」

「應該是我的功勞吧。」K笑著說，「都是因為我沒空當作家，你這種傢伙才有機會啊。」

明明知道這是K的玩笑話，我本來也不是會對這種話在乎的人，更重要的是，我深深知道，沒有繼續寫作這件事多麼讓她傷心，但就是腦子進水，忍不住說出口：「算了吧，是妳自己決定要放棄的，怨不得別人。」

眼淚嘩地一下子從她眼裡湧出來，她說：「我要怎麼過我的生活，你也管不著。」

「我是管不著。」我淡淡地說，「妳本來就是愛怎樣就怎樣的人。」

「你管得著，你管得著……」她壓著喉音喊，「你那時應該要管我的啊！」

「誰知道妳的人生會變成什麼樣子，但現在又有什麼不好呢？」

「現在也很好啊。可是你應該要知道的，你不是寫小說的嗎？」她探視我的眼神，「你那時為什麼不幫我寫下去呢？」

沒那麼容易，那時的我，連方圓兩公尺以內的日常生活都不知道怎麼過。

那時要是有讀過瑞蒙．卡佛的小說就好了，我或許就會知道她想聽的答案——即使最終還是無法挽回什麼。

有些小說很明顯，你一讀就知道如此驚心動魄的事情不太可能會在我們的日常生活裡出現，比方說《卡拉馬助夫兄弟們》，這未免也太難了。另外當然有些小說相當平淡，可能比我們的日常生活更無聊，同樣地，我們絕對不會想到：「啊，我的生活跟小說一樣！」

不過瑞蒙．卡佛的小說卻恰如其分地讓人覺得日常生活有一種「小說感」，也就因此感到非常可怕。每日，我們如同一般的狀況下平凡地生活著，沒有什麼好炫耀的人生，但是卻有什麼惡意的東西隱藏在街角等著撲殺我。這一日沒有發生，也許就在下一日發生，總之是無可避免的，無法挽救的，一定會來臨的，不在這處街角，就在另一處街角。讀瑞蒙．卡佛的小說，就像人生已被透視，並無情地被提早告知了。

那天晚上，我撥了通電話給 K 跟她道歉。她說，回旅館就沒事了，正在聽 Bill Evans 的 Waltz for Debby。

「你呢？打電話給我前在做什麼呢？」

318 期

聯合文學
UNITAS
literary monthly
10則寫給老師魯迅的戀人絮語
一百三十年了
忽然愛上
觸不到的戀人魯迅
一切的一切 呂正惠
來得及的過去 邱士杰
日常靜好 止庵
環遊世界 藤井省三、顧彬、胡志德
未來式戀愛 叢治辰
見家人 周令飛
恨兄弟 蔡登山
背叛吾愛 顏健富
心之深邃 東年、楊佳嫻、許榮哲、李桂芳
穿越時空的情書
2011.04
318
當月作家唐諾＋
蔣勳相談室＋
超級新人花柏容
ISSN 1017-0898
NT$180

深深咬住的戀愛

我和編輯黃蟲在捷運龍山寺站一號出口等這一期雜誌的封面模特兒，三位中山女高的畢業生：亭萱、思穎、晏如，她們現在全部是台大一年級的學生，分別念外文系、社會系、國企系。我是台大哲學系畢業的，黃蟲是台大歷史系，而正在攝影棚準備的攝影師陳至凡則是台大大氣科學系，相當莫名其妙的組合，所有人都在做跟本科系沒什麼關係的事，整體感覺不太像要來工作的，倒像臨時亂約的校友會。反正閒著也是閒著，我們依入學級別排了一下：三位模特兒是九九級，至凡是九〇級，黃蟲是八九級，我是七九級，等等，我有點不敢相信，所以這組數字的意思是說……

「沒錯。」黃蟲推推眼鏡，一副已經識破某件密室殺人案，周遭的無能警察都等待他宣布正確答案的表情，「也就是說……你念台大時，她們都還沒出生。」

是的，非常正確！

然後我們開始聊起魯迅，在這個範疇裡完全沒得跟黃蟲比，他的碩士論文寫的就是那時代的文人實況、掌故，我一面嗯嗯嗯地聽，一面覺得真是受教了。無論是同代或是後代，喜歡魯迅的人很多，可是把他罵成衣冠敗類、奸惡小人的也不少，我想魯迅這人大概不是什麼容易相處的人，好吧，或者至少是個要費很大勁才能搞清楚的人物，因為他的文學成就和個人思想、政治傾向、革命行動等等全都綁在一起了，不讓初初接觸的人感到有些陌生害怕才奇怪。即使拋開這些不說，腦子裡光浮現他照片中寬臉方額，胸膛開闊扎實，鬍子修齊方正，一頭精幹短髮的模樣，就好像在他面前一定得正正經經地站好說話。但這是我個人的感覺而已喔，或許有人覺得魯迅很好親近也說不定，比方說他很有名的兩句詩：「橫眉冷對千夫指，俯首甘為孺子牛。」不管「孺子」所指為何，能夠坐在魯迅背上的某人，一定會覺得他很親切吧。（相反地，被斜眼看的某人，當然就不認為他很親切。）而且，有一個人百分之百是世界上最親近魯迅的人，那便是為他生下獨子的終生伴侶許廣平——他們倆是相差十八歲的甜蜜師生戀。

　　對於一個這樣備受爭議，堪稱是民國百年史上最重要的文人，既可能非常偉大正直，也可能非常邪惡壞心的個性男人，在其誕生一三〇年

Memo：魯迅誕生一三〇年的紀念專輯，從他轟轟烈烈的師生戀開始發想，因為產生了類似三一一期「張愛玲學校開學」的企劃方向，我們找了三位中山女高的畢業生來當封面模特兒，並且大膽地讓她們躺下來，懷抱著魯迅的《吶喊》一書，主題則為「10則寫給魯迅老師的戀人絮語」。這次的企劃顯然沒有像三一一期那般成功，我想一方面是因為台灣讀者對魯迅的喜好遠比張愛玲低得多，另一方面則是企劃本身太過抽象，設計主題與文本的連結度上太過勉強，無法表現「戀人絮語」的形式與氛圍。更壞的是，類似的封面設計若不能較之前更有創意，讀者一定會覺

得我們只是在玩老哏而已。
這是一次失敗的做法。

之後，仍然充滿著令人著迷的奇幻魅力。遠遠地看著他的照片或讀《吶喊》時，有種難以克服的嚴肅距離感，但一步步接近他的身邊，又無法抗拒那深邃複雜的祕密心靈，雖然是一種文學探索經驗，卻也幾乎像是一種實實在在的戀愛了。我想或許就像許廣平一樣，不幸地愛上一位傳奇人物、一個師長、一個真正的成熟男人、一位原以為觸不到的戀人，也唯有這樣的痴心妄想，讓戀人們能擺脫禮俗規範，尋求最深刻的戀愛。

三位模特兒走錯了捷運出口，花了點時間才跟我們碰在一起。一見到她們從電扶梯緩緩出現，以我虛長二十學級的學長立場來說，畢竟還是會覺得青春無瑕真是美好啊！也因此，我想像假若她們展讀魯迅文章、生平，一如被魯迅這般男人的禁忌戀愛給深深咬住，必定是極為溫柔而激烈。

319 期

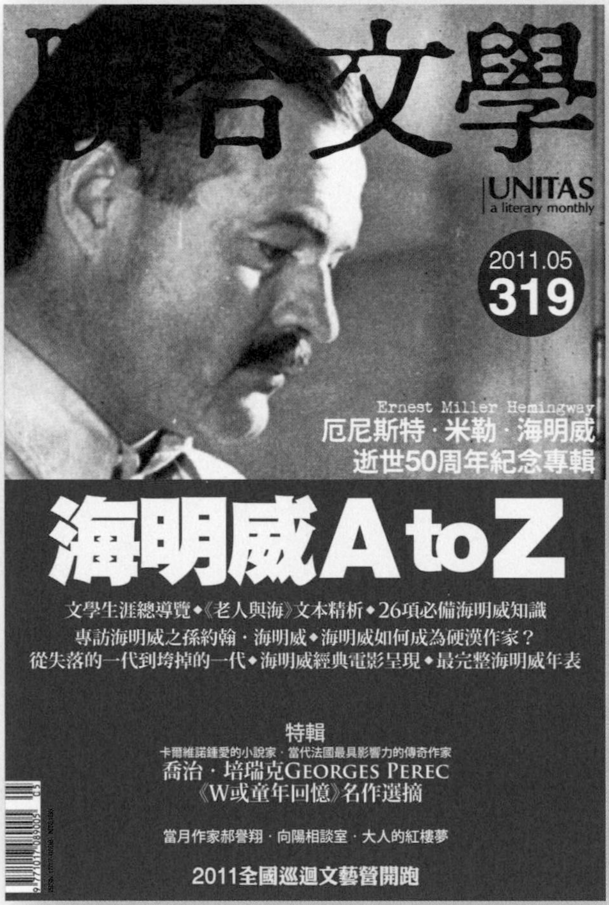
UNITAS
a literary monthly
2011.05
319
Ernest Miller Hemingway
厄尼斯特・米勒・海明威
逝世50周年紀念專輯
海明威A to Z
文學生涯總導覽◆《老人與海》文本精析◆26項必備海明威知識
專訪海明威之孫約翰・海明威◆海明威如何成為硬漢作家？
從失落的一代到垮掉的一代◆海明威經典電影呈現◆最完整海明威年表
特輯
卡爾維諾鍾愛的小說家・當代法國最具影響力的傳奇作家
喬治・培瑞克GEORGES PEREC
《W或童年回憶》名作選摘
當月作家郝譽翔・向陽相談室・大人的紅樓夢
2011全國巡迴文藝營開跑

停下來的年紀

最近想起袁哲生，不過這沒什麼特別的，我常常想起他。因為常常想起來的關係，所以我還以為自己跟他是認識很久的朋友，結果算了一下，在他過世之前，我才認識他四年而已。

我在二〇〇〇年退伍之際，某天在家休假日忽然接到他打來的電話，他說：「我是袁哲生，請問是王聰威嗎？」

「是的，我是，您好。」我從床上跳到床下。

「我們要辦一本新雜誌叫 *FHM*，不知道你有沒有興趣幫我們寫稿子。」

那時候，我根本不知道退伍之後能做什麼事，也從來沒聽過 *FHM* 是什麼玩意，但有人特別打電話來約我寫稿子，就算是鬼來電我也會說好。

我跟他共事了四年，有部分時間是當他的寫手，部分時間則在雜誌社裡當他的下屬，在最後的時光裡，我和高翊峰和他，幾乎每天都把時間花在樓梯間抽捲菸聊天，有空的時候才把工作做一做。我和翊峰到現在都還保留了抽捲菸的習慣，便是他教給我們的。

Memo：跟日本雜誌 *pen* 二〇一一年二八八期所做的海明威專輯比起來，我們真的是小巫見大巫，好可怕，看了人家這樣做，縝密、精緻、美麗，實在非常嫉妒又羨慕。不得不說，同一時間看到這麼厲害的雜誌，讓人非常洩氣，但要是我們手裡有更多的資源與時間，一定可以做到更接近一些的程度。我們比較特別的地方，是採取了流行雜誌常見的報導形式「AtoZ」，用在文學作家上挺新鮮的。另外，雖然不能採訪過世的作家，但總可以採訪他相關親近的人吧，所以找到海明威的孫子做專訪，讓文學報導更接近現場地點或人物，是我們一直想做到的事情。

有關雜誌工作的事情，我從一開始就是跟他學的，寫各式各樣的稿子、人物採訪、落標、企劃專題一類的，在這四年之間，我大概是為他寫過最多字數的寫手。他是個親切幽默的主管，也很有耐心教人，但有時未免耐心過度，有次他總算肯讓我以創作者身分寫篇正式文章給雜誌用，我寫好給他，他退稿四次叫我重寫，等到文章本身差不多沒問題了，文章標題又被退了八次重改才總算合他的意，我那時覺得，「你乾脆痛快點，自己改一改就好了，您老大愛怎樣就怎樣啊！」但他偏不，一副就是要在電話裡損我寫得多爛，所以很樂的樣子。

還有一次，我跟翊峰參加某小說獎同時摃龜了，非常不開心，他為我們解憂去勞的方式，居然是開車載我們到汐止山上喝保力達B加小虎咖啡，一邊喝，一邊恥笑我們兩個很弱。他有這種拐彎抹角的個性，明明對我們這群年輕寫作者相當關心愛護，可是非得整一整死小孩，說兩句難聽話才甘心。

這次忽然寫這麼多有關袁哲生的事情，一方面是因為今年我也好不容易來到與他相同的年紀，寫這篇編輯室報告時是四月，正是他的年紀永遠停下來的時間。但雖然與他一樣年紀了，不過我卻從來沒有像他一般的耐心和愛心，對待更年輕的寫作者。

另一方面則是這一期做海明威專輯的緣故：袁哲生的寫作風格相當強調海明威提出來的「冰山理論」，並且常常用這個標準來罵我寫得不好。我非常非常喜歡他為〈送行〉寫的得獎感言的最後一段，僅僅九十三個字就可以完全表達「哲生式冰山理論」：

民國八十三年夏天，天氣晴，我和我的同學王森田坐火車到基隆，在車站附近買了一台即可拍，穿梭在鐵道兩旁的街道上捕捉孤獨的角落。回到台北沖洗出的照片中，有半數以上，照的是我托住相機的左手手指。

那麼鮮明的，倘若沒有那破壞畫面的左手手指，就不能叫做孤獨吧。因為會感到孤獨的並不是什麼「孤獨的角落」，而是相機鏡頭之後的人。

本來該多寫點海明威的，不過算了，不寫了。

320 期

聯合文學
UNITAS
a literary monthly
史上首次・亞洲四國同步企劃專輯
夏天更要讀詩
喜歡陸地、天空、大海、讀詩讀到想午睡，
還有用湯匙把剉冰攪爛的小確幸。
台灣《聯合文學》
陳育虹
零雨
孫維民
鴻鴻
鯨向海
日本《現代詩手帖》
水無田氣流
小笠原鳥類
蜂飼耳
岸田將幸
文月悠光
中國《今天》
廖偉棠
拾槳
盛華厚
趙昕
蘇笑嫣
韓國《世界文學》
黃聖喜
金言
金經株
金止女
吳銀
320
小說新人獎即將截止　2011全國巡迴文藝營熱烈招生
翻越大和國境第一人　當月作家李維英雄＋獨家刊載《聽不到星條旗的房間》
席慕蓉相談室　余光中《亥貫亮之敗亡》　艾莉絲・孟若大師班
ISSN 1017-0898　NT$180

替友人寫給Y的分手信

Y：

我無法離開浴缸。

不是的，我知道妳一定會往那個地方想，我並不是在學讓－菲利浦·圖森的《浴室》，那個無法離開浴室的彆扭角色，也不是學The Beatles "Norwegian Wood"的歌詞內容：

She told me she worked in the morning and started to laugh.

I told her I didn't and crawled off to sleep in the bath.

我只是覺得，縮在浴缸裡給我一種夏天的感覺。像是夏天海岸外緩緩浮游的孤獨海龜，自遙遠的水平線游來，在晴空底下徘徊，凸眼梭巡岸上歡樂的觀光客，看他們裸體曬太陽，看他們繞著印了向日葵圖案的大陽傘追逐，看他們喝冰涼的雞尾酒，看他們抱著充氣鴨子嘩啦啦地跳下海裡！而我心裡想，上次母親趁夜在這裡將我與兄弟姐妹產下，那處荒蕪扎人並有賊鷗、狐狸、螃蟹自由狩獵的沙灘究竟去哪裡了？

我在浴缸裡把自己縮得更小，想像我有一個真的、又重又厚，已經

Memo：雖然是台中日韓四國文學刊物合作，共同企劃執行的專題，但實際製作上沒有那麼困難，只要依規定邀齊稿子，做好翻譯即可。比較困難的，我反而覺得是如何在封面上用圖像表現四個國家的不同，同時還要找到適合季節的氣氛。因為是夏天，非常炎熱，讀詩可以是最好的消暑方法，所以我們將整個主題轉變為生活雜誌的氛圍，封面標就用小確幸這樣的句子，然後用四國著名涼品插畫來代表四國的形象，成了一個可愛清涼的封面。

長得足夠巨大以抵抗鯊魚銳牙的殼，我抬頭看著那在夏天陽光照耀下顯得更加潔白的海岸，我不久之前（大約是一百年前而已）幾乎耗盡所有體力與運氣才能夠逃離的血肉與炎熱磨坊之地，現在變成了這個樣子，對一隻海龜而言，究竟是好或是壞呢？我自己並不敢確定，即使有了現在身上這個殼，也不知道是否能在未來存活下來，倘若我有勇氣再上岸的話。

不是的，我知道妳一定會往那個地方想，但其實不是的，我並沒有責怪妳的意思。這當然只是一種比喻或一種象徵而已，唉呀，好吧，（抱頭）我又不是詩人，哪懂什麼比喻或象徵，我只是在找個藉口，把夏天和海龜當作一個藉口，讓我可以說服妳、說服自己，縮在浴缸裡哪裡也不去是最棒的事情了！

不是這樣嗎？有種老掉牙的，像是為大家找藉口似的廣告文案格式：「夏天更要×××」，不是這樣流行著嗎？像是「夏天更要吃冰」、「夏天更要衝浪」、「夏天更要涼補」、「夏天更要蔡依林小姐」、「夏天更要讀詩」一類的，所以，我可不可以這麼說呢：「夏天更要縮在浴缸裡」。

雖然糸井重里在《夢中見》裡的〈季節〉一文批評了這種文案「行不通！老實說行不通的。」但是，難道真的不行嗎？與其寫出只有文青們看得懂的「吃氣氛」文案，不如斬釘截鐵地說：「夏天更要×××」來得更爽朗有力一點！而且，如果寫：「冬天更要×××」或是「秋天更要×××」就覺得不太對勁，有點從腳底就弱掉的感覺，非得用「夏天更要×××」不可，因為只有趁著夏天才會生出一股坦坦白白，把背心脫掉豁出去，為自己爭取什麼的吶喊力氣！

所以啊，Y，謝謝妳還在夏天與我分手。若是過了這季節的話，我才會不知道怎麼辦才好呢。春天有花粉症不行、秋天有落葉的噴泉不行、冬天有鋪棉外套也不行啊，畢竟還是只有夏天才可以。

嗯嗯，雖然是沒辦法的事，但至少可以這麼說：「夏天更要分手」。

祝平安

S

321 期

聯合文學
UNITAS
a literary monthly
Italo Calvino
保存版專輯
伊塔羅・卡爾維諾
與最後遺作
《在美洲虎太陽下》
7,000字專業級
全紀錄年表
獨家刊載
〈在美洲虎太陽下〉
越洋專訪獨生女
喬凡娜・卡爾維諾
南方朔導讀
卡爾維諾
文學生涯
紀大偉×楊小濱
精析小說技藝
義大利文學現場
直擊卡爾維諾
卡爾維諾
不朽經典全覽
2011.07
321
不完美的劉若英，
不合時宜的寫作

去冥王星的距離

很遺憾地跟大家報告，我們沒有入圍今年的金鼎獎，一個獎項也沒有。

我們報名了三個獎項，包括「最佳人文藝術雜誌獎」、「最佳主編獎」、「最佳美術設計獎」，坦白說，報名的時候我們相當有信心，經過這兩年的努力，我們所呈現的文學視野、創意力與美學觀，應該能得到肯定才是，但結果如大家所見，因為我們就連入圍的資格也沒有，我們到底距離得獎還有多遠也不知道，或許比去冥王星還要遠也說不定。

名單公布後，我們開了反省會。有人抱怨不知道評審經過沒法檢討改進，有同事批評我們風格轉向過於年輕，失去資深讀者，也有人認為我們報導太多外國作家，忽略本國作家，有人甚至說……同事問我怎麼想，我兩手一攤實在搞不清楚為什麼會這樣，他們看著我，一臉「如果你也不知道怎麼辦，那接下去要怎麼做」的表情。我覺得很抱歉，這兩年雜誌改版是我一手主導，任何編輯製作細節，連封面、內頁用紙也都是我自己一一確認過的，如今卻沒法在這個場域與其他雜誌競爭，所有

Memo：本期封面人物是劉若英，使用明星上文學雜誌封面，不用說是受了日本閱讀情報誌《達文西》的影響，過去台灣的《野葡萄文學誌》也採取這樣的固定封面形式，不管讀者評價如何，第一次敢用這種創意的文學雜誌編輯，實在令人尊敬。這一期最厲害的是，編輯黃崇凱充分發揮網路搜尋的功力與耐心，居然能找到伊塔羅．卡爾維諾的獨生女喬凡娜，而且取得同意進行專訪，這大概是華文刊物的第一次。另外，也直接採訪義大利讀者是否還讀卡爾維諾的書，我們喜歡做的文學現場地點與人物，在這一期裡都做到了。

責任自然在我個人身上。

因為很沮喪，雖然還不到哭出來的程度，不過還是去跟一位對我深有期待的前輩編輯人慎重報告。他聽我說完，往舒服的沙發一躺，露出這年輕人也太淺了的微笑，然後開始跟我聊起現在年輕人在社會上打拚很辛苦啊，要處理的事情比他年輕時要多上幾百倍，「以前單純很多啊，只要一早去辦公室給人家罵就好了。」

「那個……老師。」我有點害怕打斷他興起的話頭，「那我該怎麼辦才好？」

「喔。」他說，「你現在編的雜誌，你自己不喜歡嗎？」

「喜歡啊。」

「那，你喜歡現在你編的雜誌的讀者嗎？」

「也很喜歡啊。」

「所以你的問題是什麼？」

這一期的《聯合文學》仍然保持我喜歡編的雜誌的樣貌：以最大篇幅與最專業角度報導一位世界級文學大師，史無前例地，我們越洋訪問卡爾維諾的獨生女喬凡娜，以及義大利本國讀者對卡爾維諾的直擊式評論。然後，我們請劉若英拿著《在美洲虎太陽下》登上雜誌封面。找明星上文學雜誌封面不是什麼新鮮事，日本閱讀情報誌《達文西》已開風氣之先，我們願意也試著這樣做，讓無論嚴不嚴肅的文學都能更有生活趣味，成為朋友之間隨口討論的話題——如果這個朋友也剛好是奶茶迷的話，那就再好也不過了！我喜歡這樣的雜誌，也喜歡享受這樣的雜誌的讀者，我們是一群能夠分享一種新的文學閱讀品味與形式的朋友，我們必定喜歡這裡頭蘊涵的生活感與踏實感，像是可以觸摸到的，放在手上把玩的，我真希望有一天，「他們」也能懂得這樣的快樂。

當然，在金鼎獎這件事情上，怎麼說還是讓大家失望了，我想引用一下六〇年代美國租車公司 Avis 的經典廣告標題為同事和自己打氣。Avis 在租車這一行一直落後給 Herz 這一家超級大公司，於是他們推出新的形象廣告，其中一則標題是："When you're only No. 2, you try harder. Or else..."

因為我們不一定是No. 2，請容我改得適當一些：「因為我們還差得跟去冥王星一樣遠，所以我們要更努力，不然還能怎麼辦？」

322 期

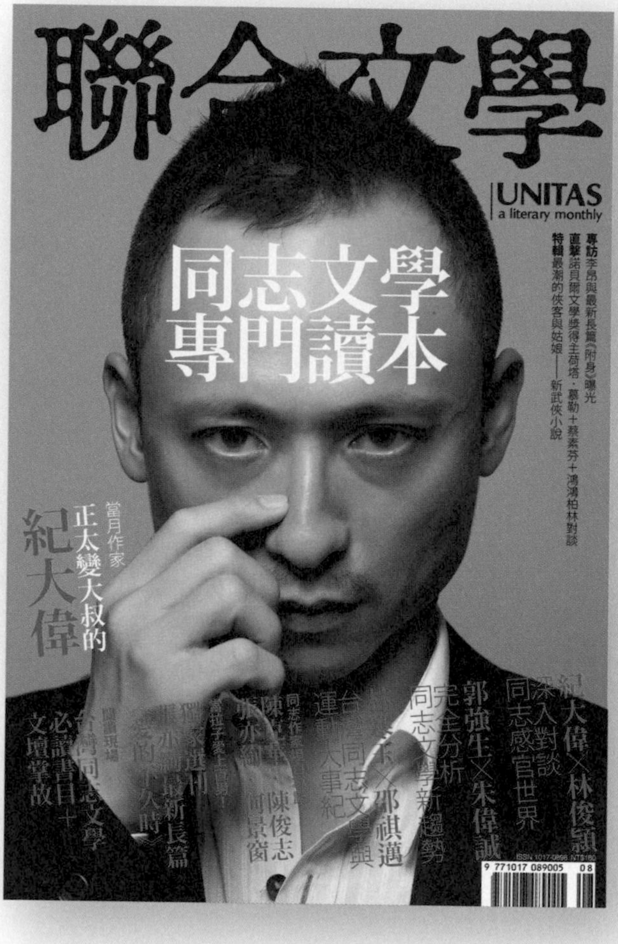
聯合文學
UNITAS
a literary monthly
同志文學專門讀本
專訪 李昂與最新長篇《附身》曝光
直擊 諾貝爾文學獎得主荷塔．慕勒＋蔡素芬＋鴻鴻柏林對談
特輯 最潮的俠客與姑娘——新武俠小說
當月作家
正太變大叔的
紀大偉
紀大偉×林俊頴
深入對談
同志感官世界
郭強生×朱偉誠
完全分析
同志文學新趨勢
邵祺邁
台灣同志文學與
運動大事紀
陳俊志
何景窗
台灣同志文學
必讀書目＋
文壇掌故
ISSN 1017-0898 NT$180
9 771017 089005 08

文學讓身體疼痛

最近亂翻以前的《聯合文學》雜誌時，看到一則有趣的半頁彩色廣告，因為乍看之下實在是太震撼了，居然有這種表現法，所以直接貼上來給大家欣賞。

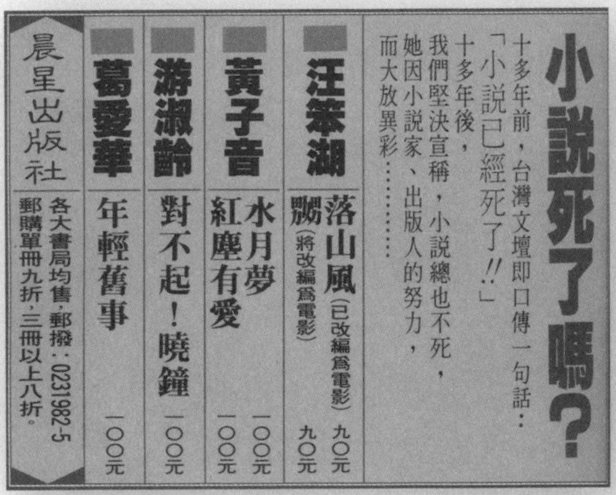

Memo：本期封面這種作家影像的拍法和設計，我保證您從來沒在其他文學刊物見過，這當然是採取了時尚雜誌的編輯術，（男性時尚雜誌的話，我個人特別偏愛國際雜誌的日本版*GQ*）用在如此帥氣性格，表情又到位的紀大偉老師身上剛剛好。所以與其說是設計的好，不如說還好有紀大偉老師的配合與寬容，讓我們把大標打在他的額頭上。但憑著這設計與切入點，同志文學雖也是老哏，本期卻大為轟動，在網路上轉貼到爆炸的程度，幫我們寫稿與受訪的作家許多都是現場人物，因而也引起同志們的熱烈討論。很抱歉，本期當年就完全絕版了。

是不是非常震撼呢！這是一九八八年七月號刊登的出版社廣告，距今二十三年之前，如果計算一下「十多年前，台灣文壇即口傳一句話……」意思是說，差不多四十年前，所謂的文壇人士便認為「小說已經死了!!」（而且字級放大又用了兩個驚嘆號，非常強烈喔。）雖然文案接著說：「我們堅決宣稱，小說總也不死……」但為什麼看起來，好像沒什麼信心的樣子？因為光寫出這樣的文案，就表示事情已經讓人覺得痛苦到不行了，與其說是廣告，不如說是義正辭嚴的更正啟事。

本期雜誌出刊的時候，我們正熱烈舉辦著一年一度的超大型文學活動「二〇一一全國巡迴文藝營」，光是小說就分三班，這傢伙看起來一點也不像死掉四十年的樣子。我真希望你讀到這篇編輯室報告的時候，是與我在文藝營現場，親身面對熱烈而鼓動的文學衝擊。這不是什麼得安安靜靜的學院課堂，你可以這麼想，這幾乎跟馬戲團進城沒兩樣，搭起一座遮蔽天空的碩大帳篷，空中飛人、炮彈飛車、小丑、大象、工程機器、獅子、馴獸師、歌舞女郎、獨輪車毫不客氣地全塞進來，你該在現場，靜止、跑動、追逐、跌倒，親手去觸摸文學的人事物，盡可能地歡笑、哭泣、呼叫、枕邊細語，去深深擁抱一位心儀的作家，告訴她或他，如果沒有某一本書的陪伴，你鐵定無法熬過某個寂寞又漫長的夜晚。不要被那些抽象言語、老式教條給迷惑或綑綁了，你要「真的」在現場，除了用心之外，更要用眼睛、皮膚、肌肉、鼻子、耳朵，甚至舌頭去感受文學狠狠犁過你的身體。我在《編集時代》這書裡讀到一句：「優秀的創造力會讓腦受傷」，同樣地，真正的文學經驗也會讓身體疼痛。

倘若，很可惜，你沒有機會在文藝營現場，那麼我希望和你分享另一個現場，那就是本期主題：同志文學。封面人物紀大偉，從大學時代開始就一直是同志論述與前衛文學創作的現場人物，我雖然與他同年，但卻是讀他的小說才開始認識這個陌生世界。我們也專訪了四位同志作家：陳克華、陳俊志、張亦絢、何景窗，以及請郭強生、朱偉誠分析同志文學新趨勢，林寒玉、邵祺邁編寫台灣同志文學與運動大事紀等等，所以你完全不必懷疑此次專輯是不是夠專門，會不會隔靴搔癢？

因為他們此刻都在現場，非常文學性地，真真實實地疼痛著。

323 期

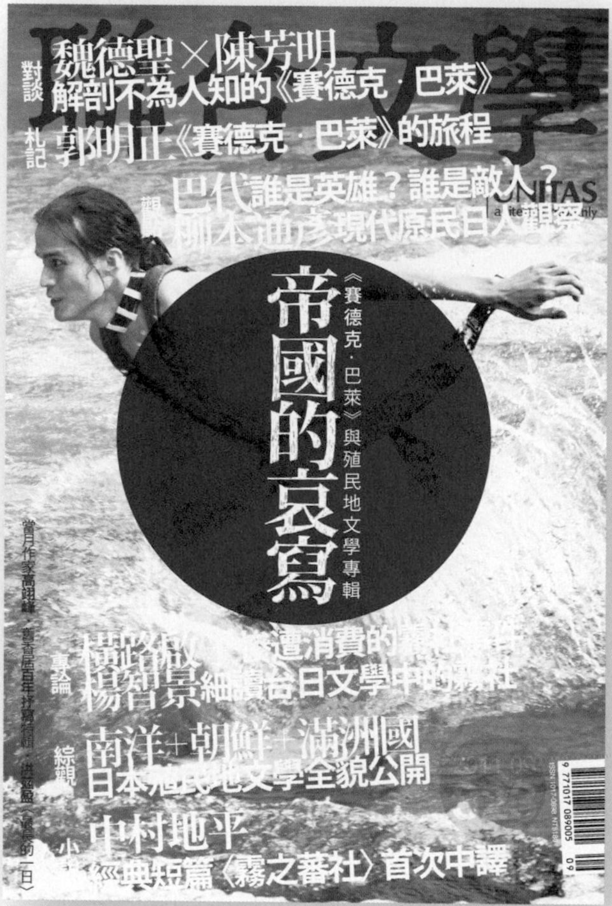

對談 魏德聖×陳芳明
解剖不為人知的《賽德克・巴萊》
札記 郭明正《賽德克・巴萊》的旅程
巴代誰是英雄？誰是敵人？
UNITAS
《賽德克・巴萊》與殖民地文學專輯
南洋+朝鮮+滿洲國
中村地平
經典短篇〈霧之蕃社〉首次中譯

高翊峰的王者之劍！

咳咳，除了比我稍帥一些之外，本期「當月作家」高翊峰有許多地方跟我很像。

我們都出身於 *FHM* 雜誌，他當過 *Cosmopolitan* 副總編輯，我當過 *marie claire* 副總編輯，他正在當 *GQ* 副總編輯，我當過 *FHM* 副總編輯，我正在當《聯合文學》總編輯，他當過《野葡萄文學誌》總編輯。我們從袁哲生那裡學會抽捲菸一直到今天，也都用 zippo 打火機點菸。喜歡吃路邊攤熱炒、沙鍋魚頭和薑母鴨，覺得洋食是為了陪老婆才吃的玩意兒。喜歡喝金門高粱和威士忌，在酒吧裡，喜歡靠近吧台，討厭沙發區，覺得那是女人坐的地方。

我們時常幻想有一天能率先用瑞蒙．卡佛的口氣跟對方撂下一句：「告訴女人，我們要出門。」然後就大搖大擺地出門去。最近，我們都覺得像《午夜巴黎》這種缺乏特效和恐龍的電影，只要等出 DVD 再去租來看就好，可是像《宇宙戰艦大和號》一定要第一時間去看，因此去年我們兩家人就是在電影院看當天上檔的此片跨年，不用說，女人們直到今天都還很後悔，當時居然會答應我們這種幼稚行為。我們共同喜歡的電影是《小子難纏》第一集，不知重複看了多少次，每次只要看到結尾，傷重緊張的主角擺出鶴形一腳踢翻對手時，眼淚就會忍不住滾出來。

「這才是真男人的奮戰模樣啊！」我和翊峰在心裡吶喊。

「這兩個人還真像。」女人們每次都這麼說。但女人就是不懂！其實我們一點也不像。我是那種雖然熱情十足，大部分時候卻很怕傷腦筋的人，寫出來的東西有時搖搖晃晃，有時句子不太修整，粗粗糙糙的。相反地，他或許是我見過，對於寫小說這件事情懷抱最高神聖性的傢伙。從他的第一本書《家，這個牢籠》開始，直到最新的《幻艙》，無論長篇或短篇，你都會覺得每個字詞都像車得光亮銳利的螺絲釘，緊緊地旋咬住句子，每一個句子再用爬牆虎狠狠釘入每一篇章段落，而每一篇章段落又牢又穩完美地嵌進整本書裡，彷若建築一座永恆祭壇般地莊重，與其說是寫小說，不如說他試圖使用文字機制，一一將日常生活的細瑣事緩慢地改造成具有神聖意義的事物。

在《幻艙》的新書發表會上，一位讀者問他：「為什麼這本書寫得這麼難懂呢？」要是我能替他回答，我會說：「越想得到具有神聖意義

Memo：這一期充分展現了我們對時效性專題的高度企劃能力，如何將一部熱門流行的商業電影轉換成具有深度文學意義的雜誌專輯。我們由各種的角度與形式去執行，像是讓導演魏德聖和文學家陳芳明對談、日本與原住民的文化觀點、有關霧社事件的文學專論、擴及日本亞洲殖民地的文學綜論與經典短篇小說〈霧之蕃社〉的翻譯等等，我覺得這就是最棒的文學雜誌形態與能夠發揮的能力。但是有一個最大的敗筆：封・面・上・出・現・一・個・錯・字。為了這個錯字，我難得在辦公室裡大罵編輯瞎了眼，居然敢讓封面上出現錯字，這樣憑什麼有資格去批評別人做的

的事物，一定會遇見越多妖魔鬼怪的伏擊，因此許多時候只好逼迫自己，一再地運用高度艱難的技巧與形式，才能馴服這些激昂敗德、慾望橫流的怪物內容。」

「下一本會更難。」翊峰如此回答。

坦白說，這跟我的脾性合不來，因為真的太辛苦了，讀到像《幻艙》這樣擁有巨大理想與強大力量的小說，我可以想像他在寫作時光中，必定有一段如《王者之劍》般的冒險經歷，而這本書就是他從蠻荒邊陲為我們帶回來的神聖事物。嗯……話說回來，新版的《王者之劍3D》已經上映了，翊峰，我們該去電影院了吧！

P.S.寫作此文時，《聯合文學》八月號「同志文學專門讀本」登上了博客來中文雜誌（包括所有種類）本月銷售排行榜第四名，這是文學刊物史上最佳紀錄。我們為文學創造新的可能。

怎麼樣！罵完那天晚上，我一邊掉淚，一邊責怪自己，我又憑什麼罵人家，封面標是我落的，錯字是我打的，最後也看了封面打樣，決定可以出手的，封面的好壞成敗本來就是總編輯的責任，應該怪我自己太蠢了。（在這裡呈現的封面已經將錯字改正了。）

324 期

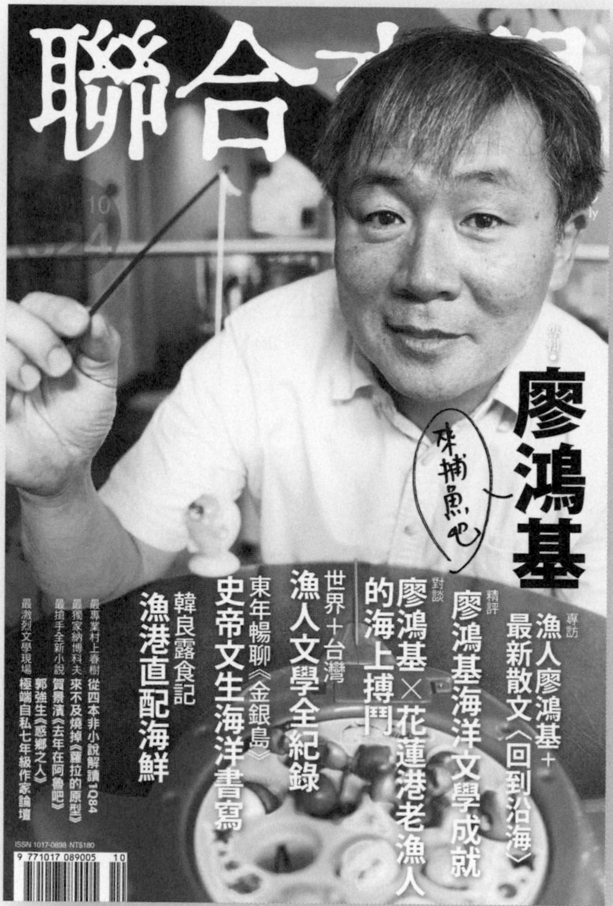
聯合文學
專輯
廖鴻基
來捕魚吧
專訪 漁人廖鴻基+最新散文〈回到沿海〉
精評 廖鴻基海洋文學成就
對談 廖鴻基×花蓮港老漁人的海上搏鬥
世界+台灣 漁人文學全紀錄
東年暢聊《金銀島》
史帝文生海洋書寫
韓良露食記
漁港直配海鮮
最專業村上春樹 從四本非小說解讀1Q84
最獨家納博科夫 來不及燒掉《蘿拉的原型》
最搶手全新小說 賀景濱《去年在阿魯吧》
郭強生《惑鄉之人》
最激烈文學現場 極端自私七年級作家論壇
ISSN 1017-0898 NT$180

不得不被迫丟掉的日常舊物

我很喜歡吃海鮮，因此也很擅長吐魚刺、剝蝦殼和拆螃蟹，簡直跟從高禮帽中拉出一隻隻兔子的魔術一般順手，即使是身為魚貨中盤商之女的妻子，也不是我的對手。我可以很榮幸地說，因為實在太過厲害的關係，所以只要餐桌上出現甲殼類，向來都由我負責拆解完畢，再恭請太座享用。

朋友們見我如此俐落身手，不免會一再詢問，我個人身世是不是跟討海賣魚有關。非常可惜，幾乎沒有什麼關係。我爸爸是旗津人，媽媽是哈瑪星人，兩地都是高雄著名漁港，我也因而寫出《複島》與《濱線女兒》兩本有關漁港人情的小說，但我們家三代從來沒人當過漁人，也沒賣過魚，就只是單純住在港邊，變得很愛吃而已。我唯一跟漁業有點切身關連的事情，是小時候住在前鎮漁港附近時，周遭許多同學都去打零工剝蝦殼。對一個九歲、十歲的孩子來說，那可是辛苦的差事，得去做漁產加工的人家的露天院子裡，用花布包著臉頭，雙臂穿上袖套，頂著大太陽，一臉盆一臉盆地將兩個指節長的小蝦蝦殼剝掉，蝦肉丟進另

Memo：因為很喜歡吃海鮮，所以做廖鴻基老師的專輯是個愉快的經驗，特別跑去花蓮港採訪他和老漁夫的對談，鴻基老師果然請我們吃了海鮮大餐，但樂極生悲的事情當然發生了，這大餐中什麼好吃都有，**就是沒有老師再三宣傳要好好保育的曼波魚，但我居然在編輯室報告裡寫我們吃了曼波魚，還讓鴻基老師特別寫信來指正……我真是蠢到極點！**因為沒辦法出海直接拍鴻基老師的英姿，封面上讓他拿著釣魚玩具「示範」，謝謝老師配合拍照，整個畫面真是古錐啊！

一個小鋁盆裡。每個班級裡都一定有幾個去剝蝦殼的同學，一個介紹一個，陸續增加，上週週末誰也跟著去了，星期一清早人一走進教室裡，所有人便知道了，他們的身體就像是微溫的火爐，即使學校裡最美的女孩也無可避免，烘烘烘地散發腥臭的氣味。除了剝蝦殼之外，還有人家會將一條條魚剖開，鋪在斜架的網子上曬乾，那從魚肉裡被蒸發出來的腥臊熱流籠罩著違章建築的巷弄，當時一定覺得很噁心，但現在卻十分懷念，有種在可以觸及的日常之處，確實地依賴著其他生命的奉獻，而不是服用某家神祕工廠的化學合成物活下去的感覺。

　廖鴻基老師近來非常關心沿海漁業的發展，在他的建議下，我們製作了本期「漁人文學專輯」，我和黃崇凱還特別去花蓮港採訪鴻基老師與當地老漁人。鴻基老師請我們吃海鮮大餐，這是我第一次吃到魟魚和曼波魚，而且採訪還沒結束，啤酒已經喝得有點茫了。這也是我第一次與老漁人說話，許多捕魚的行話、門道與細節，自然只有真正當過漁人的鴻基老師才能與老漁人開懷暢談，我光看著他們黝黑堅硬的肌膚與深刻皺紋，在漁港裡輕鬆散步聊天的模樣，就像看見傳奇人物般地完全被吸引了。在老漁人的船上，他拿起一對粗大鐵勾告訴我們如何勾住曼波魚雙眼拖上船來，又站上鏢台，示範如何用三叉魚鏢瞄準丁挽，擲出、纏鬥、拖拉。這當然是血腥殘酷的搏鬥，「應該也是身為漁人的驕傲吧。」我本來這麼想，但從他們的眼神裡卻看不出來這種氣氛，不知道為什麼反而覺得他們說這些故事時，臉上有種深深眷戀與依賴，像是在思念一件不得不被迫丟掉的日常舊物。

「再怎麼說，捕魚不是很危險嗎？」我問了個蠢問題。

「你們覺得在黑夜裡，大海當中的一條小船很危險，是吧？」老漁人說，「我卻覺得很自由很舒服，只有我一個人在船上，誰也管不到我。直到現在，我還是喜歡捕魚。」

能聽到這樣痛快、截然不同的人生觀的話真的好棒。我想，如果有人活到七十幾歲，還能痛快地說：「直到現在，我還是喜歡去科學工業園區上班！」也一定很棒吧。

325 期

聯合文學
UNITAS
a literary monthly
台灣新人出了什麼問題？
★唯一完全公開的文學獎決審現場
★直接挑戰得獎名單的複審意見
★中、短篇得獎小說一次刊出
CHINA POWER
WAKE UP TAIWAN
當月作家
陳芳明
2011年諾貝爾文學獎得主
托馬斯・特朗斯特默
325

光是害羞不行啦！

上個月，我坐在國立台灣文學館主辦，聯合文學執行的「私文學年代——七年級作家新典律論壇」的觀眾席裡，一邊聽著台上七年級作家講話，一邊在心裡嘖嘖地搖頭，「非常害羞，乍看之下會給人一種對長輩很有禮貌的感覺，但是真的不行。」

從早上到傍晚，我們請來了包括詩、散文、小說三種文類的七年級作家，分成三場座談會，每場搭配較資深的知名作家、學者，希望藉由對談辯論的形式，讓年輕作家們能夠暢談自己的作品和創作觀。總的來說其實相當成功，來參加的人擠滿了台大文學院會議廳，而且途中打瞌睡的比例也非常低，這顯然是參加偶像見面會的程度，但是不行，雖然看到楊富閔的雞窩頭的確讓人非常興奮！我心裡想，這樣還不夠。

這場論壇結束之後，一整個月在網路上或年輕創作者之間的反應仍然相當熱烈，各方討論的焦點集中在「世代論」是不是有效？「極端自私」是不是七年級作家的共同風格？網路是不是影響了新一代的創作？然後，還有至高無上的哲學式質疑：「你的終極關懷」是什麼？但不是

Memo：跟近來各大報的文學獎命運類似，本次「聯合文學小說新人獎」的中、短篇首獎作品，都被中、港兩地的參賽者給拿走了。在評審過程裡，評審委員對台灣小說缺乏競爭力的狀況頗感憂心，中篇小說的決審名單中，甚至只有一篇是台灣作品，因為這樣的緣故，所以才落了個這麼聳動的封面大標，我去楊照老師的廣播節目也談這件事，果然就在網路上被罵了。封面設計從「中國比較強」發想，自然而然就會想到「中國強」這個老牌子的鞋子啊。（難道您不會嗎？）一查之下，這款鞋居然還有在賣耶。

這樣的，我覺得如果要反省一下這場論壇的好與壞，重點不是這些才對，使我感到「這樣不行」的是：他們實在太害羞了，以至於錯失告訴台下粉絲未來的文學是什麼的機會。

不是現在就要求誰寫出驚天動地的完美作品，也不是非得表現出一副遇神殺神逢佛滅佛的樣子，（大家不用都學年輕時的伊格言）我期盼看到的是，他們能與過去的文學價值、知識傳統，面對面地遭遇、辯論甚至樹敵、背叛、起義，但真的是太害羞，也顯然太緊張了，結果不用資深作家「交鋒」，大多數時間都乖乖聽話，這顯然跟我私底下認識的熱血傢伙不一樣啊。

好吧，我的期盼太高調了，自己也做不到很沒用，但就是因為我自己做不到，所以真希望能聽到他們有一種截然不同的說法，比方說告訴我們「終極關懷」、「網路世代」、「極端自私」這些全是老人才會關心的事情了⋯⋯因為如果現在居然還奢求六年級、五年級、四年級、三年級作家去告訴大家未來的文學要關懷什麼，未來的文學要討論什麼命題，那對講台下眾多粉絲來說，也未免太可憐了。還有，正因為許多七年級作家仍然活躍於文學獎競賽的最前線，也明明知道任何比賽都有其機制與缺陷，但反正既然參賽了，更應該藉著這個機會，無論成敗，用作品去震撼評審老師，去告訴新一代的創作者，文學已經變得十分不同了，歡迎來到嶄新的世界。

忽然隨便強加一些自以為是的任務在七年級作家的身上，很抱歉。最後，我要對本次獲得「聯合文學小說新人獎」的得主說恭喜，如今你們已經站在未來的文學門檻前方了，同樣地，忽然隨便強加一些任務在各位身上，很抱歉，但是接下來，就請你們再往前一步，開拓一座新的宇宙給我們。

P.S.親愛的讀者，十月號「編輯室報告」裡我寫到：「鴻基老師請我們吃海鮮大餐，這是我第一次吃到魟魚和曼波魚……」經廖鴻基老師來信指正：「數年來大量採捕後，明顯魚體變小，數量減少，繼續吃食，曼波魚有可能永遠離開花蓮海域。那天我們餐桌上肯定沒有曼波魚。」我於席間誤聽餐點魚名，又未向廖鴻基老師求證，因而違反他歷年從事海洋保育堅持的觀念，並有誤導讀者之嫌，在此表示深深抱歉。

326 期

聯合文學
326
UNITAS
3大
文學年度總評
小說／陳建忠
散文／張瑞芬
新詩／楊宗翰
2011 書與人
嚴選文學&facebook票選讀本排行榜
5大
焦點作家專訪
王德威、王湘琦
賀景濱、紀大偉
胡淑雯
6大
出版通路趨勢記
博客來網路書店
聯合發行營業中心
麥田出版、三采文化
天下文化、逗點文創
50大
嚴選年度讀本
華文小說、散文
詩、翻譯小說
文化評論
史上首次
完全公開
facebook
文學讀本票選
排行與分析
plus
年度文學書市總觀察
名家套裝全集介紹
最完整年度文學大事紀

光芒燦爛的奮戰

今年文學圈子最重要一事，再怎麼說都是陳芳明老師的《台灣新文學史》總算出版了！因為已經聽他說：「快了，今年就會出版了喔！」聽了好幾年，（某位作家朋友說她聽了更久，都從碩士生聽成了大學教師。）等到真正把書沉甸甸地拿在手裡時，才確定芳明老師這次沒有騙人。

雖然這書最終不是由我們出版很可惜，不過其中內容一開始卻是在一九九九年八月號《聯合文學》發表的，到了二〇〇三年三月號總共刊出十八期，也就是說差不多有一半以上的內容都曾發表在我們雜誌上。那段時間裡，許多大學中文、台文系所的老師都會影印雜誌當成上課教材，在當年正式出版的台灣文學通論著作品質參差不齊的狀況下，幾乎有點像是祕密傳教似的，師生寧願一起讀著粗糙裝訂的影印紙本，帶點憂愁盼望的氣氛，也不知道這章讀完了，何時才能讀到下一章。

也就是因為這樣，新書發表會的時候，除了我跟黃崇凱之外，連叢書主編羅珊珊和我們家發行人都一起去參加。一到現場把我嚇壞了，我

Memo：維持慣例的十二月號做法，特別的是首次加入 Facebook 票選活動的嘗試，然後請年輕作家來解讀投票結果。可惜是第一次操作，實在不太會弄，結果樣本數偏低，可以討論的空間也就變得很小，算是失敗的企劃。我想，如果要再做一次的話，除了企劃要更完整擴大，操作更細緻之外，連周邊的宣傳都要一併做好，盡可能提高讀者參與的興趣。只想把它當作是回顧專輯的其中一部分來做，像是輔助性質的報告篇章，這樣的想法本身就錯了，根本限制了企劃力的可能性。

們都已經提早半小時到了，還差點沒位子坐，很快地陸續湧入至少兩百人，把會場國家戲劇院四樓交誼廳擠得水洩不通，連幾家電視台都出動了攝影機，我入行以來，從來沒見過任何文學新書發表會有這麼盛大景況，一般別說參加者不多，就算藝文線記者一請再請也殊少捧場。我一眼瞥見傅月庵老師已安坐讀書，忽然想起其實如此驚人程度，有件與他相關的小事可為預兆：據說傅月庵老師前一天就跑來會場，一看大驚失色為何沒有人？工作人員告訴他，陳芳明新書發表會是明天。傅月庵老師正懊惱著，原來是自己記錯時間了啊，工作人員還好心地安慰他說：「你不是第一個。」

一團混亂之間，忘了是誰笑著在我耳邊說：「這個場子真不簡單啊，能夠讓文壇的情人仇人全都到齊了。」（後來記起來了，是發行人張寶琴女士）我環顧四周並想想自己，頗為心領神會，真是當日熱烈場面最好的評語。這幾句話不僅可用來形容這場新書發表會，《台灣新文學史》一出版也註定要讓情人仇人有恩報恩，有恨洩恨，這一個月下來，高度讚美此書學術成就與作者學問宏博的聲音自然占多數，但是猛批其內容評述有所缺落、文學史觀不正確或過於簡陋的亦有耳聞，（明年二月號的《聯合文學》會以一整期專輯來好好討論，敬請期待）雖然我也覺得為什麼沒寫到某某某，也沒寫到那個這個的，不過不管怎麼樣，我都覺得這一切好棒！

文學這一行跟其他行當一樣，有請客吃飯的部分，當然也有不可以請客吃飯的部分，有柔情似水的彼此安慰，也有怒目對峙的互相爭鬥，為著自己的信念與理想，無論邪惡或正義，盡其所能地在這個遼闊的世界裡，用屬於自己的方式，即使可能會傷害到誰或被誰所愛，依然光芒燦爛地奮戰下去才是王道啊！十二月號這一期是固定的年度「嚴選文學．書與人」專輯，就讓我們來看看，這一年台灣文學人事物在光芒燦爛的奮戰之後，最受人注目的成功與失敗。

327 期

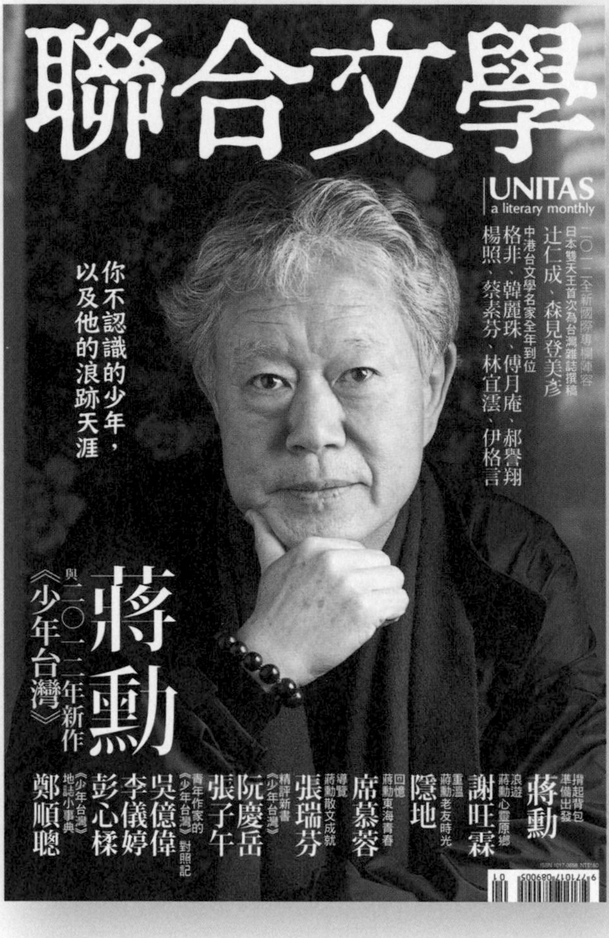
聯合文學
UNITAS
a literary monthly
二〇一二全新國際專欄陣容
日本雙天王首次為台灣雜誌撰稿
辻仁成、森見登美彥
中港台文學名家全年到位
格非、韓麗珠、傅月庵、郝譽翔
楊照、蔡素芬、林宜澐、伊格言
你不認識的少年，
以及他的浪跡天涯
蔣勳
與二〇一二年新作
《少年台灣》
揹起背包準備出發
蔣勳
浪遊蔣勳心靈原鄉
謝旺霖
重溫蔣勳老友時光
隱地
回憶蔣勳東海青春
席慕蓉
導覽蔣勳散文成就
張瑞芬
精評新書《少年台灣》
阮慶岳
張子午
青年作家的《少年台灣》對照記
吳億偉
李儀婷
彭心楺
《少年台灣》地誌小事典
鄭順聰

準時收看編輯室報告，才能考好作文喔！

首先很榮幸跟大家報告，去年《聯合文學》終於達成博客來文學類雜誌排行榜連續十二個月第一名的紀錄。其中八月號「同志文學專門讀本」專輯，更一舉登上中文雜誌（包括所有種類）當月銷售排行榜第四名，這是文學刊物史上最佳表現。而在年終之際，「年終暢銷榜」中文雜誌推薦四十名內，《聯合文學》則是唯一入選的文學刊物。

一位讀者在我的臉書上留言：「這一年雜誌的精彩內容幾乎讓我每一期都想買！看得出您真的很努力想讓雜誌以更活潑的面貌吸引更多人接觸文學，在這文學市場逐漸貧瘠的年代……」我去為師大國文系系刊編輯演講，一位同學說她的老師開了一堂課專講《聯合文學》改版的風格轉變，另一位負責美術的同學則跟我說，《聯合文學》是她心目中理想的文學雜誌，她畢業後想來這裡工作。不久前我收到一封信，一位文化大學研究生希望我能協助她完成論文：「聯合文學專題風格研究」，據說這將是第一本研究《聯合文學》的碩士論文。在此，我要謝謝大家，給我們一個有始有終，完美的一年。

Memo：蔣勳老師的《少年台灣》是二〇一二年的暢銷作品，這完全是拜他個人的魅力與文采所致。擁有這樣的作家，對任何一個出版社都是幸福無比的事。做雜誌也一樣，用這種等級的作家上封面，只要穩穩的做，就不用擔心雜誌不賣。這次我們完全把蔣老師當作文學家來處理，不談藝術美學的部分。從這期開始，有辻仁成與森見登美彥的專欄喔。（開什麼玩笑！是森見登美彥耶！）

忽然想起一件小事。剛來聯合文學任職，第一次見到蔣勳社長時，我向他請教雜誌改版的意見，他大概意思是說：「越特別，風格越強烈越好，沒有什麼好顧忌的。」

這一期，我們製作了「蔣勳與二〇一二年新作《少年台灣》」專輯。儘管這幾年，蔣勳老師以藝術、美學評論賞析的身分十分活躍，但我最熱愛的依然是「文學蔣勳」。本期雜誌裡，我們將卸掉蔣勳的其他身分，希望能讓讀者與他共同化身成對帶著文學性眼光觀看人間事物的少年，於默默無名的鄉鎮之間浪遊，專心凝視台灣這塊土地，回歸我們始終追尋的心靈原鄉。《少年台灣》最早於二〇〇〇年一月開始在《聯合文學》陸續發表，直到二〇〇八年十二月為止。數年後重讀，其實更讓我感到震動，十餘年前的蔣勳早已將書寫台灣鄉土的視野、風度教養與深刻，開發到了驚人程度，我覺得這種令人難以企及的先鋒性，正是「蔣勳文學」最棒的部分。

新的一年，我們除了保留過去一年叫好叫座的單元之外，今年專欄陣容空前強大。傅月庵、郝譽翔、楊照三位老師繼續跟大家見面，還增加了格非、韓麗珠、蔡素芬、林宜澐、伊格言等中港台頂尖作家。然後要特別介紹兩位日本超大物天王作家：森見登美彥與辻仁成，都是首次為台灣刊物寫專欄，而且是專屬台灣讀者的全新文章。連出版他們著作的出版社也驚訝地詢問我們，怎麼可能找得到他們，何況還請得動他們寫稿子。

最後，同樣來自臉書朋友的消息，據說去年九月號編輯室報告〈高翊峰的王者之劍〉被節錄為北區聯合模擬測驗的作文題目引言。題目是：「人生在世，有了朋友，煩惱就多了一人分擔，快樂也就多了一人共享，請由個人經驗出發，以『與我共度……的朋友』為題，寫出一篇首尾賅具的文章。」雖然搞不清楚我跟高翊峰的關係為什麼會變成如此具有教育意義的題目，不過各位年輕讀者，以後想要考好各區聯合模擬測驗的作文，要記得準時收看我寫的編輯室報告喔！

328 期

聯合文學
UNITAS
a literary monthly
101
台灣文學
關鍵詞
陳芳明《台灣新文學史》完全解析
2012.2
328

正在寫作的路上

王聰威（一九七二—）的《複島》（二〇〇八）、《濱線女兒》（二〇〇八）含標點符號在內，依Microsoft Word的計算，總共三十三個字，這就是我個人在《台灣新文學史》這部五十萬字的文學史論著裡所占的篇幅。從我高中十七歲開始決定成為小說家，到今年將滿四十歲了，整整寫了、讀了、想了二十二年的小說，換來這區區三十三個字，占了全書的〇．〇〇六六%。

真是太好了！很抱歉，我非常庸俗，拿到這本書的時候，我所做的第一件事就是去找自己的名字有沒有在上頭，因為我真的很希望自己能夠被陳芳明老師提到啊！由於是照年紀排列的關係，在一連串人名與作品條列裡，我的前面是甘耀明，後面是高翊峰……忽然間，我覺得跟他們排在一起，就好像是不知羞愧地偷偷溜進了沒受到主人邀請的宴會。這跟誰寫得比較好，誰的書賣得好無關，而是跟腐化有關。

現在的我，雖然還是努力地寫著，繼續想著要寫出驚人作品，可是不僅真正寫作的時間少了，甚至還花了一大堆腦漿在想一些顯然超過我

Memo：陳芳明老師的《台灣新文學史》出版是這幾年來最重要的文壇大事之一，必定要做個專輯來介紹。只是這書學術性太強，乾乾地介紹或找人來寫書介的做法，會讓雜誌變得很無聊。所以為此專輯設計的核心企劃是：「一〇一台灣文學關鍵詞」，從這五十萬字大部頭的書裡整理出必懂的詞條，形式與美術上很有趣，撰稿者也寫得很幽默。我覺得敗筆則是「第一次使用《台灣新文學史》就上手」，這樣的文章是企圖用來軟化過於嚴肅的主題，可惜有些勉強，趣點和書本身性質無法結合，概念雖好，但執行上做不到位。

所應得，只是為了滿足私欲的包裝方式與行銷活動。我覺得好難過，以前的我才不會去想這些東西，因為根本沒人要幫我出書啊！所以我只有一件事好想，那就是寫出好小說來而已。可是不過短短的時間而已，我居然可以腐化到這種程度。

腐不腐化當然跟一個作家是否入列《台灣新文學史》無關，不管多有名的作家，隔了多少年之後出了新作，即使包圍著各種熱烈行銷手法、誇張的推薦語、書評、媒體吹捧，其實我們還是能夠一眼從作品本身看透作家在這文學名利場中腐化的程度。文學作品本身是無法騙人的，就跟直接看一面清晰無比的鏡子一樣，作家只要墮落了，作品便會直接反映那墮落。我們可以看出作品的哪裡遲鈍了、哪裡分心了、哪裡便宜行事、哪裡心有餘而力不足、哪裡故意用了花招想矇混過去。最後的結果當然是，沒人想再談這樣的作家寫了什麼東西。

所以暫且拋開各式各樣沉重的學術評論、批評、讚美、遺憾，對我個人來說，《台灣新文學史》這本書其實更像一味防腐劑。書中那些寫出令人豔羨的傑作的作家們，讓我想到的時候就提醒一下自己，就算不能完全阻止自己腐化下去，也希望時間能慢一點。至於有什麼具體方式能稍微減緩腐化的速度呢？我想只有一個，那就是永遠待在「正在寫作」的路上，永遠都能夠坦白地對著朋友或太太或先生或孩子或父母或讀者或拍馬屁的人或討厭你的人說：「我今天提早起床（或是我今天要晚點睡覺）是因為我要開始寫新東西了。」而不是老去想那些要拜託別人才能做到的事情。

《台灣新文學史》其實就是一本告訴我們，「什麼人正在寫作」的過去史、現在史與未來史。

329 期

聯合文學
當月作家 文學刊物獨家彩頁專訪
陳雪 迷宮中的戀人
UNITAS
a literary monthly
專輯 卡繆&《鼠疫》
Albert Camus
因為鼠疫橫行，所以我存在？
搶先選摘
《鼠疫》經典新譯
名作導讀
吳錫德 卡繆的倫理觀
童偉格 孤獨者的集體之夢
疾病分析
吳妮民 從醫學觀點透視鼠疫圍城
巴黎特派
朱嘉漢 沙特與卡繆絕交論戰／專訪法國哲學家米榭．翁福雷／卡繆晚期主題探討
文學現場
陳寧 相隨卡繆漫步巴黎
2012.3
329

衣服真漂亮，不還顏忠賢了！

因為種種的原因，我們幾乎不太可能邀得陳雪接受訪問。她說：「好，沒問題。」的那一天，我覺得世界的哪裡好像有個沉甸甸的重型開關，在失去電力好長的一段時間之後，換上了精細的保險絲，然後將這開關咿呀一聲地推到了ON，於是藏在喜馬拉雅山脈最底層，負責推動整體世界運轉的巨大齒輪組就開始重新動作起來。藉由眾多小齒輪、螺絲釘、卡榫和彈簧卡啦啦地不停轉動，那連同恐龍與長毛象也一起復活的開朗心情，一直傳過來傳到這小島上的文學圈子裡，總算讓人覺得有美好的未來。

假日的早晨，我躺在家裡的木頭架子沙發上，透過大片的窗戶可以看見沒有建築物遮蔽的寬闊晴朗天空，白兮兮的雲朵像是祕密社團的成員，擺弄只屬於他們能夠理解的手勢與姿態。隔天就要去拍陳雪了，我一邊用YAMAHA音響接擴大機聽Sonny Rollins的Saxophone Colossus，一邊把《迷宮中的戀人》舉到跟天空一樣高的地方，襯著雲朵，嘩啦啦地讀。根本不像有人覺得要讀很久啊，其實讀起來就跟衝浪一樣，不用說，小說裡那些身體的病痛、精神的折磨、愛戀的苦難像是狂風大浪撲面而來，又沉又重地擊打在身上，但是只要衝過那個，身子一轉，閱讀的思路卻能乘風破浪於其上，那些可懼的、可恨的、可愛的、可淚的巨大能量，將我高高舉起於浪頭，一口氣衝向岸邊，到後來，我彷彿不再是主動讀著這小說，而是放任小說使風弄浪地，載我去它想去的地方，我忽然有點後悔，不該這樣子把腦和心隨便地交給誰的，只為了貪戀一時閱讀的快感，早該停下來，去喝個茶，吃個司康，看看報紙，把消失的音樂換成約翰．丹佛什麼的，讓自己冷靜一點，正經一點，無情一點，假裝沒事一點，我不想讀完這小說，但是來不及了，我的腳已經踏上又軟又香的陸地。

我想起來，我其實不太認識陳雪，在這次拍照之前，只見過她兩次，一次是幾年前在某個評審會議裡，她看起來有些憔悴不安，除了打招呼之外，不太說什麼話。另一次是去年，我們一起去北京參加一場文學會議，她臉色紅潤，精神也好多了，只是手有點無力似的不方便，有時我幫她拉行李，她客氣地一直謝我。這次，我看著鏡頭前的陳雪，身上穿的是顏忠賢老師借她的三宅一生與川久保玲，活力十足地，連拍了兩個

Memo：熟悉文壇出版競爭生態的讀者看到這一期封面一定會覺得很奇怪，封面人物陳雪剛出了新書正在宣傳期，卻是別家出版社力捧的小說家，而她懷中所抱的新版《鼠疫》也不是聯合文學的出版品，我們卻不管三七二十一地把他們湊在一起。陳雪的封面照片評價兩端，有認為極美的，也有認為不像陳雪了。這次確實是採取了時尚雜誌的設計感，但我認為這顯示了將時尚雜誌的編輯術引入文學雜誌的困難度，乍看之下頗為亮麗有衝擊性，但細節、平衡感、品味上都不夠好，意識型態也不正確，如此就會露出膚淺的模仿痕跡，總之算不上是好封面。內容方面最好的

小時也不喊累，我們和攝影師看著螢幕「認真」討論照片時，她像個小孩似湊熱鬧，一直說「衣服真漂亮，不還顏忠賢了。」

如果你和我一樣，是她臉書的忠實讀者的話，你必然知道她和早餐人的事情，美好戀愛中的女人男人總是元氣百倍的。不過我想，完成《迷宮中的戀人》這樣長度與內容的小說，無論是達成創作的另一高峰，或是徹底整理了過去的人生，必定都讓她卸下心頭重擔，整個身心因而輕盈起來。對於與她從事同一行的我來說，我盼望她能從此健康……雖然可想而知寫起來會非常過癮，但若是得用身體與生命才能換來的小說，再怎麼說也不值得。

是，巴黎特派員朱嘉漢為我們組稿，直擊仍然熱門的卡繆與沙特的論戰。

330 期

聯合文學
UNITAS
a literary monthly
微宇宙教皇降臨
羅智成&全新作品《透明鳥》
詩學分析
鴻鴻
唐捐
顏艾琳
羅智成的骨皮肉影響力
楊宗翰
台灣現代詩史結社考
跨世代詩人眼中的羅智成
楊佳嫻、孫梓評、陳雋弘
向陽、陳育虹、鯨向海
印卡、李雲顥、黃羊川
袁紹珊、林禹瑄
羅智成
詩創作編年史
搶先選摘
十年長詩
《透明鳥》
高峰對談
蔡康永
羅智成
獨家專訪
教皇之妻
談羅某的祕密生活
2012.04
330
特輯從超猛芬蘭小說《救贖》到北歐文學
當月作家鍾文音暗室裡微微發光的文字獸
王德威 專文評析董啟章「夢華體」書寫

善良女孩們喜歡的酷男人

這在什麼地方已經寫過了，我從小就一心一意想當作家，所以選填大學志願時，第一志願是現代主義的重鎮台大外文系，不過很悲慘地差了二十多分落榜，第二志願是台大哲學系，會這樣填完全是因為羅智成的關係，我想跟他一樣，一邊念哲學系，一邊成為很酷的作家。

其實剛開始學著寫詩的時候，我最喜歡鄭愁予老師的詩，到處在紙上抄抄寫寫的，也津津有味地模仿著，寫給女孩子看，就那個方面來說相當有效。相反地，讀羅智成的詩，會覺得他實在太敢寫了，什麼神祕經驗、宇宙生成、哲學思考、古典文學、碳十四、維根斯坦全都敢一口氣寫進去，好像腦子好到不行，身心都徹底鍛鍊過了，什麼也不怕似的，更厲害的是，他的詩自始至終，都保有一貫開朗坦白的抒情感，不過坦白說，還在念高中的我根本讀不懂他在寫什麼玩意兒，抄給女孩子看，女孩子也不懂啊，這樣一來，實際運用上的「效果」似乎非常有限，但這樣不是很酷嗎？不管是念哲學系，還是讀羅智成的詩，這些東西都只有我可以「假裝懂」了，別人都不懂，當場就比平凡人酷上好幾倍，那

Memo：跟三二七期蔣勳老師當封面一樣，羅智成老師上封面的話，也是穩穩地做就能好好賣雜誌。而且封面大標連想都不用想，只要照用大家都熟悉的「微宇宙教皇」就行了。專輯裡最有趣的，除了羅師母的爆料之外，不用說當然是他跟蔡康永的對談。跟蔡康永對談是羅老師指定的，我本來很擔心會不會得付很貴的「出場費」，結果衝著羅老師的面子，康永哥對我們非常好。現場對談時，康永哥展現了職業級的問答功力，真不是開玩笑的厲害。By the way，我很喜歡看「康熙來了」喔！

些善良的女孩們，不就是喜歡很酷的男人嗎？

抱著這樣「不良」的企圖如願考上了台大哲學系，我立刻在社團聯合招生園遊會裡，主動報名參加羅智成、詹宏志、楊澤、廖咸浩、苦苓等人創辦的「台大現代詩社」，（後來改名為詩文學社）不過在整個大學與研究所生涯中，我只在學校裡見過羅智成一次，那是我們社團邀請他來演講，小不啦嘰的我躲在新生大樓的教室後頭聽他說話，結束之後，我怯生生地走到他面前，說了聲老師好一類的，然後他就被學長姐像風一樣帶走了。我想，他現在壓根兒也不記得有這一段吧。

直到因為工作的緣故，和他有較多機會接觸之前，我心裡想，自己雖然跟羅智成一樣念了哲學系，寫了許多詩，後來也當上詩社社長，甚至慢慢讀懂了，或至少能體驗他的詩在感官上的快感與腦力作用，不過我始終沒辦法變得像他那麼酷，差得非常遙遠，當然，善良的女孩們也就沒有一一靠過來。好吧，這或許是因為我個人素質教養不夠的關係，但羅智成如今也有點歲數了，總而言之也沒辦法像以前那麼酷了吧？

「我每天玩樂的時間，一定要超過工作的時間。」吃下午茶聊天時，他輕鬆地說，「而且我一天工作越久，就要花越多的時間寫詩。」

「憑什麼！」我一聽他這麼說，心裡不禁像戈吉拉一樣吶喊！

這位歷任台灣各大頂尖媒體總編輯、發行人、總經理、台北市新聞處長、香港光華新聞文化中心主任，現任中央通訊社社長，明明無時無刻都是責任沉重，公務繁雜，每天理所當然忙得要命，而且據說還是一有空就守在寶貝孩子和美麗妻子身邊的好爸爸好先生，憑什麼肆無忌憚地講出這麼酷的話！

但確實是過著這樣生活的人，他的美麗妻子接受我們訪問時如此證言：「而且連我都不知道他是何時寫詩的呢。」

大學長，想要跟你一樣酷的我，到底是哪裡沒學好呢？

331 期

聯合文學
UNITAS
a literary monthly
2012.05
331
20位
40歲以下
最受期待的
華文小說家
甘耀明・王聰威・高翊峰・伊格言・童偉格・張耀升・張亦絢
黃麗群・許榮哲・陳栢青・楊富閔・韓麗珠・葛亮
聞人悅閱・龔萬輝・韓寒・笛安・張悅然・魯敏・阿乙
★ 台灣70後作家醒覺之路
★ 資深藝文記者最尖銳的世代意見
★ 大西洋兩岸的「20 UNDER 40」現象
★ 中國70後作家陌生面貌
★ 40歲以下華文小說家書寫趨勢
★ 頂尖文學出版社如何發現新人獵物

甚至，只要一個就夠多了

我知道，你心目中「四十歲以下最值得期待的華文小說家」的名單，一定跟這一份不一樣。

上一期雜誌出刊之後，一些讀者讀到了五月號的預告，立刻在臉書上留言，覺得這名單令人興奮的有之，批評此類點名式選擇不恰當的有之，我甚至看到了一些粉絲在各自喜歡的年輕作家臉書處生氣地留言：「我覺得你應該在這份名單裡才對！」編輯黃崇凱年初出版了備受文壇注目的長篇小說《比冥王星更遠的地方》，他的臉書上有陳玉慧老師的留言：「沒有你自己的名字？」然後底下有另一則留言：「神神，快寫出好小說打掛他們。」

寫這篇編輯室報告的前一天，我找了黃崇凱進辦公室來。

「雖然這名單不可能改了，但你自己覺得如何？」我說，「我們畢竟是遺落了許多年輕小說家。」

「你是不是覺得有喜歡的人，沒有選進去？」他說。

我沒有回答。

Memo：「四十歲以下最受期待的華文小說家」專輯，是模仿 *Granta* 雜誌做的。編輯概念上很簡單，把必要的稿子收一收，一一幫作家寫好側寫就好。（但是沒有一一做專訪則是我們便宜行事了）最難的部分是訂出這一組名單，麻煩痛苦之處已寫在編輯室報告裡了。本來對於選了比較多的台灣作家這一點上有些疑慮，怕人家不同意我們的決定，事實上也被中國的讀者罵了。不過王德威教授於二〇一二年十二月接受《中國時報》採訪時表示：台灣六、七年級作家，顯然比大陸同世代寫得更好……所以我想我們是對的。

這次專輯從去年便開始發想，而這份名單則是我們大約花了半年的時間，不僅在編輯部裡反覆推敲、辯論、一再重列，也一一去信詢問許多中、港、台出版社、雜誌社編輯、作家與學者。不管如何綜合所有人的意見，我們相信決定作家價值的真正標準只有一種，那就是寫出來的作品是好是壞，這也是我們對作家唯一苛刻的事情。這名單當中的小說家絕大多數都寫出了「四十歲以下這階段內」足以稱為代表作的作品，讓他們此刻看起來風格獨具、與眾不同，也引發我們產生一種樂觀想像：「如果這樣下去的話，他們將最有機會能夠成為更上一層樓的小說大師。」

但是「絕對不可能存在完美的名單」我心裡非常篤定這一點，因為就連首創每十年選出英、美二十位四十歲以下青年小說家的文學雜誌*Granta*，也曾硬生生地漏掉了寫《足球熱》、《失戀排行榜》的尼克·宏比和寫《啥都瞭了》的強納森·薩法蘭·佛耳，所以這一次我們不可能不出問題。於是，就在雜誌要出刊的前夕，在這辦公室裡，我說：「假設我拿掉了其中五個人，這麼說好了，因為我們預知自己犯了錯，這五人最終沒有成為未來的小說大師，你是否能再給我五位小說家呢？」黃崇凱毫不遲疑地唸了另外五位小說家的名字，而且居然沒有包括自己，另外，我非常喜歡的那一位也還是沒有在內。

你所見到的這份名單，不多不少，既不是去年、前年或大前年的想法，也不是將來十年的觀點，僅僅是聯合文學當下的決定，其中必然包括了必要的審美觀與不得不的偏見，你當然可以不同意這份名單，正如立下這嚴苛標準的我們也不盡然同意你心中的那份名單。

但我想你必定會同意，在往後漫長的文學時光裡，無論最後證明了你的名單比較正確，或者是我們的名單比較恰當，其實都無妨，這裡頭最好的事情，是我們能從最初開始，耐心地見證並享受一群小說大師的成長歷程，而且完全不用懷疑，其中一定有人不會辜負我們的期待，讓未來的文學世界變得更美好。

甚至，只要一個就夠多了。

聯合文學
超級新!!緊急出刊!!
UNITAS
a literary monthly
2012.06
332
2012年世界末日後唯一雜誌
超豪華!! 31人毀滅倒數微小說日記
甘耀明・高翊峰・吳億偉・何曼莊・李桐豪・許榮哲・張耀升・湖南蟲・黃文鉅・徐嘉澤
李儀婷・洪茲盈・賴志穎・朱宥勳・神小風・陳育萱・江凌青・盛浩偉・林佑軒・吳妮民
彭心楺・鄭順聰・葉佳怡・張亦絢・朱嘉漢・李時雍・湯舒雯・黃麗群・言叔夏・陳栢青・童偉格
超推薦!! 10本「下次」世界末日前必讀書單
※基督山恩仇記 ※城堡
※傾城之戀 ※鼠疫
※情感教育 ※辭源
※死亡的臉 ※老人與海
※末日早晨 ※浮生六記
超現場!! 7大末日景觀直擊
岩井俊二・親手寫下世界末日專訪
伊格言・親眼所見世界末日紀錄
王盛弘・當場遇見世界末日降臨
郭光宇・全覽現代文學世界末日
焦元溥・在音樂裡聽見世界末日與永生渴望
譚光磊・世界末日來臨前的出版爆炸
王聰霖・令人戰慄大王之世界傳說
末日

世界末日後最棒的文學雜誌

此刻，五月二十四日早上十點半，六月號《聯合文學》已經是博客來「語言文史類雜誌排行榜」與「當週中文雜誌暢銷排行榜」的雙料第一名，這距離開放預購之後還不到四十八小時，雜誌甚至還在製作當中，我們已必須決定增加印量，以應付通路商暴增的需求。也就在此刻，我眼前的聯合文學臉書有超過三〇〇則分享，轉貼你所看到的本期封面，超過千則留言稱讚這期專輯企劃與美術設計的驚人呈現。我猜你一定沒想過，一本老牌文學雜誌「能而且敢」這麼做，並且居然如此暢銷，這要謝謝編輯陳維信、黃崇凱和美編林佳瑩，是他們的創意、技術與勇氣，使這雜誌有更多的可能。我當然非常開心，覺得能夠當一個編輯真好啊，也連帶想起一些過去的事。

我剛開始當編輯的時候，已經完全進入電腦時代了，所以沒有經歷過手工完稿一類的麻煩事，不過有件事可以代表我身處年代仍與現在有些不同，那時候數位相機跟幼稚園玩具一樣，沒法用，攝影師仍需以正片（也就是幻燈片）交件，才能符合時尚雜誌的印刷品質。我在 *marie*

Memo：這一期光只是預購而已，大概就刷新了所有的網路書店排行榜的紀錄，同樣的，雜誌都還沒開賣，也已經是《聯合文學》在網路上被轉貼、留言最多的一期，連極熱門的三一一期都不是對手。它造成了一個顯著的影響，從此之後我只要在演講或跟通路、編輯同業人士聊天，甚至從來沒有讀過《聯合文學》的陌生人，只要一說到「我們那本手寫封面的啊」，百分之百大家都至少看過封面，知道那一期做的是世界末日專輯，大家也一致地不敢置信，居然有雜誌敢這麼做。憑著這個封面，我們讓文學之外更普遍的雜誌愛好者認識了《聯合文學》。「世界末日專輯」

claire 工作時，每月固定編輯鍾文音老師的旅行專欄，得從她拍的一大堆幻燈片裡挑出適合的影像，幻燈片比五十元硬幣大不了多少，只能放在燈箱上用放大鏡看，一口氣上百張挑選下來，眼睛花了人也昏了。（而且這樣挑圖很容易生悶氣）四月去紀州庵「暗室微光攝影展」採訪她時，她很得意地說，這些品質高超的照片都是用一台「陽春」數位相機拍出來的，我不禁感受到時光飛逝得如此厲害。

另一件讓我感受到時光飛逝如此厲害的，是我們這一期「當月作家」採訪陳輝龍。我在大學時代便讀過他的《南方旅館》、《那些人，那些事，那些季節》、《每次三片》、《寫給C》這一系列的書，雖然幾乎都是開朗又具有幽默想像力的短篇小說，每一篇都像是清涼暢快的雞尾酒，可以一杯接一杯喝下去，但不知道為什麼在那樣的時代，卻給我想哭泣的感覺，就像是青春期欲求不滿的事情，都被他毫不介意地揭露開來，跟他無關，是我自己感到受了傷害。因為這緣故，二〇〇五年十月號《聯合文學》找我寫「不應被忽略的作家」時，我就寫了陳輝龍，甚至等到了聯合文學任職，第一件問資深同仁的問題就是，到底要如何找到陳輝龍，我想親眼見到他，我想出版他的小說。現在我的桌上擺著「當月作

是黃崇凱前一年便提出的構想，也算是頗為應景。然後我們一起企劃專輯內容，最主要的核心「毀滅倒數微小說日記」是一再反覆討論，不知道推翻掉多少想法才決定的。同時也決定主題要訂為「世界末日後唯一雜誌」，那麼需要什麼樣的封面設計，才能配合這個主題呢？我的靈感來自三一一福島災變後，宮城縣《石卷日日新聞》在停電的狀況下，用手電筒照明，以手寫報紙形式出刊，貼在牆上供人閱讀。當時讀到這則新聞時，我非常感動，覺得真正的編輯就該這樣！世界末日後的第一件事，就是用手工做出刊物，絕不放棄消息的傳達。所以，我們的雜誌若要在世界末日

家」的列印樣張和為他出版的《目的地南方旅館》，說是自私也算是很自私，但我達成了自己做為一個編輯的小小夢想。

不過開心歸開心，不管怎麼做，我想一定會有人不認同我們的做法，要是被人家說「你們這樣只是敝帚自珍」也沒辦法，如果做一本雜誌沒有任何可以敝帚自珍的地方，那真不曉得做雜誌有什麼樂趣可言。

嗯，其實這次的編輯室報告是一則置入行銷的徵人廣告：「你也想做一本像本期這樣令人興奮不已，也足以令你覺得敝帚自珍的文學雜誌嗎？我們需要一位雜誌編輯來和我們一起工作，若你覺得自己適合，（以後也能像我一樣，話說當年跟那位作家怎樣怎樣）請寄信給我：will.wang@udngroup.com。謝謝。」

出刊，當然也要用手寫形式才行。我落出封面標之後，依這樣的想法，美編小五做出了這個充滿手工細節的傑出封面，（手寫字全由她執行）當然，這封面也是所有編輯一再討論修改才得以定型。細心點的您也許會發現，為了模擬紙張受損的狀態，我們還刻意製造周邊泛黃的效果。我認為這一期是企劃力與美術設計非常緊密結合而成功的例子，但老實說直到在網路上貼出之前，我們仍然非常緊張，不知道是否會被讀者接受。畢竟從來沒人這樣在文學雜誌上試過。

333 期

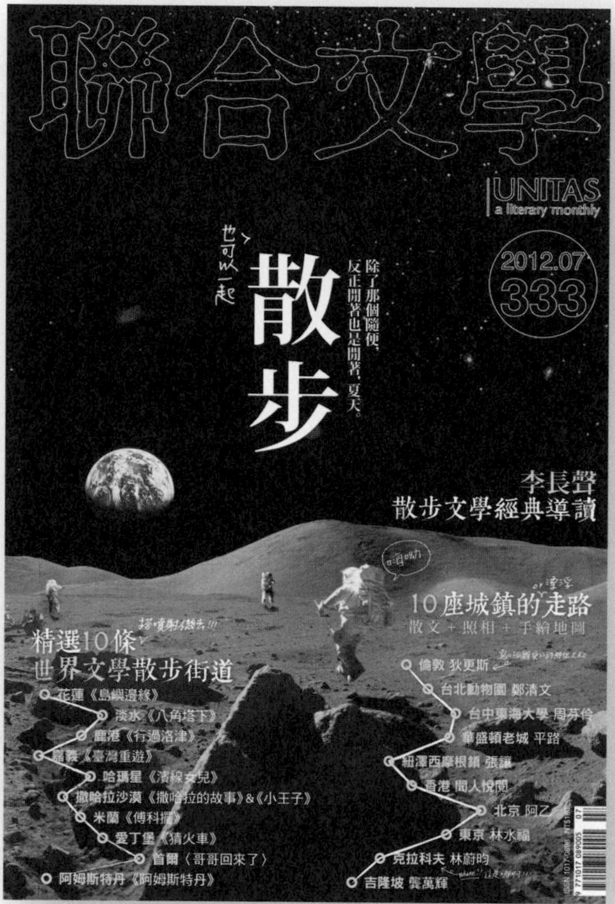
聯合文學
UNITAS
a literary monthly
2012.07
333
也可以一起
散步
除了那個隨便，
反正閒著也是閒著，夏天。
李長聲
散步文學經典導讀
10座城鎮的走路
散文＋照相＋手繪地圖
精選10條
世界文學散步街道
花蓮《島嶼邊緣》
淡水《八角塔下》
鹿港《行過洛津》
嘉義《臺灣重遊》
哈瑪星《濱線女兒》
撒哈拉沙漠《撒哈拉的故事》&《小王子》
米蘭《傅科擺》
愛丁堡《猜火車》
首爾〈哥哥回來了〉
阿姆斯特丹《阿姆斯特丹》
倫敦 狄更斯
台北動物園 鄭清文
台中東海大學 周芬伶
華盛頓老城 平路
紐澤西摩根鎮 張讓
香港 閻人悅閱
北京 阿乙
東京 林水福
克拉科夫 林蔚昀
吉隆坡 龔萬輝

真正的散步剛要開始

年輕小說家b和女人看完《普羅米修斯》，從電影院出來時，已經是凌晨兩點多了，但那附近仍然是人潮擁擠，熱門的PUB像是包裹堅硬外殼的原子彈，在巨大探照燈交織警戒中，等待裝載完畢，不久後便要朝這城市的中心投擲，死白一樣的黎明才會到來。

女人是幾年前認識的，那時候的b甚至都還沒有去當兵，一本狗屁小說也沒寫出來，只是有一搭沒一搭，覺得這世界無聊透頂地幫某本男性雜誌寫情色專欄。女人剛好在那雜誌任職，女人跟b不一樣，那時候早已是歷經身心磨鍊的老靈魂，該壓搾出蜜膏來的擁抱徹底地擁抱過幾回，該用舌頭去舔的刀鋒一一舔過了，該從胃裡涓滴不少地吐出來的苦汁也吐完了，對她來說，b只是個腦袋填滿過多軟爛腦漿的文藝青年。

b和女人被人群推擠著，「你說什麼？」女人試著回應。b說：「要不要去散步？」

「散步？凌晨兩點？」

b有點猶豫，不知如何說服女人，「呃……我們可以去吃點什麼？」

「這麼晚了，會胖的。」

Memo：我們想做個比較輕鬆的專題「散步」，但是又不想做的像生活類雜誌一樣，在封面上擺個小清新的女生於鄉間或小巷中走路。於是我們想，要如何讓散步這件事與眾不同，而且有種凸兀的趣味。我們試了企鵝、非洲土著、長頸鹿等等，最後還是決定用太空人漫步最有趣，因為連外太空都能散步啊！這個封面出乎意料大受業界的設計人歡迎。還有一點也是出乎意料的，我們邀請作家寫文章，並且親手畫自己的散步地圖，大家都畫得很棒！

「呃……也是，那算了。」

「不然陪我走回家吧。」女人說，「不遠。」

他們離開人群，轉入一條小巷子，將吵鬧聲與不太重要的人類起源與異形入侵，都丟到白鐵做的垃圾桶裡，夜忽然像是被放入束口袋一般，嘶的一聲安靜清爽起來。巷子的尾端接了一座大型公園，b在走進公園之前的矮階跌了一跤，差點就直接趴進公園裡。

「跟剛才差真多。」女人說。

「就像溫度降了一刻度一般鮮明。」b模仿著瑞蒙．錢德勒的句型。

「為什麼想去中南美洲長住呢？」

「反正我只有一個人啊，又沒有什麼牽掛，想離開這裡到別的地方生活看看。不這樣試試的話，就好像沒為自己活過一樣。」

其實不久前，兩人連朋友也不算，只是多年之後，b寫的小說在女人主編的雜誌裡刊出，才又重新聯繫上。b多了點從文學圈子裡沾染的調子，女人觀察他，確實跟過去有些不同，說不上好或壞，但過去覺得他那些天真過頭，不知人世險惡的部分，居然被他寶貝兮兮地留了下來，現在成了難得的價值。

「啊，現在好想聽 Joni Mitchell。」女人說，「喂，你聽過 Joni Mitchell 嗎？在這樣安靜的夜裡，聽她搭著空心吉他，低吟般地唱歌，好像捉著心臟輕輕地搖晃。」

「聽過啊。」b 說，「我喜歡她的 Mingus，Jaco Pastorius 幫她伴奏的貝斯，長長緩緩的旋律線，妳可以感覺到琴弦的優美彈性在胃裡彈著，又深又沉。」

就在大型公園的出口，對面是一家二十四小時營業的速食餐廳，女人忽然停下腳步。

「怎麼了？」他問。

「還要再走一段路才會到我家喔。」女人說，「你要不要先回家，明天還要上班。」

「沒關係。」b 說，「我喜歡散步。」

「喔。」

「那我可以牽妳的手嗎？」

「嗯。」女人考慮了三拍子心跳，「我又沒說不行。」

於是，對 b 和女人來說，這一夜真正的散步，才剛剛開始。

聯合文學
吳晟與濁水溪的故事
UNITAS
a literary monthly
2012.08
334
吳晟×溪州農人
塑膠棚護水抗爭
吳音寧×吳明益
個人土地意見
顏崑陽×蕭蕭×向陽×鍾文音
濁水溪記憶
ISSN 1017-0596 NT$180
水土米
簡義明論文
只想為台灣多留一粒米
吳晟談米
吳志寧說父
從濁水溪長出來的詩人
康原講吳晟
焦桐喫飯

跟文學無關的文學現場

一到達現場，我就把編輯黃崇凱拉過來，有些生氣地唸他：「這是怎麼回事，我是這麼交代你的嗎？」

他囁嚅地說：「我有跟吳晟老師說啊，只要請兩三個農人跟他對談就好了，我也不知道會這樣。」

午後四點，彰化溪州的太陽仍烈。我們採訪吳晟老師的編輯團隊，包括文編、美編、攝影、文字記錄六個人從他的玻璃書屋離開，抵達塑膠棚下，棚裡吊掛著許多打氣標語，還有一面白板，上頭寫著「歡迎聯合文學雜誌專訪」。這裡便是我們會在電視新聞上看到的「反中科四期搶水」的抗爭現場，就在莿仔埤圳的旁邊，在塑膠棚搭起來之前，也是嬌小的吳音寧孤伶伶一人在前進中的巨大鋼鐵怪手前，毫不猶豫地坐下來，以幾公分的距離，一瞬間阻擋了國家機器運作與引水工程進行的地方。

塑膠棚下，像是烤爐的中心之處，擠滿了二、三十位農民與鄉長，還有幾位看起來相當天真的大學生，但是很抱歉，我們並不是社運或農

Memo：本期專輯的出發點坦白說就是為了支援吳晟與吳音寧兩位老師發起的「反中科四期搶水」抗議行動，我認為這是如何將具體行動轉換成文學議題的良好企劃，那麼是否有達到效果呢？不久之後，吳晟老師一再向我們道謝，說正因為我們做了這個專輯，中科四期引水工程已經停止了。時序上看起來剛剛好，但我想才不是這樣，這完全是他與在地農人、作家學者、熱情學生等等不眠不休的功勞，我們頂多只是「見證」了這件事情。封面設計有一點值得一提，文字底色是用貨真價實的濁水溪土拍攝製作的喔。我們從溪州，吳晟老師的田裡挖了一大罐回來。

運刊物，更不用說，我們對社會運動該怎麼做也是門外漢，「我們只是來做文學採訪的」我這樣想，「不是來參加抗議的」所以這樣的場面讓我十分緊張。

我盯著吳晟老師引領座談，並在心裡盤算如何挽救這篇報導的「文學性」才好。果然，從鄉長開啟的發言，談的就是新聞報導裡可以讀到的那些說法、憤怒情緒、刻意欺騙農民的調查報告、對政治人物的失望、龐大的利益輸送。我個人也很理解與支持這次的行動，但顯然就不是「文學」，這不是我本來想做到雜誌裡的東西啊……

然後，一個叫阿禮的年輕農人，他聽說我們要來採訪，早上從台北直接趕回塑膠棚下，正說著他到監察院遞交陳情書的事情時，哭了。

我的腦子忽然像是被他淚水割裂臉孔的景象卡住，沒辦法再往前運轉。

下一個說話的，是一位包裹著頭巾，只露出眼睛的農婦，她說她不識字，只會種田，也哭了。接著，一位叫土豆仔的農人站起來說他八十三歲的父親土豆伯仔，半夜三點叫他出去巡田水的趣事，把大家逗樂了一會兒，沒多久，另一位看起來似乎一直很生氣，講話很大聲的老邁農人，說了些什麼之後，哭了。

就這樣，隔著幾人的說話，他們一個一個哭了。也有人沉默著揮揮手，什麼也不想說，或者騎著摩托車走了。

那時候，我已經不再想什麼跟文學有關的事情，而且相當沒用的，我這個人看別人哭就會想哭。（現在一邊寫居然還一邊流眼淚，同事看見了一定覺得我很蠢吧。）

採訪結束後，不知道是誰載來了一大桶百香果汁，我聽見有人在罵：「也不早點送來，剛剛熱得要死！」然後所有人就哈哈大笑，好像剛剛熱得要死是騙人的。

「少年耶，來喝一杯啦！」

「啊，謝謝，我自己倒就好了。」

「我給你倒就好了！你們辛苦了，特別從台北來。」

非常冰涼的一杯果汁，涼到頭都發痛了，跟文學性一點關係也沒有。

335 期

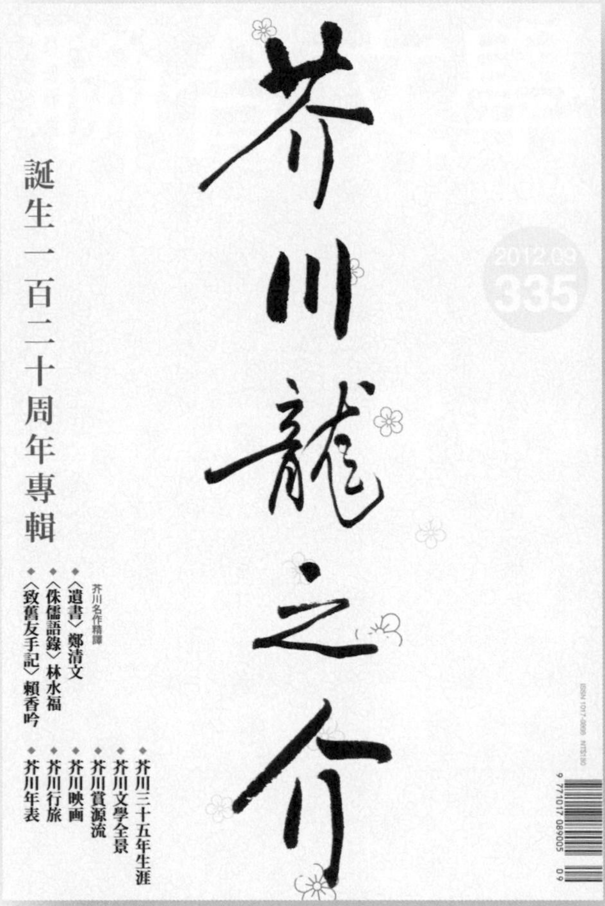
芥川龍之介
2012.09
335
誕生一百二十周年專輯
芥川名作精譯
〈遺書〉鄭清文
〈侏儒語錄〉林水福
〈致舊友手記〉賴香吟
芥川三十五年生涯
芥川文學全景
芥川賞源流
芥川映画
芥川行旅
芥川年表

虛擬與真實交織的竹藪中

月中，收到發行人轉寄一封電子信件。是一位讀者寫來，指正我們的聯合文學電子報有幾期延遲出刊的問題。

特別的是，這封信不是單純用文字寫的，這位讀者費心地製作了電子報的截圖，再將幾期截圖影像組合起來，並以圖像處理軟體工整對齊地圈點標誌出上頭延遲發刊的公告說明，然後更進一步加上大片色塊鍵入文字，以相當直接的用辭與口氣指正我們。我甚至發現一個他頗為細心之處，那就是在某些文字設計上，製作了陰影效果，最後編輯成一個完整的圖檔寄來。其實這封信不只寄給了我們的發行人，也直接寄給我和幾位出版社前輩、長官。雖然被罵了一定不開心，但是我仔細看裡頭的內容，資料方面非常清楚，說法也公允，我們的確是遲延發刊數期，該給人家罵，也該立即改進。發行人慎重地囑咐我，這是人家對我們的關心，要謝謝對方。所以我打算直接回信給這位讀者，不過一看原始信件的寄件人，這寄件人使用的電郵帳號有兩組，一組是unitas@udngroup.com，另一組則是有些熟悉的Gmail帳號。

Memo：「芥川龍之介」專輯意料之外地受到歡迎，（公司裡居然被徵收得一本也沒有了）因為雖然是其誕生一二五周年的紀念，不過沒什麼人提就是了，也沒有出版社應景出版新的版本。但不管怎麼樣，一定要有文本給讀者讀，所以我們請三位知名作家重譯其〈遺書〉等文，加上概論式文章，是個小型專輯，但是有芥川專家林水福教授提供意見，沒什麼問題。封面題字是美編小五的奶奶寫的，（這家人也太有才華了）秀氣中帶有骨感，感覺跟芥川的氣質很近。

我實在有點搞不懂為什麼，第一組電郵不就是聯合文學自己的電郵嗎？難道是公司同事自己寄出的信？但這說不太通啊，管理這組電郵信件收發的人，就是負責電子報製作出刊的同事，結果變成了他自己寫信來痛罵他自己工作不力，然後還等著我來罵他？

另一組電郵我想起來，好像是屬於一位作家的，奇妙的是，長期出版這位作家作品的出版社前輩，也收到了這封信，因此感到有些困擾，她對我說，聯合文學電子報延不延遲出刊，關她什麼事呢？

是非常熟悉的朋友，我直接打電話給他。

「我收到一封很特別的信。」

「怎麼了？」

「信裡面是說我們家的電子報常會延遲發刊，是你寄的嗎？」

「沒有啊。」

我謹慎地唸了電郵給他，他說：「是我的沒錯，但很久沒用了耶。」

是非常熟悉的朋友，我當然相信他。

因為網路運作過程、電子郵件如何寄送收取的事情我實在不懂，這當中是不是哪裡偶然出了錯，結果跑出了錯誤的寄件人名稱，害我們只是亂猜一通，或者有人不想讓我們知道他是誰，因此刻意使用了某種方法，變造寄件人身分寄出這信件？雖然詢問了管理伺服器的公司，據說可能是作家朋友的帳號遭到盜用，但究竟是怎樣誰也沒把握。不過，稍微退一步看這整件事的狀況，這不就是相當「羅生門」嗎？簡直就是把虛擬世界與實際世界交織在一起，景色與真相皆曖昧不清的「竹藪中」，嗯……非常芥川龍之介。

總之不管怎麼說，寄這封信來的朋友必定是我們忠實的讀者，因此愛之深責之切，否則絕不會有如此長期觀察，而且願意花費如此多的時間與精力，製作這樣一封圖文並茂的信，所以我想這位讀者也一定會讀到這次的編輯室報告：

「在無法直接寫信給您之前，請容我先在這裡向您表達我們的謝意與敬重。而且我向您保證，《聯合文學》雜誌絕不會延遲出刊。」

336 期

聯合文學
UNITAS
a literary monthly
布魯諾·舒茲
與經典短篇集
《鱷魚街》
BRUNO
SCHULZ
& The Street of Crocodiles
波蘭的卡夫卡
身處世界上最悲哀之地，
孕育20世紀最動人的小說。
客座主編
旅波詩人
林蔚昀
來自波蘭現場
的專輯企劃
舒茲短篇小說
一次三篇
〈八月〉
〈著魔〉
〈鳥〉
林蔚昀
生涯全覽
舒茲文學
童偉格
深入導讀
舒茲小說
林則良
徹底分析
舒茲《鱷魚街》
plus
舒茲大事年表
專訪名人談舒茲
史坦尼斯拉夫·歐卓格
安娜·卡舒貝·鄧柏絲卡
閱讀舒茲的三種姿態
高翊峰
胡淑雯
吳克希
2012.10
336
當月作家
胡晴舫
思索時代的第三人
最新散文
鯨向海
廣大的秋天在
他的舌下祕密歌唱

送他一份最好的離職禮物

本期雜誌的專輯是「波蘭的卡夫卡——布魯諾．舒茲」，下個月我們則會出版他的第一本短篇小說集《鱷魚街》，不過雖然說是第一本，其實他一生也就只有兩部短篇集，我們會陸續推出。

喜歡英國動畫大師奎氏兄弟（Brothers Quay）的朋友，一定看過他們一九八六年改編的《鱷魚街》動畫作品，也就是這部被名導演 Terry Gilliam 選為影史十大動畫影片之一的詭異怪誕作品，將早被人遺忘許久的舒茲，從世界文學名著舊書攤的最底層拉出來，抹掉灰塵重新曬過太陽，像是一本我們從來未曾讀過，因此而新鮮無比的書。他大概是二十世紀最偉大的波蘭語小說家，不過很可惜，對台灣的讀者來說，舒茲無疑是個相當陌生的名字，二次大戰期間，身為猶太人的舒茲早起去弄點麵包，據說是打算為逃出集中營作準備，但就在他的出生地波蘭德羅霍貝奇小鎮的街頭，被納粹蓋世太保槍殺身亡。

當我們面對一處陌生的地域、一位陌生的小說家、兩冊陌生的小說，我們其實也跟一般的讀者一樣，會感到不知道如何下手去理解這一切，

Memo：波蘭小說家布魯諾．舒茲一生只出過兩本薄薄的小說，在台灣可以說是冷門中的冷門。我們要出版他的書，同時配合雜誌專輯，所幸有我們的特派員，旅波詩人林蔚昀擔任客座主編，從翻譯小說到幫雜誌組稿，簡直是一手包辦。尤其是年表的部分，蔚昀提供的圖文資料與小五的美術設計合起來，做得非常漂亮，可惜受限經費，這個頁面只能做黑白的，要是能做一本全彩的文學雜誌，不知道該有多好啊……另外，第一次見到林則良先生，也是一大收穫。

這樣的時候，我們應該回到文學現場去探訪才對。所以這一次，我們邀請了旅居波蘭許久的詩人林蔚昀小姐來當客座主編，為我們規劃完整的專輯架構。她正是讀了布魯諾．舒茲的小說，才決定遠赴波蘭念書，也就在當地成家工作生子，繼續追尋舒茲的文學、繪畫藝術以及生活足跡。在專輯裡，你可以讀到她絕對獨一無二的文學現場描寫，全面性地勾勒出舒茲作為一個作家、畫家的樣貌。但更重要的是，她以深厚的波蘭文訓練，為我們直譯了舒茲全部的小說作品，（這次，你可以在專輯中一次讀到三篇）其優美抒情，帶有悲傷氣息的詩意文字，有種驚人的完成度，這譯本幾乎抹除了兩種不同語言的宿命界線，彷彿讓讀者呼吸著與舒茲呼吸著一樣的波蘭空氣。

但為什麼我們就是非得做「布魯諾．舒茲」這個專輯，還有非得出他的書不可呢？坦白說，明明知道這是「文青專門」的主題，也不可能大賣，要是現實一點的話，不做也就算了。這是因為編輯黃崇凱兩年多前一來公司任職，便到處嚷嚷他喜歡這個作家，喜歡《鱷魚街》這本書喜歡得不得了，每天都煩著說要叢書部去簽他的書，然後他要做舒茲的雜誌專輯。我被煩得實在受不了了，只好拿起來讀一讀，（中國簡體版）

喔喔喔，這小說很厲害啊，（不過還是蔚昀翻譯的比較好！）就是這樣才找蔚昀幫忙，從尋找波蘭出版社、遺產繼承人授與的正式版權、談價錢、簽約，一直到翻譯出來，等著與大家見面。如此一來，兩年多的時光悠悠然然地過去了，每天一直煩的黃崇凱也要畢業了，是的，這個月結束他就要與親愛的女友，（這是他這兩年最大的成就）一起去開拓他更遼闊的人生，祝他幸運，本期就算是我們送他離職的最好禮物！

當然，很可惜的，各位熱愛「編輯室報告之黃崇凱系列」的讀者，你們再也看不到我亂寫他在辦公室裡奮戰不懈的樣子了。

337 期

聯合文學
UNITAS
a literary monthly
好吧，
這是一個壞掉的時代，
唯有你們的小說，
能夠溫柔地療癒我。
第26屆聯合文學小說新人獎專號
完全公開的文學獎決審現場＋獨一無二的複審超另類意見＋中、短篇得獎作品一次刊完
2012年諾貝爾文學獎得主
中國小說家莫言
埋葬在黑土裡，也是一種幸福。
當月作家
林黛嫚
讓你心頭洋溢暖暖喜悅的故事
ISSN 1017-0898 NT$180

希望一天能吃上三頓餃子的小說家

二〇一二年諾貝爾文學獎公布的時候，我正和陳芳明老師、夏曼·藍波安老師、郝譽翔老師一起吃著北平菜喝高粱酒。我跟芳明老師從見面就一直抬槓，他說他好像變成了《聯合文學》的員工，有什麼事都發落給他做，我則說才沒有咧，「您說要交給我們的書稿都沒交啊！上星期就該交了啊。」

我的手機響起時，大家都還正開著玩笑。電話是留守公司，緊盯著諾貝爾獎網站的黃崇凱打來的。

「是莫言。」他說。

「確定嗎？」我說，「會不會是假新聞？」在此之前，中國媒體一直猛炒莫言在諾貝爾文學獎賭盤上居於首位的新聞，但過去幾年，這所謂的熱門賭盤從沒一次開準的，這次哪有這麼剛好的事情？

「確定了，正式公布了。」

我關掉手機，假裝有點輕描淡寫地說：「諾貝爾文學獎公布了。」

你可以想像，這晚餐之後的話題自然都環繞在莫言身上。你或許也

Memo：本期「聯合文學小說新人獎」的得獎作在題材或風格上讀來，許多頗有療癒感，而且今年景氣這麼糟，於是決定不像前一年那麼有批判性，走比較溫馨感人的風格，嗯，有點像是捐血廣告。這次的得主全是一九八〇年後出生，非常年輕，短篇首獎得主的姐夫居然是杜德偉耶，他還有來參加頒獎典禮，本人果然很帥氣！當然也做了當年的諾貝爾文學獎得主莫言的評論，唉，不知道是好還是壞。

猜想得到，莫言得了諾貝爾文學獎，一定會有許多爭議、困惑與政治性討論，在這晚餐時刻，我和三位老師坦白地交換著各種意見。如此大約過了一小時之後，三位老師的手機開始此起彼落地響起，各大報紙副刊、文化版面的記者、編輯紛紛打來詢問他們對諾貝爾獎得主的看法。

我自己是這麼想的：如果最近要將諾貝爾文學獎頒給某位中國作家的話，那麼人選大概只有一至兩位這麼多，假使稍稍擴大一點，打算頒給以華文創作的作家的話，那麼這名單也許又會多個一兩位，但無論如何，莫言怎麼樣也不會掉出這份名單之外。再進一步說，若將這獎頒給了莫言以外的華文作家，我想必定有許多人的第一反應會是：「為什麼不是莫言？」面對這樣重大的，對華文文學創作具有衝擊性話題的文學事件，像我這樣僅僅讀過部分莫言作品的傢伙，唯一該做的事情，就是將他的新書舊書統統起出來，再多讀一些，以確定因為一時衝擊而浮現的想法，是否真的符合自己的心意。而倘若你還沒讀過任何一本的話，不如先去讀個一兩本，比較容易判斷臉書或媒體上眾人說的事情有沒有道理。

莫言在接受諾貝爾獎單位的訪問時說：「沒什麼好慶祝的，明天晚上我會和家人一起，包個餃子吃吧。」雖然話是這麼說，但我想他必定知道的，他的人生從此會有不一樣的展開。不管他願不願意，諾貝爾獎能帶給一位作家最高的榮譽，也就加諸了最沉重的負擔與荒謬感，（我居然看到了一則中國旅遊廣告寫著：「說不定真正遊歷了一番高密縣之後，下一個諾貝爾獎就是你喔。」）還好，像我這樣的讀者只需要擔心一件事而已：「莫言什麼時候再寫一本新書？」

最後恭喜本屆「聯合文學小說新人獎」的所有得主，幾乎不用懷疑，這個獎是你們目前可以獲得的最佳肯定，當作品於本期刊出之後，你們也將感受到一些他人的期待與各式好壞評論，但像我這樣的讀者其實也只需要擔心一件事而已：「你們什麼時候再為我們寫一篇好小說。」

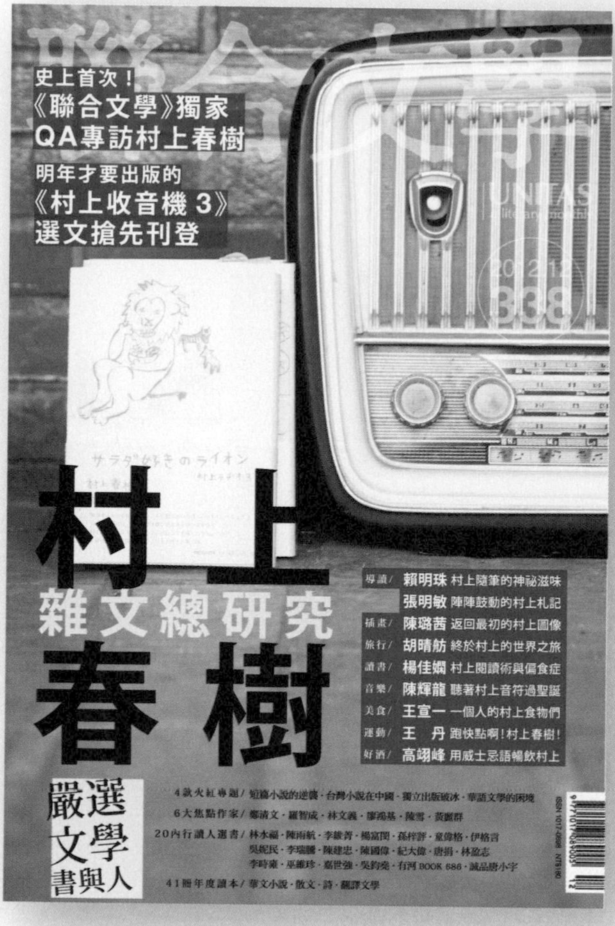

史上首次！
《聯合文學》獨家
QA專訪村上春樹
明年才要出版的
《村上收音機 3》
選文搶先刊登
UNITAS
2012.12
338
サラダ好きのライオン
村上
雜文總研究
春樹
導讀/ 賴明珠 村上隨筆的神祕滋味
張明敏 陣陣鼓動的村上札記
插畫/ 陳璐茜 返回最初的村上圖像
旅行/ 胡晴舫 終於村上的世界之旅
讀書/ 楊佳嫻 村上閱讀術與偏食症
音樂/ 陳輝龍 聽著村上音符過聖誕
美食/ 王宣一 一個人的村上食物們
運動/ 王 丹 跑快點啊！村上春樹！
好酒/ 高翊峰 用威士忌語暢飲村上
嚴選
文學
書與人
4款火紅專題/ 短篇小說的逆襲・台灣小說在中國・獨立出版破冰・華語文學的困境
6大焦點作家/ 鄭清文・羅智成・林文義・廖鴻基・陳雪・黃麗群
20內行讀人選書/ 林水福・陳雨航・李維菁・楊富閔・孫梓評・童偉格・伊格言
吳妮民・李瑞騰・陳建忠・陳國偉・紀大偉・唐捐・林盈志
李時雍・巫維珍・嘉世強・吳鈞堯・有河BOOK 686・誠品唐小宇
41冊年度讀本/ 華文小說・散文・詩・翻譯文學
ISSN 1017-0898 NT$180

不景氣的徵人啟事

如您所見，十二月號雜誌的重要企劃是搭配《村上收音機2》出版，所製作的「村上春樹雜文總研究」專輯。這又是我們拿手的，與其他出版社的跨界合作，而且我們破天荒越洋訪問了村上春樹本人，（連與我們合作的出版社都不敢置信，村上春樹居然會答應。）並完全採用Q&A方式，由賴明珠老師親自翻譯，呈現原汁原味的村上春樹對談風格。不只這樣，您在書店裡當然可以買到新上市的《村上收音機2》，但是這沒什麼了不起的，只有《聯合文學》的讀者才能讀到明年才會出版的《村上收音機3》的獨家選文三篇，不用說，也原汁原味地配上了大橋步的插畫。年底了，該給衷心支持我們的讀者一份禮物。

然後，依慣例本期還有「二〇一二年書與人．嚴選文學」企劃，除了介紹六位年度焦點作家，四項熱門文學熱門議題之外，重點當然是為大家補完今年一整年的最佳文學書單，包括詩、散文、小說、翻譯文學一應俱全，如果有漏掉沒讀的，趕緊抄下來去買吧。怎麼說呢，今年文學出版的市場相當不景氣，據說比金融海嘯那年衰退得更嚴重，給人一種無論怎麼做都像陷在泥淖裡拔不出腳來的感覺，最近作家們問我在忙什麼的時候，我只能坦白說：「唉呀，年底了，要為業績奮戰直到白髮爆量的地步。」不過話說回來，自我入行以來也沒哪一年特別景氣過，（入行得真不是時候？）倒不算沒見過這樣的場面就是了！

如果真要抱怨的話，也不是不會抱怨，小到一般日常工作眉眉角角的不順利，大到國家經濟狀況惡劣，以後自己可能領不上勞保勞退，但最近每次打算這樣對誰抱怨時，我的腦子裡就浮現一些陌生朋友寫給我的文字，那是不久前，我在臉書上發布了應徵雜誌編輯的短文之後，紛紛寄給我的信件。

在這些信裡，許多人告訴我，他們是讀了我所寫的徵人啟事，受到了鼓舞與感動，才投了履歷，寫了信。有多少封信是這麼寫的：「我知道我沒有資格應徵編輯，但如果有助理、實習生、工讀生的任何機會時，請告訴我。」

這些信的主人，有的是剛念大學、研究所的孩子，有些則寧願放棄熟悉的工作領域，來加入原本不抱期望的文學行業。一位上海復旦大學的四年級生告訴我，她願意無償為這本雜誌撰稿，一位已在其他出版社

Memo：又遇上了和村上春樹有關的十二月號雙專輯。「嚴選文學・書與人」的部分，這次增加了一個「內行人推薦」的企劃，找了許多著名作家、學者、編輯、書店店員來推薦年度好書，雖然做了四年的固定專輯了，其實我們還在摸索最好的呈現方式，就這個形式來說，日本雜誌像是《一個人》、*STUDIO VOICE*、《達文西》等等的年度回顧專輯都比我們強太多，概念也新鮮。村上春樹部分則是首次專做他的「雜文」，找來的撰稿者陣容頗為驚人。不過，需要日方合作授權的地方，雖然有時報出版的協助，事後仍是問題一大堆，大概是有專訪村上春樹的關係，而且登

擔任編輯，原本覺得生活百無聊賴的年輕人，決定更加珍惜現有的機會，全心認真地投入工作……但其實他們並不知道，真正被鼓舞與感動的是我。

所以想想算了，就不要抱怨了。這或許是今年對我而言，最讓人心頭暖暖的事情，透過幾則微不足道的徵人啟事，卻換得這麼多人輸送給我支撐下去的強大能量，在那些令人即將被壓力窒息的時刻，為我鑿開覆蓋於頭頂的厚重冰山。但是很抱歉，除了從當中錄取一人來與我們一起工作之外，（也就是從十月開始上班的果明珠小姐）我所能回報大家的事情只有一件，那就是……

明年，不管景氣是好是壞，我們仍然要一起讀《聯合文學》。

了還沒有中文版的《村上收音機3》，所以日方非常慎重，許多編輯細節也要對他們一再說明。老實說覺得很煩，不過一來日本人就是這樣，二來以前做國際版雜誌的時候，得打越洋電話求爺告奶，或者寫信討價還價更煩……

文學
林文義創作四十年
UNITAS
a literary monthly
2013.01
339
直擊台灣
散文黃金年代
林文義
全新大散文
〈歲時紀——春・鏡〉
林文義
黃文鉅
兩代散文家
頂尖論藝
黃文成
金典獎獲獎作
《遺事八帖》
全分析
向陽
王定國
宋澤萊
曾郁雯
我眼中的
林文義
王盛弘
散文的
紀實與虛構
周芬伶
好好談散文
鄭明娳
廖鴻基
鍾文音
孫梓評
湯舒雯
40年向度
散文美學觀
開年文學創作
小說 聞人悅閱〈聖吉尼斯・路易斯的中國公主〉小說 王大閎〈幻城〉
散文 簡媜〈書房裡的星空〉
2013年全新專欄陣容 森見登美彥・閻連科・周芬伶
郝譽翔・胡晴舫・楊照・平路・張惠菁・伊格言
ISSN 1017-0806 NT$180

最久的一份工作

二〇一三年一月，這是我在聯合文學工作的第五個年頭了，想起來真是不可思議，這居然已經是我工作過最久的一份工作。但為什麼這份工作會成了我做最久的工作呢？我想跟各位說一件只有內行人才知道的事。

這兩年，許多有志於出版華文文學的出版社，若非改變出版方針以求獲利，要不然就乾脆關門大吉，我們很容易把這現象直接歸咎於整體出版市場的景氣衰弱所致，我卻覺得這只是表面原因。姑且不論是否真心喜歡文學，但在面臨華文電子書市場逐漸成型，與翻譯書獲利下降的情況下，打算投入華文文學創作的出版社其實變多了，但甚至與錢無關，最重要的問題往往是：找不到作家，也就沒有作品可以出版，特別是缺乏具有影響力的作家支撐，太過勉強做的話，通常只能草草收場。這也就是為什麼，當我得知林文義老師以《遺事八帖》得到二〇一二年台灣文學獎圖書類散文金典獎時，我幾乎激動的難以自已。

懷著公事與私誼的兩樣心情，我們這一期做了林文義與台灣散文專

Memo：之前做過了林文義大哥的採訪，在戶外拍的照片，我覺得效果並不好。這一次，衝著他創作四十年，要上封面的緣故，硬是拜託他到攝影棚給我們拍。作家畢竟跟明星不一樣，在棚內拍照總是比較不自然，這就必須考驗攝影師和編輯的功力了。文義大哥這個人靜不得，一靜下來拍的照片都很不自然，沒他的調調，所以他一邊被拍，我則全程陪他聊天，表情變化很多，攝影師也趁此拍出許多好照片！但可惜封面處理不好，沒好好去背，頭髮的地方成了塊狀。

輯，也特別把他拉進攝影棚裡好好地拍照，他一邊跟我們聊天，一邊讓我們擺佈姿勢取景，還說自己上鏡頭經驗豐富，怎麼拍都行。

「聽威，我跟你說喔，以前就有人不屑地對我說，我都是靠臉才會紅的喔。」他說。

「什麼啊！」我反駁說，「我才是靠臉才紅的啊！」

我當然知道他對《遺事八帖》的出版有多麼重視，不用說，這本大散文無論在企圖心、視野的深度與廣度、架構完整性，都是近年散文出版品中難得一見的大氣魄、大開闔，其中文筆雄強柔美兼具，內容論辯與抒情並陳，既論公也談私，時而輾轉纏綿，時而豁然開闊，彷彿長途行旅路經斷崖峽谷、長江大河，又逢田園村落，雞犬相聞，得以一窺作家心靈的全覽式風景。我認為這書不僅是他個人創作四十年的定音之作，更是當下散文書寫的顛峰作品之一。

只是這書對我個人的意義卻不僅於為他得獎而感到激動，我感到激動是因為林文義老師從我到聯合文學任職起，便全心全意地支撐著我，持續地將他最好的作品交給我們出版。我剛任職的時候，誰也不認識，一點人脈也沒有，只能說幸好有個聯合文學的招牌亮著，但他的作品卻有太多人想要出版，我想他大可以不管我的，會有人捧著更好的條件請他去出書，可是他最終仍將《遺事八帖》交給我，就像交給我一整個到目前為止的創作人生。正是因為他，以及和他一樣的幾位老師、作家願意這樣支撐著我，叫我好好幹下去，所以我才有可能做這份工作這麼久，雖然這是我個人的小事，但倘若您了解這一行實際運作中，有情與無情的程度，或許也會有一點點同意我的想法與感謝。

二〇一三年就這樣開始了！順利的話，還可以繼續讀到我的「編輯室報告」……對了，不如就先打個廣告吧：千呼萬喚，（有嗎？）加上我個人編輯術大公開之《編輯樣》即將結集出版了，敬請期待！（拜託了！）

340 期

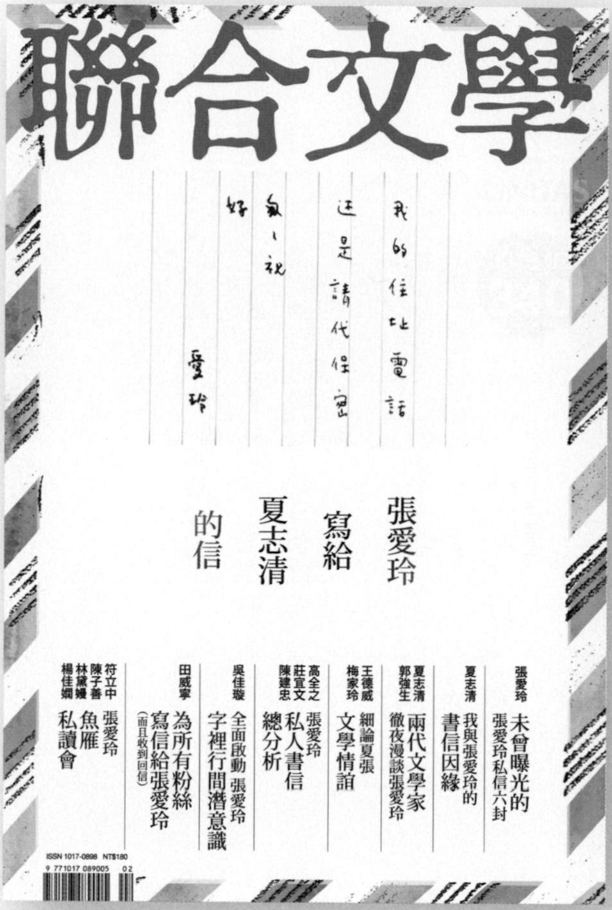
聯合文學
我的住址電話
还是請代保密
匆々祝
好
愛玲
張愛玲寫給夏志清的信
張愛玲 未曾曝光的張愛玲私信六封
夏志清 我與張愛玲的書信因緣
夏志清 郭強生 兩代文學家徹夜漫談張愛玲
王德威 梅家玲 細論夏張文學情誼
高全之 莊宜文 陳建忠 張愛玲私人書信總分析
吳佳璇 全面啟動 張愛玲字裡行間潛意識
田威寧 為所有粉絲寫信給張愛玲（而且收到回信）
符立中 陳子善 林黛嫚 楊佳嫻 張愛玲魚雁私讀會
ISSN 1017-0898 NT$180

真相從一筆一劃寫出的信中浮現

這幾個月公司裡最重要的一件事就是夏志清編著的《張愛玲給我的信件》，本書預計於三月初出版，這一期雜誌即以其為主題做全面性導讀。《張愛玲給我的信件》一書內容最早在一九九七年四月號的《聯合文學》刊出，陸續刊載至二〇〇二年七月號為止，共刊出一〇三封張愛玲的信件、卡片以及夏老師的按語等等，倘若您是張愛玲迷，我想您早已在裡頭反覆追索有關張愛玲的生命細節，如此十年時光荒煙蔓草地過去了，其中的缺憾不由分說：「那些未發表的信件何時能夠讀見？」從夏老師現存一九六三年五月九日最早的信算起，至一九九四年五月二日最後一封信為止，三十一年之間，夏、張兩人魚雁往返的信件，自然有所佚失，但佚失便佚失了，人生若無缺憾，反而不足以警惕我們珍惜片刻地活下去，所以或許可以請您更加珍惜，這期雜誌與《張愛玲給我的信件》一書，將首次公布十五封未曾曝光的張愛玲信件。

張愛玲寫過的信不少，也早有結集出書者，但論通信時間之長與信

Memo：夏志清與張愛玲的通信一直是文壇的一項傳奇，一個是名滿天下的文學大師，一個是許多作家的祖師奶奶，兩個人在他們的領域內都達到了令人尊敬的巔峰，更何況夏志清還是將張愛玲捧上文壇最高處的伯樂，光是這樣的文學因緣就註定這一期要被愛玲迷熱烈收藏，所以一本雜誌都沒了。封面上我們特別摘引了張愛玲希望保密地址的文字，正凸顯了時光逝去，神祕性也一一被揭露了。

件之多，大概以夏、張之間的來往最令人矚目，這當然是因為張愛玲之所以能一躍成為中國現代文學史中極為重要的文化象徵，更影響眾多華人作家的創作風格，必須歸功於夏志清老師一九六一年出版《中國現代小說史》的精確洞察。因此對世事駑鈍如我，怎麼想也認為兩人情誼既然如此深厚，相知歲月如此之長，又是大文學家與大作家的身分，必定曾多次相會，何況一九六七年夏天，張愛玲自己一個人到紐約住了兩個月，不正好是可以彼此請益的時候嗎？我想要知道，身在當時文學現場核心的夏志清老師，他眼中的張愛玲是什麼樣的人？正如同羅蘭．巴特在《明室》一書中寫的：「我無意間看到拿破崙的幼弟傑霍姆的一張相片（一八五二年攝）。我當時懷著從此未曾稍減過的訝異感，心想：『我看到的這雙眼睛曾親見過拿破崙皇帝！』」那樣的心情，於是我請了和夏老師私交甚篤的郭強生老師為我們採訪，他連續兩天在半夜打越洋電話給夏老師與師母，長長地說話。

「你們夏老師對張愛玲那真是盡心盡力。結果她到了紐約，你們夏老師要請她吃飯，她不來嘜！」夏師母說。事實上，夏、張兩人數十年間只見過兩三次面，夏老師對張愛玲的口音與打扮皆已毫無印象。

「那老師決定將這些書信出版，是基於甚麼考量呢？」強生老師問。

「To tell the truth。」夏老師說，「她真可憐，身體這樣壞，總是來信要求我的幫忙。」

無論是這次專輯或這本書，意義正在於此，透過夏志清老師的眼光，真正而長久地注視張愛玲謎樣的人生，讓痛苦與喜悅所包覆的真相，從一筆一劃寫出來的信件中浮現。

為了這書與雜誌，這幾個月來我們一直麻煩著高齡九十二歲的夏老師和師母，讓他們擔心。夏老師地位崇高，他寫給我的信，卻總是親切又慎重地以「親愛的聰威吾弟」開頭，然後耐心地寫長長的文章。師母寫來的信則是用「Dear 聰威」，很可愛，接著還對我抱歉，說是害我們手忙腳亂……對身為編輯的我來說，這是無可取代的珍貴經驗——從他們那裡我學到了真正令人尊敬的態度與風範。

非常感謝。

341 期

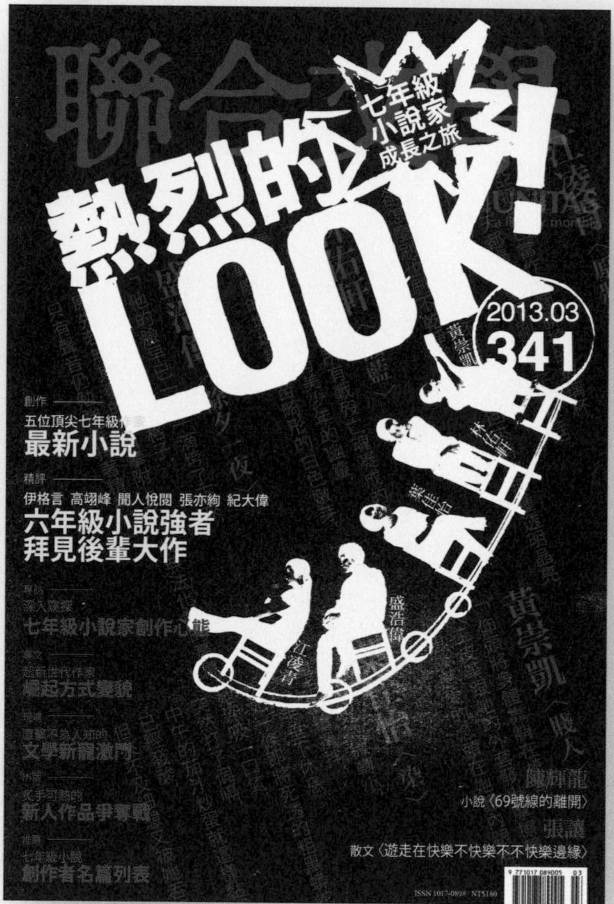
七年級
小說家
成長之旅
熱烈的LOOK!
2013.03
341
創作
五位頂尖七年級作家
最新小說
精評
伊格言 高翊峰 聞人悅閱 張亦絢 紀大偉
六年級小說強者
拜見後輩大作
七年級小說家創作心態
文學新籠激鬥
新人作品爭奪戰
創作者名篇列表
黃崇凱
林佑軒
葉佳怡
盛浩偉
江凌青
陳輝龍
小說〈69號線的離開〉
張讓
散文〈遊走在快樂不快樂不不快樂邊緣〉
ISSN 1017-0898 NT$180

寧可一思進，莫在一思停

您看過《一代宗師》了嗎？

這部王家衛的電影描述葉問、宮二小姐、一線天以及老爺子宮寶森、丁連山等武林高手成為一代宗師的歷程，您要是去看了電影絕對也會喜歡上述其中一人。不過，有人會喜歡裡頭唯一的反派角色，而且絕不可能被當作一代宗師的馬三嗎？說來奇怪，我對那些原有所本的角色都沒那麼喜歡，卻特別喜歡馬三這個純粹虛構的人物。當宮老爺子在金樓說他要退休了，要在典禮上找人搭手，（也就是找接班人）身為宮家大弟子的馬三嘩啦啦地把一堆不自量力，想來試試的傢伙全打趴的時候，他大喊了一句：「若想見真佛，先過我馬三！」我看到這一幕，簡直熱血沸騰。

朋友問我觀後感想，我說其實這片子就算不拍武林功夫，直接改成拍梨園戲曲，其實裡頭要講的事情、理念也全都可以一一成立，不知道您是否也同意，放在文學圈子也一模一樣。許多前輩已成了各式各樣的一代宗師，經過不同歷練，闖出不同名號，跟《一代宗師》裡演的一樣，

Memo：這個封面並不討喜，連內部討論的時候也受到嚴重的批評。原本想做出街頭塗鴉的感覺，但不幸沒有成功，底色選了黑色也讓整個氣氛太沒勁了，跟大大的「LOOK」不合。另外主題做的是七年級作家，可是受限於這批作家的成績仍未凸出，除了讓他們暢談自己的文學理念與刊登作品之外，周邊文章實在沒辦法再更深入談點什麼，整體來說是個失敗的企劃，反映在銷售上很不好，其實也對不起參與的作家。當然，這一切都是我決定要這麼做的，所以我很痛苦地反省過了。

有人技藝不凡但亦廣做人脈活成面子，有人或許內行者皆知其功力，卻不願一般境遇，行事低調活成裡子。有人影響力大，文字技藝與觀念有後輩傳承下去，開枝散葉，像是葉問；有人獨善其身，除寫作一事外不忮不求如宮二小姐；有人結黨組派，稱霸一方如一線天，無論如何皆是自我完成的文學歷程。那麼，大概只有我喜歡的馬三又是什麼樣的人呢？

如果引用電影中的經典名句，談學武三境界是：「見自己、見天地、見眾生」，馬三充其量就是到了「見自己」的階段，那句「若想見真佛，先過我馬三！」如此，宮老爺子要他收刀入鞘藏藏自己，十年後再出名是如此，到了兩人論「老猿掛印」，動起手來時也還是如此，最後大約也進步不足，又是唯一反派的關係，不得不被主角打死。但馬三這角色強悍異常，而且主觀性強，對本身武藝的驕傲感，甚至目空一切的姿態，您不覺得身為一個年輕的寫作者，也應該要有這樣熱烈偏見的氣魄嗎？（只要別把自己活成會被打死的反派就好了。）比方說，若想要成為一個小說家，難道不應該要有「以小說決勝負」來衡量世界的氣魄嗎？做為武術家，一定要能真打；做為小說家，就一定要能真寫，這是基本。別學人家只會夸夸而談，首先寫得出來，其次寫得夠好，在這個單純的層面上，完全就是硬碰硬的對決，優劣成敗大家自然看得出來，跟年紀、資歷、人脈一點關係也沒有。

當然，不管在電影裡或現實的文學圈子中，像馬三這樣的人都不算什麼完美典範，所謂的一代宗師可沒那麼好混，不過「見自己」卻是所有寫作者必經之路，沒人能跳過這一段，那麼這次我們就來好好地跟七年級小說家見見自己吧。最後，請讓我引用宮二小姐的一句話來與大家共勉，做為一個新銳作家，「寧可一思進，莫在一思停。」在任何情況下，都繼續寫下去就是了。

342 期

聯合文學
UNITAS
a literary monthly
先別管什麼手機、棒球、跆拳道、少女時代和騎馬舞了……
ISSN 1017-6898 NT$180
一次搞懂韓國小說！
한국소설을 단계별로 한 번에!!
基礎 첫 단계
黃文鉅 為什麼我們不讀韓國文學？
楊虔豪 韓國人是什麼樣子？
進階 둘째 단계
崔末順 韓國當代小說現況
盧鴻金 韓國近現代小說分析
專門 세째 단계
專訪韓國超級小說天后 孔枝泳
孔枝泳 最新小說《快樂我家》獨家摘文
袁瓊瓊 精讀《快樂我家》書評
內行 네째 단계
朴信圭 韓國文學編輯現場
李龜銘 韓國作家經紀現場
巫維珍 台灣韓文出版現場
但唐謨 韓國文學電影現場
2013.04
342
當月作家 簡媜的老愛麗絲夢遊仙境
小說 黃錦樹最新小說〈父親死亡那年〉
特稿 特派員朱嘉漢的巴黎書展直擊報導＋陳冠中暢談《裸命》與《盛世》

蹺腳看韓國隊被中華隊慘電

我是標準的一日球迷。

三月最熱門的當然是世界棒球經典賽，我上次這麼熱情地看中華隊比賽好像已經是一九九〇年的世界盃棒球錦標賽和一九九二年的巴塞隆納奧運，因為我很喜歡郭李建夫，據說當時多倫多藍鳥隊的球探曾經回報母隊：「台灣有一位投手，隨時可以上場，而且都能贏得勝利。」那幾年，他真的是強到沒話說。這次，因為有王建民和郭泓志，我又很俗氣激動地看比賽，二比三輸給韓國那一場，雖然無關乎晉級八強前進東京，而且我一早就擺出一副「這種事情我很了解」的表情，開導同樣是一日球迷的可愛編輯小果：「我們應該會輸……」害她整個抓狂在公司亂叫，但我還是在無人知曉的夜間地帶，留下不甘心的眼淚，所以雖然是一日球迷，我完全能夠認同緯來主播徐展元邊哭邊說的：「真的好想贏韓國喔……」

第二天上班，我仍想著「真的好想贏韓國喔……」和「乾脆把三星 Galaxy Note 手機換掉好了！」小果滿臉不高興地走進辦公室來，好像前

Memo：從來沒刊物花這麼多的篇幅做過韓國文學專輯，這是很奇妙的事情；一來韓國文學在國際市場上的表現非常強勁，二來我們的日常生活中充滿了各式各樣的韓貨、影視、運動等等，但卻對韓國文學陌生得要命；而且做這專輯的時候，還剛好遇到世界棒球經典賽輸給了韓國，真是所謂的內憂外患啊！我這個人就是不信邪，還好雜誌做出來的成績很棒，得到許多善意的幫忙，有種「沒想到可以做到這麼豐富的地步」的感覺。我認為，這期雜誌是現階段想了解韓國文學的最佳指南。新任美編怡絜手繪的江南大叔與封面設計，非常清爽愉快，讓人變得喜歡韓國了。（有嗎？）

一天會輸球都是我亂講話害的。

「怎麼了？」我說。

「啊不是要討論韓國小說專輯！」她說。

「呃，也是。」

「喂，這期雜誌該不會沒人買吧？」

「不……不會啦！」我刻意展開燦爛的人氣笑容，「他們還是被我們淘汰了啊！」

「最好是。」小果冷冷地回答，「不然我要把你詛咒我們會輸的話貼到臉書！」

台灣人真的很熱愛閱讀翻譯小說，美國、日本這些我們相對熟悉其民情風土的出版物，不用說大家都讀得很多，連其他遠得不得了的地方所生產出來的小說，文藝青年們也都熱心兮兮地讀著。奇妙的是，韓國這個與我們如此靠近的國家，大家一方面喜愛他們的3C、汽車、連續劇、美妝服飾、偶像明星、騎馬舞和整型，一方面痛恨他們的棒球、籃球、足球、跆拳道和虛構歷史等等，甚至小眾電影都在電視上一直重播，應該不算不了解人家，可是我們卻對他們的文學非常陌生，幾乎很難聽到周邊的文藝青年提起。如果仔細想想，像拿下曼氏亞洲文學獎的申京淑，和改變了國家法律的孔枝泳這種等級的純文學作家，一本小說輕輕鬆鬆可以賣破數十萬冊到一、兩百萬冊，（可不是什麼輕小說或羅曼史）我想這當中一定有什麼我們不了解的事。本次專輯是台灣文學刊物難得深入介紹韓國小說的企劃，最好的是，我們有來自韓國第一線文學編輯與經紀人的實務現場報導，幫助我們去思考，在文學領域裡我們是不是哪裡誤會了「可惡」的韓國人，以至於我們不讀韓國小說？同時也就少了在文學出版產業裡學習交流的機會。然後，我想您一定會迫不得已閃過這樣的念頭：「為什麼人家可以，我們卻不行？」

我大概還是會繼續當我的一日球迷，繼續期待中華隊打敗韓國隊，這次不行就下次再來。也許完美的一天會是這樣：早上讀完一本精采的韓國小說，中午吃了好吃的韓式銅盤烤肉，晚上就蹺腳看韓國隊被中華隊慘電，不管打什麼球都一樣。

343 期

聯合文學
UNITAS
a literary monthly
2013.05
343
張惠菁
新書《雙城通訊》
在那段消失的日子裡，
唯一發送的哀樂信號
張惠菁
新作〈女魃記〉
石曉楓
評《雙城通訊》
胡晴舫
女性散文脈絡
徐譽誠
專訪張惠菁
鍾文音／花柏容
李欣倫／吳妮民／陳綺貞
讀《雙城通訊》
上海顧明＋台北羅珊珊
編輯的張惠菁
張瑞芬
張惠菁全作品分析
馬念慈
好友的張惠菁
特輯｜伊格言與《拜訪糖果阿姨》 羅智成對談伊格言／蔡素芬＋張耀升書評
ISSN 1017-0898 NT$180

The Newsroom 真的太好看了！

惠菁只大我一歲，她念台大歷史系的時候，我正在念台大哲學系，因為對文學的愛好，所以對學校裡有哪些人寫得好、知名度高一類的，還算有一點點了解，像是郝譽翔、馬世芳、褚士瑩、林明謙、黃威融這些學長姐都很有名，卻完全沒聽過惠菁的名字。忽然，在一九九七年才開始嘗試寫作的她，從愛丁堡留學歸國幾年之間旋風似的橫掃數項文學大獎，小說、散文新書接連出版，人又長得那麼清新美麗，二話不說成了我們這些（偽）文藝青年的偶像！雖然只差一歲，但寫作成績天差地別，她崛起的方式、時機感與備受注目的程度，簡直是我所懷抱的作家夢完美實現。

我真正能夠跟惠菁「講到話」，是許久之後，我在女性時尚雜誌任職，某次要邀請她寫一篇文章。那時她人已在上海工作，同事正透過msn與她對談，對方畢竟是青春偶像張惠菁啊，辦公室裡有一大群每書必買的死忠粉絲，我有些恐慌，怕把事情搞砸了，於是站在同事背後，小心翼翼地幫忙出主意怎麼說服她在百忙之中，多少寫點東西給我們。

Memo：本期以重新復出的張惠菁為專輯，做法上頗為正統，徹底地討論了她的散文面貌，並由知名作家來閱讀她的新作《雙城通訊》。惠菁因一場政治惡鬥衍生的官司，不與文壇往來已久，好不容易我才獲得她的信任能為她出版新作，因此這專輯對我來說別具意義。可惜的是，因為某些私人原因，惠菁不便提供任何照片給我們使用，所以專輯裡少了她美麗的身影，封面也只能用書封元素來設計，並沒有很凸出。希望若再有機會做她的專輯，能讓讀者看見她本人！

「告訴她你是王聽威會有用嗎？」同事說。

「她又不認識我！會有什麼鬼用啦！ㄟㄟㄟ……」

「我們家的王聽威也請惠菁老師幫忙噢！」同事把訊息傳過去。

「哈囉，聽威你好。」壓根兒不知道我是誰的惠菁親切地回答，最後當她答應的訊息傳來，我和同事們立刻為之歡呼，總算可以鬆了口氣。

從那時到現在，大概又過了七、八年的時間了，這段日子如您所知，由於那樁官司，還有惠菁個人的選擇，她難得出現在公眾場合，我們一度失去連絡，等到好不容易恢復較多聯繫，偶爾見上面，我問她是否有機會幫她出版新書呢？她總是搖搖頭說，沒有寫任何新的作品，她都這麼說了，誰都得體諒吧，但是我不管，總是求啊求的，直到去年，我們在臉書上聊天，談到了《The Newsroom》這部影集，兩個人都愛得要命，以此無關事件為人生轉捩點，她同意將近年來在兩岸發表過的文章交給我。

這批文章您一讀就知道了，上海與台北兩地各有風格，一處理性些一處感性些，有時讀來會感到文字有點慌亂或脆弱，有時讀來非常溫馨與幽默，至於她慣有的知性與慧黠在許多篇幅裡顯而易見，但是除了這些，我有一種深刻的感覺，或許是因為對她的不捨影響判斷，我覺得每則文章都像是一團棉花中包裹著沉甸甸的鐵塊，其中有一片銳利的切角，如果想伸手去深深地握住，必定會割破血肉；對我這樣的讀者來說，這些作品有著珍貴的意義：這是惠菁在那段無法相見的日子裡，唯一發送給我們哀樂信號。

所幸，那些令人心情惡劣的事情已從遠處的雲端褪去，今年開始您讀到了惠菁在《聯合文學》的最新長文專欄，她有好幾年的時間不寫（或無法寫）這麼長的文章了。或許您不相信，這專欄我可是用臉書訊息跟照樣人在上海的她一來一往談妥的，與當年在女性時尚雜誌的場景一模一樣，她同意的訊息一傳回來，辦公室立刻爆出歡呼聲，類似這種時候，就會覺得當編輯真好。

344 期

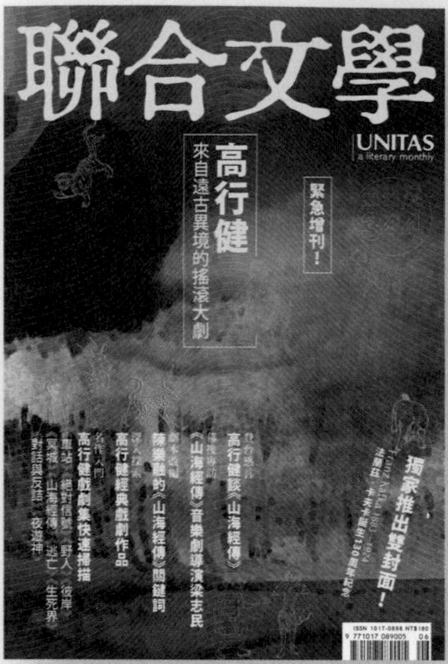
聯合文學
UNITAS
a literary monthly
高行健
來自遠古異境的搖滾大劇
緊急增刊！
獨家推出雙封面！
高行健談《山海經傳》
《山海經傳》音樂劇導演梁志民
陳樂融的《山海經傳》關鍵詞
高行健經典戲劇作品
高行健戲劇集快速掃描
ISSN 1017-0898 NT$180

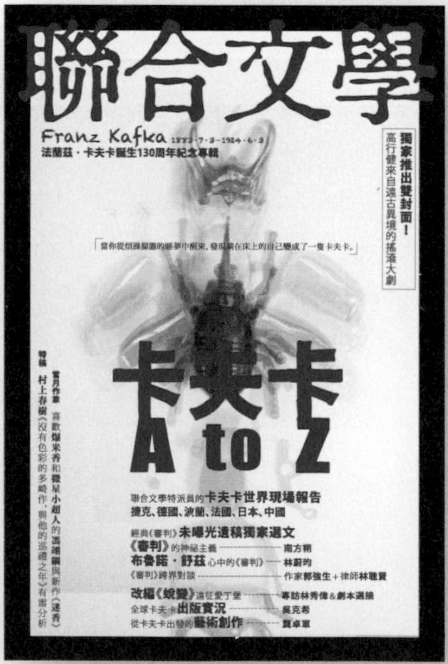
聯合文學
Franz Kafka 1883·7·3–1924·6·3
法蘭茲・卡夫卡誕生130周年紀念專輯
獨家推出雙封面！
高行健來自遠古異境的搖滾大劇
卡夫卡
A to Z
聯合文學特派員的卡夫卡世界現場報告
捷克、德國、波蘭、法國、日本、中國
經典《審判》未曝光遺稿獨家選文
《審判》的神祕主義 南方朔
布魯諾・舒茲心中的《審判》 林蔚昀
《審判》跨界對談 作家郭強生＋律師林聰賢
改編《蛻變》遠征愛丁堡 專訪林秀偉＆劇本選摘
全球卡夫卡出版實況 吳克希
從卡夫卡出發的藝術創作 龔卓軍
當月作家 喜歡爆米香和微星小超人的馮翊綱與新作《迷香》
特稿 村上春樹《沒有色彩的多崎作，與他的巡禮之年》有雷分析

將自己活成一處異境

首先就必須承認，在此之前我已經很久沒讀卡夫卡了。在那遙遠的青春年代，特別熱衷於成為不好意思承認的文藝青年階段，從志文出版社的新潮文庫裡，汲取了最大量的卡夫卡作品，怎麼反覆讀都覺得非常新鮮震撼，居然有人這樣沒頭沒尾地寫小說，而且叫做存在主義非常帥氣，好像窺見了他人不知道的什麼，這有個鮮明的好處，喜歡寫作的我立刻覺得自己的文學功力提升了好幾倍，寫小說的時候糊裡糊塗地模仿類似的筆調、題材，以為自己較別人早慧，提前懂了並且寫出了所謂世界的真相，其實這只是青春時代某種好發的文學症頭而已，三不五時就有一種會發作。

最近讀的唯一一本跟卡夫卡有關的書，是為了一次村上春樹的講座，重讀了《海邊的卡夫卡》，跟聽眾分享「異境」是什麼意思？雖然兩位作家的脾性和風格大不相同，但從這同一論題細細地去探索展開，您大概也可以發現正牌的卡夫卡小說即是充滿了各式各樣的異境，在彷彿平實世界中難以進入的城堡或令人無力化的審判法庭，以及乾脆就讓人一

Memo：這一期專輯原本只有「卡夫卡誕生一三〇周年紀念」，而且這一年似乎也只有我們做了卡夫卡相關的大型報導，跟之前的例子一樣，台灣的文學媒體似乎對經典作家都沒什麼興趣就是了。內容上非常扎實，有世界各地的文學人如何看待卡夫卡的價值，有卡夫卡 A to Z，還找了律師與文學家對談《審判》，編輯形式上非常多元有趣，是我理想的文學雜誌編輯取向，若要了解卡夫卡，真的是這本就夠了！封面是拆解的玩具甲蟲，來自美編陳怡絜的創意合成，也很新鮮。至於「高行健」專輯，則是老闆強烈要求臨時加上的，以搭配《山海經》的舞台劇，沒辦法只好做成雙封面了。

覺醒來就變成甲蟲的那個房間和甲蟲人本身，無論是具體的空間或是角色，都是異境。甚至讓我們再擴張一些，在卡夫卡過世之後，部分未完成的小說稿件，像是上述的《城堡》與《審判》，由於經過了他的朋友馬克斯．布洛德大幅的刪選與編輯才以最終的樣貌出版，使得這些小說本身的樣子，都成了一部一部卡夫卡本人必然也會感到困惑的異境。這些是青春時代的我所不知道的：原來我不僅僅不知道這世界的真相，我甚至連卡夫卡小說的真相也一無所知，而這正是本次卡夫卡專輯想要為您揭露的。

不只是這樣，既然說到了「異境」，本期另一個高行健專輯則要揭露中國式的異境。高行健的劇作《山海經傳》以中國上古神話為依據，將那些神話人物像是夸父、蚩尤、后羿等人的面目，用民間說唱形式一一呈現。這本來就充滿了神鬼傳說的異境氛圍，六月底要在國家戲劇院搬上舞台，卻改成了不可思議地要用搖滾音樂劇的形式表演，此刻雖然還沒辦法看到，不過光用想像的就覺得，這簡直是異境中的異境，為深入這不為人知之處，您不妨先讀讀本期對高行健《山海經傳》與其他劇作的全面性報導。

最後我要推薦一本書當作延伸閱讀，聯合文學去年出版的莎娣．史密斯《機巧的感覺》，裡頭有一篇文章是〈法蘭茲．卡夫卡，凡夫俗子〉。莎娣．史密斯這位慧黠的小說家，引用了不同傳記作家對卡夫卡的描述，您可以讀到卡夫卡謎樣精神性與形而上，如聖人的一面，但是往往「反面才是真相」……卡夫卡甚至會在自己的日記中明目張膽地說謊，將自己塑造成一個完全不同的人，所以或許可以這麼說，他本人也將自己活成了一個異境，一隻「卡夫卡蟲」。

345 期

聯合文學
我們遲早會被自己毀
2013.
345
當月作家 白先勇 即將站上國家戲劇院的孽子
新人Style 蔡雨華 不可思議的14歲天才少年小說
輻射警告
此雜誌已遭核污染 嚴禁翻閱
台灣災難小說必備書單
西洋古今災難小說全介紹
詩作〈災禍，誰也躲不過〉／吳晟
無可逆轉的決定——作家反核筆
ISSN 1017-0898 NT$180

當他醒來的時候，恐龍還在那裡

大學時代念的是哲學系，當時念這類跟職業技能無關的科系的朋友，都會想念個輔系或雙學位以保障未來出路，剛念大一的我也不例外，而且也算是給大人們一個交代，於是我就先去修了好幾個學分的法律系課程。不用說，以前修過的那些民法總則、刑法總則、憲法概論什麼的，如今一概已經歸還天庭，反正我當時也學得很糟就是了，腦子完全不行。

不過最近反核行動轉趨熱烈之際，我倒想起從憲法課堂上聽來的一點內容。如果沒記錯，然後請讓我用白話文來說，憲法老師的意思大概是這樣：立法院負責立法，會訂定各式各樣的法律，絕大部分的法律公布實施之後，萬一發現出差錯了，都可以再透過立法的方式來修改或廢除，時間或長或短但總是可以解決這個法律帶來的問題。只有極少數的例外不行，比方說立法建核電廠就是一種，這種法律訂定了一旦公布實施，就不可能挽回，在我們可見的未來裡，同樣發現出了差錯，立委諸公趕忙再立法把核電廠給廢了也沒用，因為核廢料的放射性會傷害人體和自然環境，要千年萬年才會衰變消失，而且目前又沒有最終處置的好方法，勢必持續遺留給子孫巨大的威脅，也就是說這是一項「無可逆轉」的法律，如果用文學性的說法來說，這情形就像是瓜地馬拉小說家 Augusto Monterroso 著名的極短篇：「當他醒來的時候，恐龍還在那裡。」

那麼可想而知，要訂定類似「無可逆轉」的法律一定要比其他法律更慎重一〇〇〇倍也不為過吧，我所學有限，有關法律的事情僅知於此，接下來該怎麼做我也不知道，但是如您所知，如今「無可逆轉」的法律跟恐龍一樣還是在那裡，而台灣都已經蓋到核四廠了，人造災難的因子早就深深地埋入台灣這塊土地、飄浮在空氣、滲透到水、花朵、身體裡了，我們所面臨的事情變得很簡單：「我們遲早會被自己毀滅，只是時間長短和規模大小的問題而已。」再悲觀一點想，我們甚至已經失去了談論反核與擁核的權利了，只剩下如何向孩子們道歉，和救救他們的義務而已。

今年我去參加了最多人的那一場反核大遊行，說起來不好意思，我只在大學時代參加過一次政治性質的大遊行，或許是因為我從最底層的地方，就不相信任何政府會抱持著善意去傾聽一般人的意見。（若有，

Memo：「災難小說」專輯簡單來說就是「反核」，性質上跟三三四期做的「水土米」專輯反「中科四期搶水」一樣，我們設法讓文學真正走入公共事務的現場。藝文界人士在這方面的事情是非常熱烈的，也勇於站在第一線抗議，但是說來奇怪，藝文刊物卻非常少做類似的主題來支援。究竟是將公共討論轉變為藝文作品的能力不足呢？或者是實際掌控的「老闆」不准編輯這麼做，我覺得您可以想想。我們倒沒這兩個問題，我想做就做了，我的老闆倒不會管這個，這一點很棒。雖然被人來信罵說「沒有平衡報導」，但是我的老天啊，我們正在做的事情就是平衡報導啊！對

也只是個別公務員的好心腸而已）走到半路休息的時候，導演朋友遞來一把白傘，說希望文藝界的同伴們能簽名表示支持反核，我跟一群作家朋友都簽了，別人怎麼樣我不清楚，我只懂得一般的反核、擁核觀點，再經過常識性的思考後，便決定採取了這一邊的立場，您不一定同意，但難道您對靠民主制度投票、政黨政治、專業官僚也沒辦法解決的公共事務不會感到絕望嗎？

朋友們帶了年幼的孩子來一起遊行，孩子當然什麼也不懂，只是跟著爸媽來湊熱鬧，等一下要一起去吃冰，我一邊戒慎恐懼地幫忙推嬰兒車，一邊覺得抱歉：「我們做壞掉的事情得依賴你們來承受和收拾了，真的很遺憾，我們為你們留下了一個無可逆轉的前災難世界。」

方可是擁有最大權力的政府或是金錢的財團啊，而且實際上已經蠻幹下去了，都已經歪到又沉又重的另一邊去了，這種狀況還要怎麼「平衡報導」呢？封面很不一樣，除了設計成被燒了一個洞之外，還特別印了兩款貼紙，一款是「輻射警告」，一款是「輻射未檢出」，隨便亂貼在封面上，也隨機出貨。我覺得很有趣，從沒看過有人做這樣的設計，我的編輯們很厲害！但居然有人打電話來罵說怎麼可以賣有輻射汙染的雜誌，還威脅說我們會被告，「國外的單位」已經注意到此事了。我的感想就是……這樣大家總算知道輻射汙染有多可怕了吧！

346 期

聯合文學
UNITAS
a literary monthly
東年創作40年
灰髮瞬間，迫視台灣真貌的雙瞳射線
二〇一三年，一次兩本長篇小說新作《城市微光》+《愚人國》
東年
自述20世紀寫作史
陳建忠
新寫實主義總導讀
吳叡人
《城市微光》深度分析
小說、生活：人生的事 專訪東年
未公開長篇小說《長夜》搶先選文
年輕小友讀《城市微光》+《愚人國》
盛浩偉／郭正偉／李嘉琳／馬翊航
資深老友看東年
林文義／王定國／李瑞騰／吳鳴／方梓／袁勁梅
2013.08
346
ISSN 1017-0898 NT$180
〔當月作家〕阮慶岳四方對談胡晴舫×郭強生×陳滅

跟小孩子的時候一模一樣

如果您見過東年老師的話，一定跟我的感覺一樣，只要見過一次就絕對不會忘掉他。

一年四季不變，全身穿著白色的衣物：白長袖Polo衫、白色西裝長褲、白色皮鞋，還有一頭尚未白得很徹底的白髮，高大削瘦的身材，總是自顧自地漫步，好像會忽然在面前轉彎走掉似的，搞不清楚他是要走去哪裡。

幾年前剛認識他的時候，覺得他很嚴肅，眼神很嚇人，而且腦子裡不知道在想什麼，一開始講話，舉例來說，他會從文學獎作品的好壞，講到視覺運作，然後講到腦神經科學，再講到學習曲線，最後講到柏拉圖的《饗宴》，講到Facebook的同儕心理和精神治療的笑話……等到我好不容易搞懂他講到這裡為止，他已經又講到別的地方去了。我想他以前一定不是這樣，所以乾脆直接問他小時候是怎麼樣的人。本來以為他會感嘆地說：「啊，我以前跟現在才不一樣……」結果沒想到他居然斬釘截鐵地回答：「我從小孩子開始，就跟現在一模一樣，都是穿白色的

Memo：東年老師不好拍，但既然要做他創作四十年的專輯，就非得拍好不可。原本拍出來的效果，直接放上封面看起來有些粗糙，於是決定用抽色的方式，讓封面變得柔和一些，像是有空氣感的日本味道。不過東年老師本人覺得頭髮變得太白了，這點很抱歉啊。內容上有大篇幅的專訪，又請了許多年輕朋友與資深老友來寫其人其作，另有學者深刻分析他的新作，雜誌出版後，東年老師特地寫信給我：「你們是很棒的文學編輯。」能得到像他這種編輯老先覺的高度讚美，真的很令人感動。

衣服，聽古典音樂，什麼書拿到就猛讀，也喜歡做劇烈運動。」但是我才不相信咧，小時候一定長得比較可愛吧！

今年是東年創作四十年，他一次推出了兩本長篇小說：《城市微光》與《愚人國》，對一般的寫作者來說一定無法想像，這兩本皆有十餘萬字的厚重作品，居然呈現了完全不同的文體、內容取材與形式，對他本人來說也許沒什麼，但我覺得那好像是劇烈地動用了腦子裡不同的部分，甚至身體也置換過不同的骨骼與肌肉，才足以負擔這轉變的強度。簡單地來說，《愚人國》一書展現了東年對於知識的廣泛愛好與深刻專研，特別是他長時期對台灣歷史的浸潤，幾乎是面貼著面地寫作，將十九世紀這塊土地的豐富故事，用創作、翻譯、文件、日記等各種形式，拼貼成形，形成複雜的閱讀肌理，就像這島既美麗又變化多端的景色。相較於《愚人國》強烈的資料考證與知識性，重建台灣舊時鄉野的面貌，《城市微光》卻是完全相反，東年腳踏實地走入當下擁擠的城市「永和」，將市民生活的細節轉化成片段拼貼的風景與故事，跟我讀過其他寫台灣城市的作品最大不同的感受是，這是只有真正將自己投入在這個生活領域裡的人，才能寫出來的東西，他了解這個社會與世界「眉角」的程度，不是靠著訪問住民或Google就能寫出來的「鄉土文學」。我認為這兩本書正代表了他四十年來寫作的兩種樣貌：對知識熱烈愛好的感觸與真實歷練的人生故事，這也就是為什麼要同時推出兩本小說的原因。

因為很佩服能寫到這樣的程度，所以同事特別問他，《城市微光》是不是做了很多田野調查？

「我是被迫的。」東年露出這問題問對了的閃亮眼神，「因為我家的狗跑掉了，我找了二十一天才找到，所以變得很了解這城市。」然後他就開始講狗走失後的一．五公里尋獲圈、講到半夜下大雨他開車出去找狗，講到遇見公園裡各類奇怪的人，講到女兒如何養狗，講到為了找狗去學騎腳踏車，講到小時候在宜蘭騎過一次腳踏車，結果在路口撞到牛，害牛跑得跟馬一樣快……我看著他，忽然覺得他跟小孩子的時候，應該一模一樣吧。

懷念紀弦先生（一九一三—二〇一三）。巨大的狼如今獨自遠行，但其嘶吼與爪痕早已深刻地遺留在空氣與大地之中。

347 期

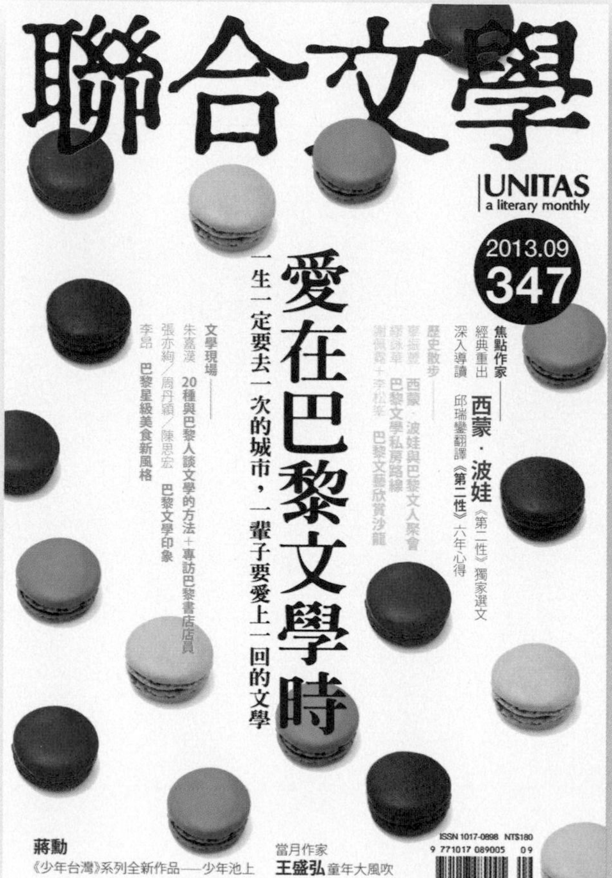
聯合文學
UNITAS
a literary monthly
2013.09
347
愛在巴黎文學時
一生一定要去一次的城市，一輩子要愛上一回的文學
焦點作家——
西蒙．波娃
經典重出 《第二性》獨家選文
深入導讀 邱瑞鑾翻譯《第二性》六年心得
歷史散步——
辜振豐 西蒙．波娃與巴黎文人聚會
繆詠華 巴黎文學私房路線
謝佩霓＋李松季 巴黎文藝欣賞沙龍
文學現場——
朱嘉漢 20種與巴黎人談文學的方法＋專訪巴黎書店店員
張亦絢／周丹穎／陳思宏 巴黎文學印象
李昂 巴黎星級美食新風格
蔣勳
《少年台灣》系列全新作品——少年池上
當月作家
王盛弘 童年大風吹
ISSN 1017-0898 NT$180

愛上文學巴黎的SOP

我大約十年前就認識新銳小說家夏津（化名），在一個知名作家的演講場合，那時候她剛考上大學，一心一意想要成為作家，像海綿一樣吸收有關文學的一切，我們一直保持斷斷續續的聯絡，偶爾通通電話。大四那年，她陷入像坑爛泥似的多角戀愛，痛苦萬分地跑到巴黎去旅行，甚至錯過了期末考試，鎮日在巷弄之間穿梭漫步，她寫給我的電郵裡說：「今天去了蒙帕那斯墓園，去看沙特和西蒙·波娃的合葬墓。無論西蒙·波娃曾經愛過多少人，多麼女性主義，最後還是回到沙特身邊了，不是嗎……我只有長時間沒目的地走路，不讓自己片刻停下來，才能使我的心臟記得跳動……我一直想起邱妙津，一直想起死的事情。」收到這樣的信，我能怎麼辦呢？只能回信給她說：「巴黎是個糟糕的城市啊，妳去那邊幹嘛！巴黎人那麼冷漠，到處是流浪漢尿尿的臭味，地鐵又髒又破，路上狗大便又多，妳幹嘛在那邊胡思亂想的，為什麼不趕快回來呢？我沒去過巴黎，也不想去喔！」

夏津回來之後先搞定畢業的事情，去研究所報到，把那些絕望的戀

Memo：本期與出版社合作西蒙·波娃的《第二性》新譯本專輯，但是覺得光做西蒙·波娃太難了一些，不如放大範圍，將有關巴黎文學的事情一起納進來談。巴黎這個城市還是有其魔力，文學雜誌只要做這個，幾乎都會大賣，本期也是如此。封面的發想上，不想把西蒙·波娃照片直接放上去，也不想放什麼巴黎鐵塔這種的，於是決定用大量的馬卡龍來呈現，既符合法國情趣，而且又很漂亮可口。本期最大的缺失是少做了一篇呈現世界知名作家如何描述巴黎的文章。如果能直接引用他們描寫巴黎的名句，應該能讓這專輯更富有文學色彩。

情全部結束掉，並且訂立了一套新的戀愛SOP：最近這幾年，她若覺得自己喜歡上一個男人，就會先問他喜不喜歡莒哈絲？讀不讀波特萊爾、海明威、亨利．米勒？她有一長串的「男友書單」都跟巴黎有關，願意耐心讀完這書單，才算通過這一關。接著她便會要求男人跟她一起去巴黎旅行，儘管她已經去過好多次了，她還是會說：「因為這是一生一定要去一次的城市，而且三十歲前一定要去。」到了巴黎，某天下午一定會從莎士比亞書店開始漫步，這是個狡猾的試驗，倘若那男人警覺性夠高的話，應該會很快地發現，她領著他走的路線，無論搭車或是乘船，恰好是電影《愛在日落巴黎時》裡傑西與席琳一路說話散步的路線。男人越快發現，夏津便會越愛他，不幸的是，據說只有少數人能通過這一關。那麼僥倖通過的男人就會來到最後一個關卡：巴黎鐵塔，如同夏津也喜歡的香港女散文家陳寧在《風格練習》一書的感想，巴黎鐵塔注定要決定情人是否能長相廝守。登上巴黎鐵塔之後，夏津會問：「你覺得在巴黎鐵塔上最好的事情是什麼？」男人有各式各樣的說法，當然夏津想聽的絕不會是：「可以俯瞰整座巴黎。」這種鳥不生蛋的無聊答案，她心裡是這麼想的，只要對方能立刻說出跟法國文豪莫泊桑相似的話：

「在巴黎鐵塔上是唯一看不見巴黎鐵塔的地方」她就會永遠跟他在一起，否則便立刻分手。

「有任何男人通過這三關嗎？」最近一次講電話時我問她。

「有非常接近的，但我快三十歲了，快來不及了。」她說。

「唉呀，那腳手要快一點了！哈哈哈。」我說，「不然一生要去一次的巴黎放寬到四十歲就好了。」

「對喔，哈哈哈。」夏津說，「好，立刻到臉書徵男友好了！」

啊！在電話這端的我忽然覺得有點難過，雖然沒機會了，但是這麼久以來，夏津從來沒問過我喜不喜歡莒哈絲？讀不讀波特萊爾、海明威、亨利．米勒……

348 期

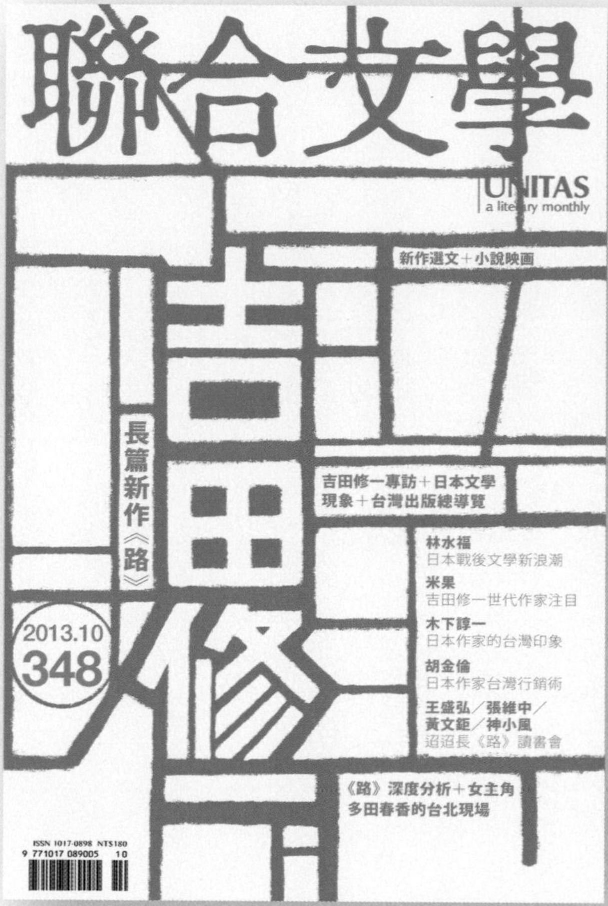
聯合文學
UNITAS
a literary monthly
新作選文＋小說映畫
吉田修一
長篇新作《路》
吉田修一專訪＋日本文學
現象＋台灣出版總導覽
林水福
日本戰後文學新浪潮
米果
吉田修一世代作家注目
木下諄一
日本作家的台灣印象
胡金倫
日本作家台灣行銷術
王盛弘／張維中／
黃文鉅／神小風
迢迢長《路》讀書會
2013.10
348
《路》深度分析＋女主角
多田春香的台北現場
ISSN 1017-0898 NT$180
9 771017 089005 10

回不回家的藉口

高中畢業剛從高雄到台北念大學，不太適應非常想家，上學期好像回去了好幾次，不過因為開始做一些絕不能跟爸媽報告的事情，而且又覺得回高雄很遠很煩，很快就變成一年只回家一次，爸媽問我怎麼越來越少回家，我都說：「沒啦，啊就坐車太累了啦。」他們也無話可說。直到二〇〇七年高鐵通車，這個藉口一瞬間變得不能用了……

吉田修一的新作《路》，以新幹線日商承建台灣高鐵這樣一條「具體的路」為主軸，講述台、日之間的人情故事。由於實在把台灣寫得太好了，乍讀之下像是一本置入性觀光行銷的小說，可見吉田先生真的非常熱愛台灣。（類似例子有吉本芭娜娜的《王國》系列）曾經是日本殖民地的台灣，兩地親密的關係，對許多日本人來說擁有特殊的情感，雖然不能說吉田先生完全掌握了台灣的時代精神，不過確實能感覺到小說裡的台灣是如此溫暖迷人，身為在地住民的我們似乎對自己太缺乏信心了。

但不用說，這小說真正要寫的並不是這麼浮光掠影的東西，我想吉

Memo：吉田修一的《路》是出版社的年度大書，我覺得這次專輯的豐富度也足以與本書匹配。不僅大幅介紹了吉田修一的所有出版品、二戰後現代日本小說的脈絡、吉田修一與同世代作家的現象等等，當然也專訪了吉田修一本人。我覺得特別有趣的是，我們還分析了《路》的人物關係，甚至從小說裡找出女主角多田春香在台北活動的軌跡，推測這個女孩子去過的實際景點為何，並且畫出地圖。可惜篇幅太少，否則可以更深入小說的場景。我覺得這是文學雜誌最有趣的地方，除了現實面之外，總有更多的虛擬世界可以去探索踏查。

田先生想寫的其實是我們如何返鄉與離鄉，這是一條「抽象的路」，無論是返或離，對於故鄉我們總有著難以啟齒的心情，為了掩藏這真正的心情，不得不找尋一個藉口來說服自己，也欺騙別人。例如小說裡的「灣生」葉山勝一郎，他想回到出生地台灣，是為了向曾經被他傷害的友人道歉，但卻對病妻用了「等新幹線通車了，我們兩個到台灣去一趟吧。」如此觀光化的藉口。年輕的日本ＯＬ多田春香最後決定留在台灣，台灣建築師劉人豪反而留在日本，兩人都以工作做為離鄉的藉口，但心裡卻是希望能與對方在同一個地方。台灣高鐵維修員威志則是以找到一份新工作當作藉口留在故鄉，事實上是為了陪伴心愛的女人與其喜歡火車的兒子。小說裡這些返鄉與離鄉都不是什麼遙遠的距離，日本到台北也不過是三個半小時而已，也就是說，我們距離故鄉的距離不是以時間或空間來計算的，而是以一個藉口的強度或合理性來計算的。

我在別的地方寫過：「吉田修一的長篇小說最大的特點是，直白寫實的素描文體能在有限的篇幅，一下子就讓人搞清楚周遭的環境是怎麼回事，而在這環境之中，他深刻描寫人物的複雜情感，以及曲折動人的情節，將人生故事慢慢地，但持續地曝露出來。」《路》呈現了最好的狀態，當我們以為這小說只是輕描淡寫台、日兩地人物糾葛與表面的鄉土情感時，吉田先生所要說的其實是更具共通性的複雜幽微的人心，所有人最終必須面對與原生地的關係，也就決定自己未來的人生面貌。因此一方面覺得非常好讀，適合在坐飛機或坐高鐵時閱讀，另一方面卻無法就這樣讀完了不管，必須重新想過，才能真正讀入他所想說的事情。

啊，這樣讀完了之後，忽然覺得「沒啦，啊就坐車太累了啦。」這個藉口好糟，爸媽心裡一定知道是怎麼回事，但居然默默接受了十幾年。好吧，我不算是個孝順的孩子，本來還繼續找了很多藉口不回家的，但我想算了，以後還是常常搭高鐵回去好了。

349 期

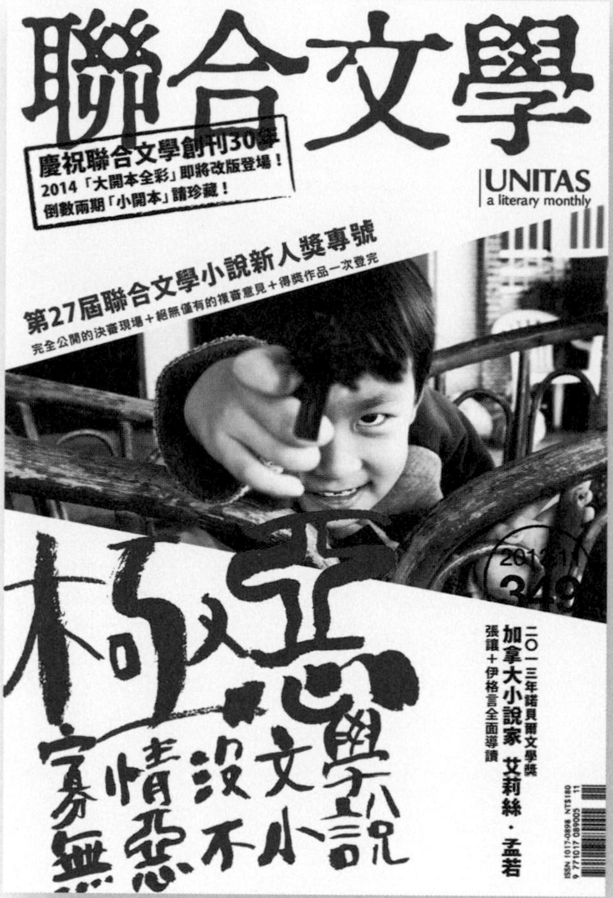
聯合文學
慶祝聯合文學創刊30年
2014「大開本全彩」即將改版登場！
倒數兩期「小開本」請珍藏！
UNITAS
a literary monthly
第27屆聯合文學小說新人獎專號
完全公開的決審現場＋絕無僅有的複審意見＋得獎作品一次登完
349
極惡
寡情沒文學
無惡不小說
二〇一三年諾貝爾文學獎
加拿大小說家 艾莉絲・孟若
張讓＋伊格言全面導讀

文壇是什麼？

文壇大約就像武俠小說裡的「江湖」一樣，聽起來很抽象，您大可以說一句「文壇在哪裡？」然後把它給丟到一邊去。不過，文壇終究是由作家、讀者、評論者、學者、出版人、編輯、各種官方、私人藝文協會、文學獎評審等等組成的；從現實面來說，文壇便是環繞著文學這一範疇的名利場，有其運作的方式與潛規則，有公平與不公平的地方，有既得利益者，也有不見經傳的平凡人物，有好人也一定有壞人。對作家而言，只要出了書成了名，再怎麼不在乎或清心寡欲的人，不管願不願意，都得被迫在當中獲得位置，因為決定這一切的是名利場本身。

當然，文學獎是文壇裡頭小得不得了的一部分，如果一一得去在乎的話，再多的熱情與堅持都會被消磨殆盡。比方說，最近討論頗為熱烈的「抄襲」或「創意挪用」事件，文章既已得獎刊登必須接受公評，由讀者自行判斷，但無論經過再怎麼縝密的文學理論分析，卻不會知道接下來會怎麼樣，誰對誰錯或許有比較客觀的標準，但在這個名利場裡，並不會依此標準最終得到一個天真無邪、黑白分明的結果，因此您可以

Memo：每年要做固定的小說新人獎單元，總要發想一個特別的主題，才能依此來做封面設計。今年因為評審委員提到這批小說都很強調「惡」，所以用了美編怡絜的照片，一位看起來眼神邪惡的舉槍小孩。這小孩是怡絜的姪子，據說因為上了封面，家裡的人都很開心！另外，這一期出了點麻煩，因為雜誌轉移出版公司的緣故，沒有事先與博客來重新簽約，以至於遲遲無法上架，這是個很大的損失。不僅是沒賣雜誌而已，最壞的狀況會是失去了讀者與廣告主的信任。

看到，這段日子以來，類似的事情有哪一件產生了真正的影響？知名作家仍然擁有其大量讀者，沒有名氣的寫作者則飽受過多的傷害，而被抄襲的人依然無辜透頂。

又比方說諾貝爾文學獎，無疑是這個場域裡最受重視，具有最多利益的獎項，於是參與評審者擁有最大權力，當他們選出艾莉絲．孟若做為二〇一三年得主時，大部分的人都覺得孟若實至名歸，不過若是選了村上春樹、菲利普．羅斯、湯瑪斯．品瓊、米蘭．昆德拉、唐．德里羅等等，您覺得會減損孟若身為當代偉大作家的一絲價值嗎？我的意思是說，我們也許會多買或少買一本得主的作品，但我想並不會有人因此動搖了自己熱愛的作家名單。再讓我們想像一個最誇張的狀況，若將這群諾貝爾獎評審運來台灣評選文學獎，您覺得會有什麼天差地別的決定，以至於撼動了台灣文壇嗎？並不會這樣的，因為文學獎畢竟只是文壇這個名利場裡，一個乍看之下比較有邏輯的、簡單易懂的選擇機制而已，對一個作家來說，除了應得的榮譽與金錢之外，實在不該變成文學創作的指標，無論是在內容、風格或是目的。

如果只是愛寫自己想寫的東西，根本也不用管文壇是什麼，如果真的想成為作家，還是可以選擇要跟這場域保持多麼親密或疏遠的關係，並不是一定要完全被其吞噬才行。千萬別搞錯了，是艾莉絲．孟若、大江健三郎、海明威、葉慈、帕慕克等人榮耀了諾貝爾獎，並不是諾貝爾獎榮耀了他們，而且是因為有村上春樹、湯瑪斯．品瓊、菲利普．羅斯、米蘭．昆德拉等，諾貝爾獎才勉強值得我們期待開獎，那些機制什麼的一點重要性也沒有。有世界各地偉大作家在的地方，才是我們要去的地方，別搞錯了，否則什麼文壇什麼的，一點也不重要。

350 期

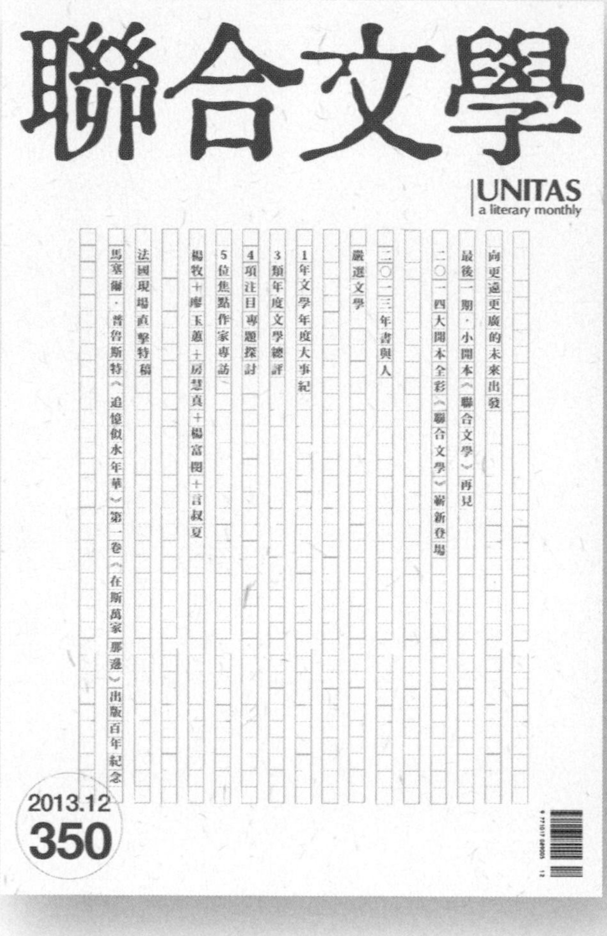
聯合文學
UNITAS
a literary monthly
向更遠更廣的未來出發
最後一期・小開本《聯合文學》再見
二〇一四大開本全彩《聯合文學》嶄新登場
二〇一三年書與人
嚴選文學
1年文學年度大事紀
3類年度文學總評
4項注目專題探討
5位焦點作家專訪
楊牧＋廖玉蕙＋房慧真＋楊富閔＋言叔夏
法國現場直擊特稿
馬塞爾・普魯斯特《追憶似水年華》第一卷《在斯萬家那邊》出版百年紀念
2013.12
350

向小宇宙更遠更廣的地方出發！

今年是個混亂的一年，對雜誌來說是這樣，對我個人來說也是，心裡總是不安著，之前有好幾天連續做了沉重的夢，早上醒來後默默地坐在床邊，慶幸真實世界畢竟沒有像夢境那麼難堪。究竟是怎麼回事呢？很抱歉，沒辦法在這裡一一跟大家報告，一來是很難說得清楚，還怕對誰說錯話，二來其實也不必害大家為我擔心，十二月號雜誌的樣張攤在我的桌上，我看著這些照例做的文學書與人年度回顧，我知道可以去哪裡尋求支持的力量，即使身陷一團混亂迷霧和那些讓人沮喪的愚蠢、挫折之中，我眼前一本一本美好的文學作品、眾多令人景仰的作家仍然像具有萬有引力一般，恆長不變地將我們如星子般聚集在這一本雜誌裡，使我們無法離開彼此，離得再遠，個頭再小，總是被對方牽引著。這就是我喜歡編輯、閱讀文學雜誌的原因，它使我不感到孤獨，只要能夠定期出刊相見，我們在這相生相息的小宇宙便能順利公轉自轉。

在這個小宇宙裡，我們當然已經非常熟悉彼此的相對位置、距離、速度、溫差，一切舊口事物可以繼續這樣運行沒問題，可以保持這安逸，晴日普照的日子，但是漸漸地我們發現我們過去實在太膽小，太懶惰，或根本就是太沒想像力了，不敢再往小宇宙更遠更廣的地方開拓，那裡有我們未曾嘗試規劃的空間，未曾大膽使用的顏色線條，未曾親身經歷的時間流動，自然也有未曾正面衝突的危險，這危險甚至會讓我們失去彼此也說不定。過去我們被某些陳腐因循的恐懼感給束縛住了，或者缺乏更多的燃料設備，或者只是單純的能力不足，現在管他的，就算有人反對也不管了，非得出發不可了，因為即使「只是」編輯一本文學雜誌，在此刻仍有無數的可能性在等待我們，出發之後到底會怎麼樣呢？如果沒有一一試著去實現看看，根本不知道啊。

這一期三五〇期《聯合文學》將是您三十年以來所熟悉的《聯合文學》的最後一期，是您對這個小宇宙景色的最後一眼，所以如果用單純的廣告詞來說，這一期是非得收藏的絕版品了，因為二〇一四年，歷經漫長三十年歲月的《聯合文學》將有重大的改版計劃。過去幾年，我們在內容編輯與美術設計方面做出改變，獲得了許多來自讀者、作家的讚美與支持，以及市場上的成功，但儘管如此，仍然有所無法突破的局限。二〇一四年，我們會給您一本您未曾想像過的文學雜誌，不僅開本變大，

Memo：封面是非常樸素的一張稿紙，令人懷念的綠色格線。以前沒有電腦的時代，就是在這樣的稿紙上，一字一字寫作、修改、重騰，一疊一疊地堆在桌上，腳邊，簡直像是做手工業似的。不過，一般的綠色格線倒不是這種顏色，我們特別採用了具有未來感的螢光綠，代表這是一張「未來」的稿紙，因為從此刻起，我們要進入一個新的文學時代了。本期也是小開本《聯合文學》的最後一期。據說這個開本原本是精心設計便於讀者單手捲起來閱讀，比方說一手捉著公車或捷運拉環時，也可以輕鬆閱讀。立意當然很好，也很有文人氣，不過一來是特殊開本，紙要另外裁切，

而且從第一頁到最後一頁都是彩色的，透過設計感強的美術形式與生活類刊物的編輯技術，帶領讀者進入文學的人、書、事、物、地，新的《聯合文學》將是一本具有真正實質意義的「文學生活風格雜誌」，試著閱讀文學和練習寫作，便是一種獨特的生活風格與品味享受。我想，雖然有別的文學雜誌也這麼號稱，但並沒有像我們這樣子做過。

如今，我們正站在新與舊，過去與未來的分水嶺上，坦白說根本也不知道最後是好還是壞，得到的多或是失去的多，不過已經決定這麼做了，也只好請您拭目以待，明年的一月不遠，我們期盼能與您再次相遇。

成本較高，二來對現代讀者的觀看方式來說，也有點過時了，不容易承載高度複雜的編輯內容與美術形式。一本三十年的文學雜誌，能夠這樣子撐下來實在不容易，沒什麼好挑剔的，但是如果一直不改變，不從外面獲得新的觀點、新的技巧的話，一定會越來越衰弱下去的，只是在消耗內部能量而已，一本刊物若不關心這個世界如何演變，不保持活力與變化，這世界自然就會淘汰掉它。這三十年來的《聯合文學》已給了文學人與編輯人最豐厚的養分，接下來，靠著這養分的支持，我們終於可以放膽走一條沒人走過的路了。

／附錄 1「Guide Book」式創意編輯術

王聰威×高翊峰
——盡情享受編輯雜誌的樂趣吧！

對談——高翊峰（小說家、*FHM* 國際中文版總編輯）

記錄、註釋——朱宥勳（小說家、《祕密讀者》編輯）

專輯開門頁

300期

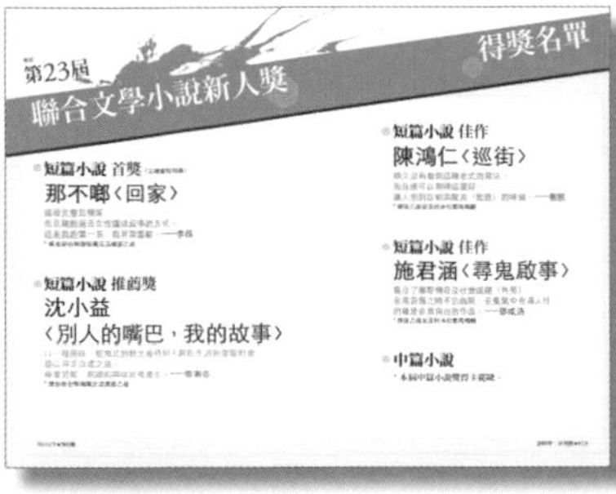

301期

302期

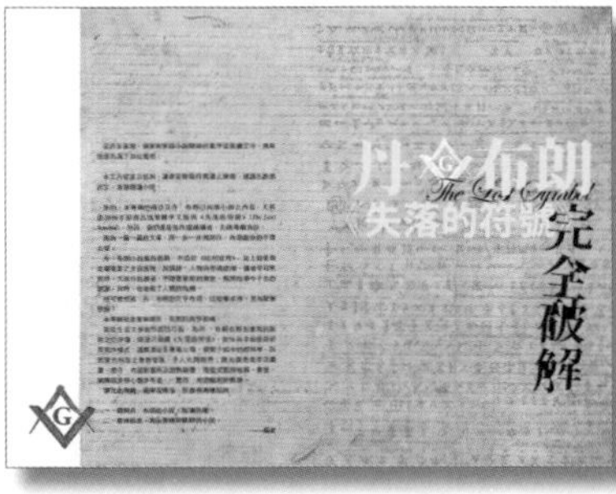

303期

296期

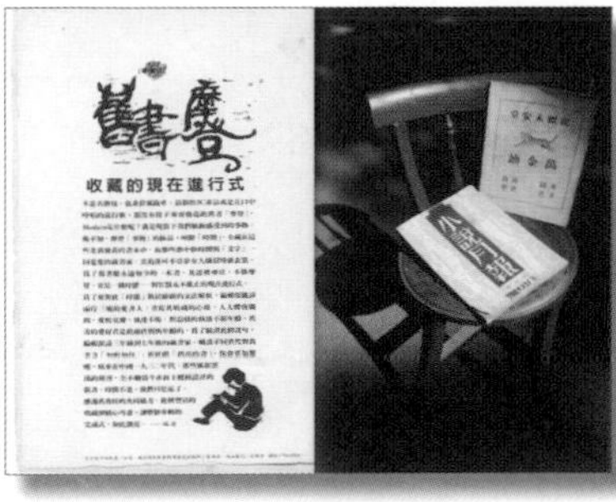

297期

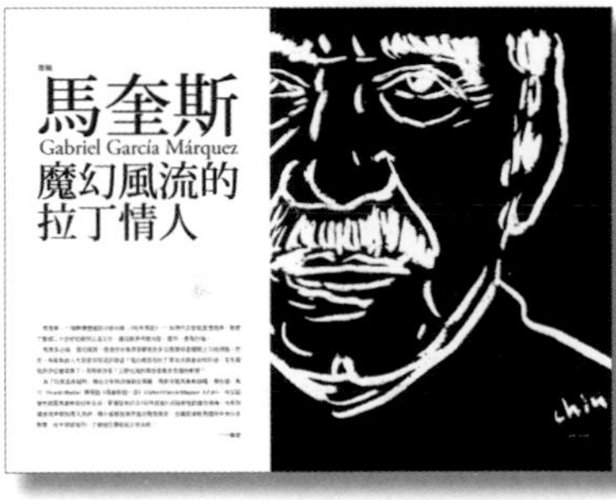

298期

299期

308期

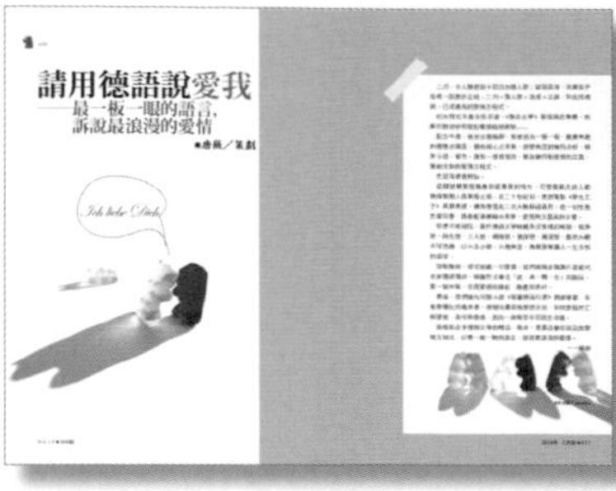

304期

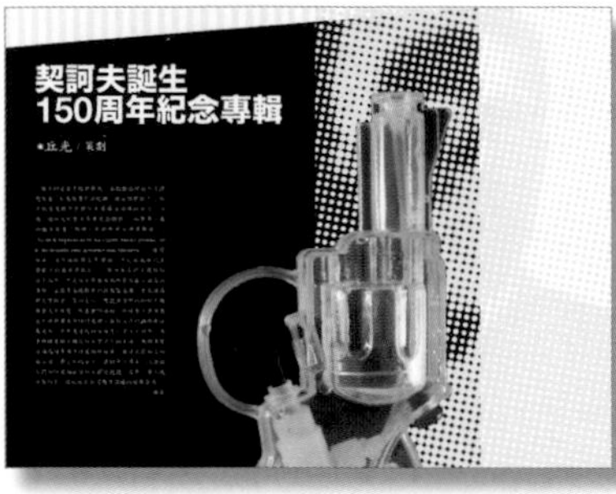

309期

305期

310期

306期

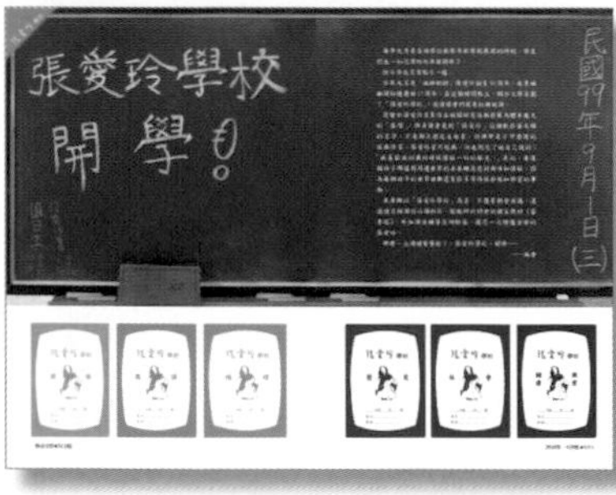

311期

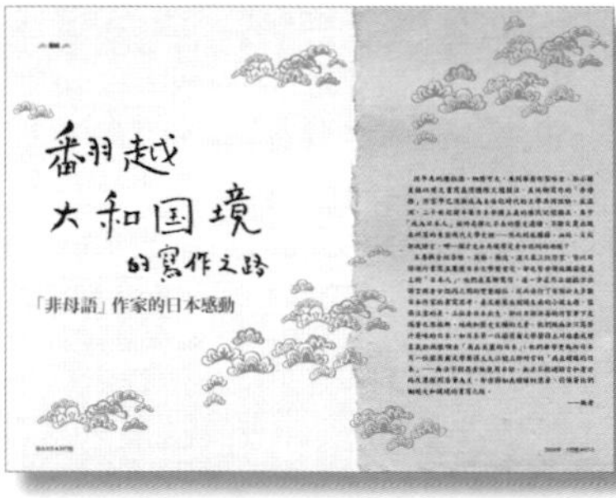

307期

312期

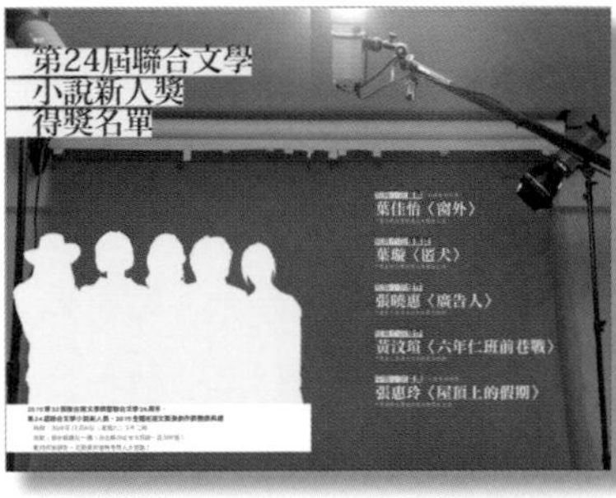

313期

314期

315期

316期

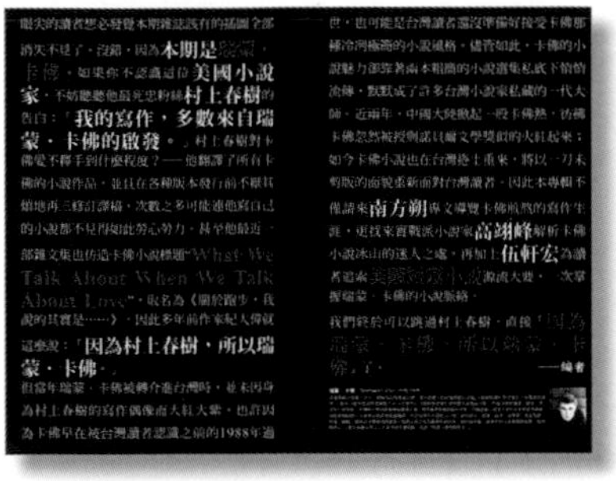

317期

318期

319期

324期

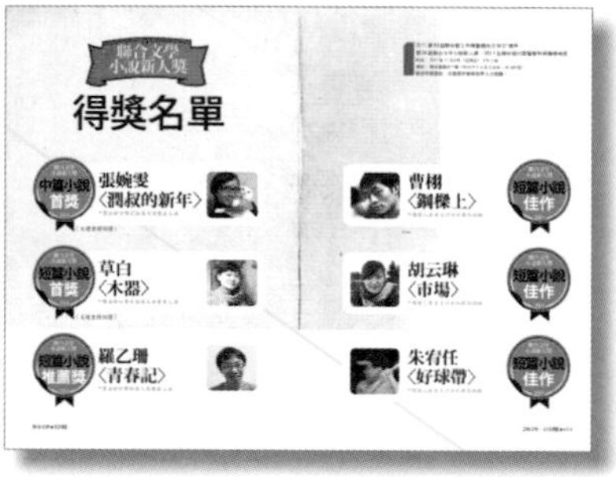

325期

326期

327期

320期

321期

322期

323期

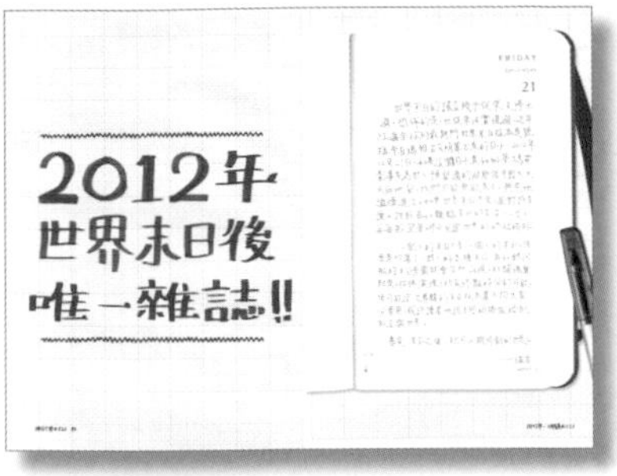

332期

333期

334期

335期

328期

329期

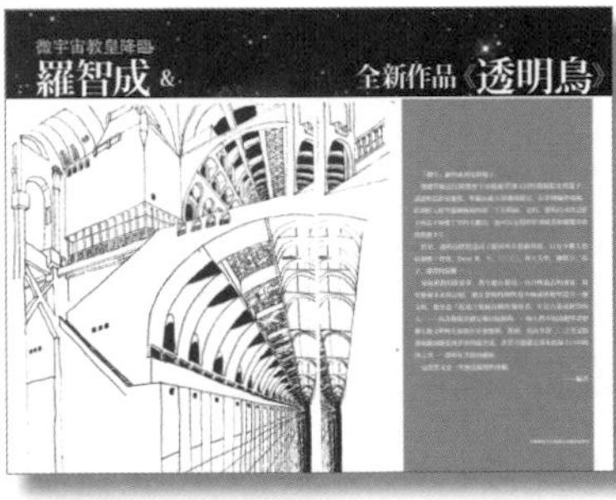

330期

331期

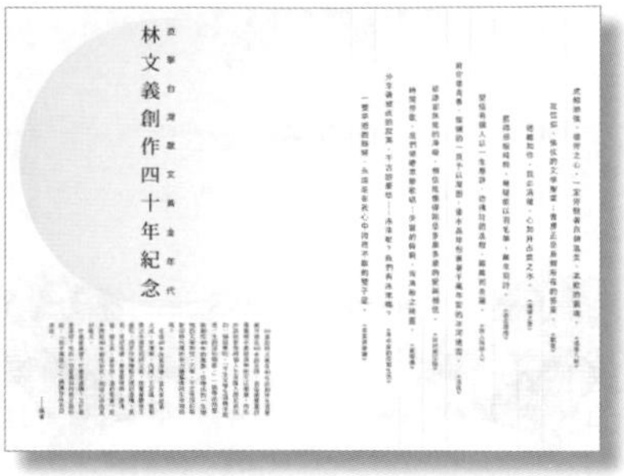

339期

336期

340期

337期

341期

338期

342期

338期

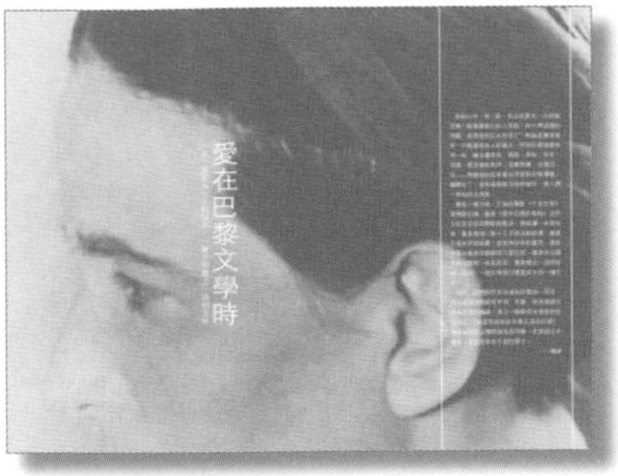

347期

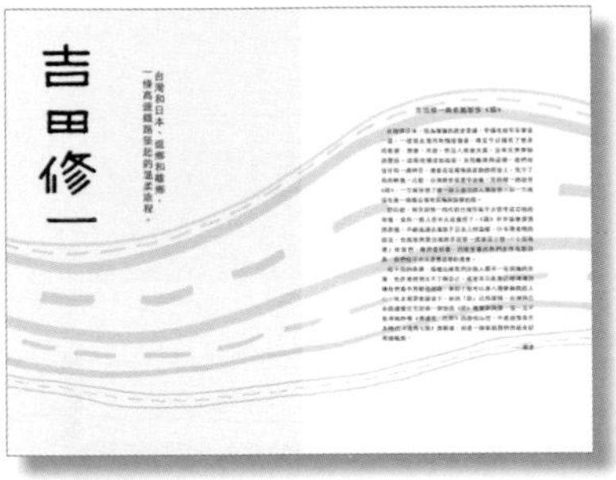

348期

349期

350期

343期

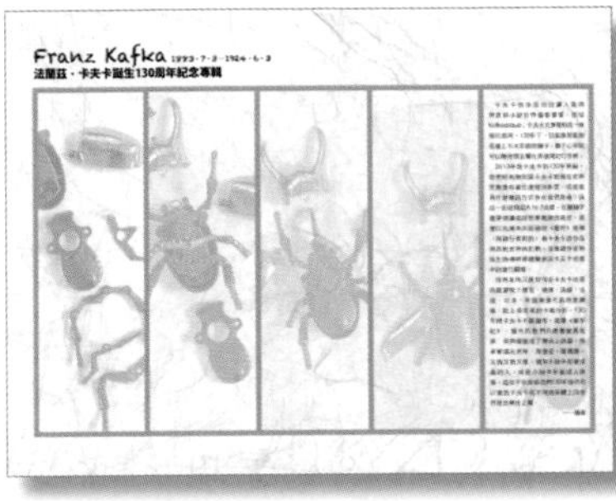

344期

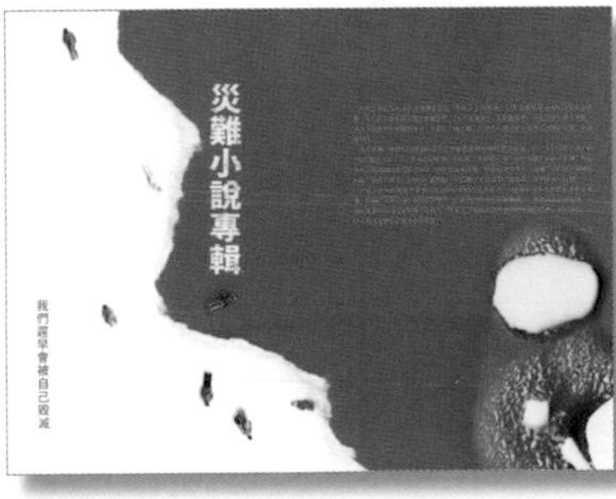

345期

346期

當月作家

304期

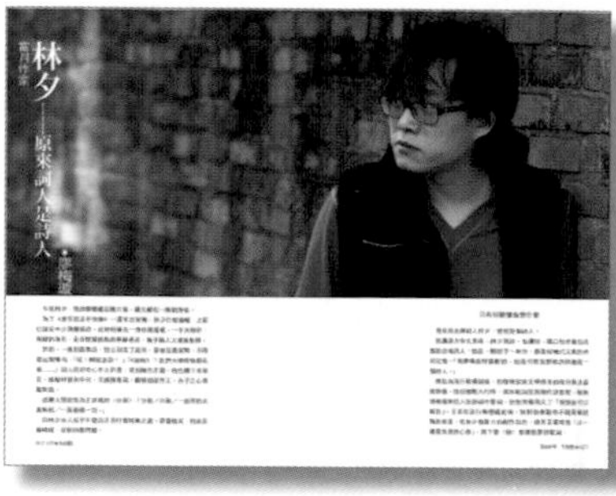

305期

306期

307期

308期

309期

310期

311期

317期

312期

318期

313期

319期

315期

320期

316期

325期

321期

327期

322期

328期

323期

329期

324期

334期

335期

336期

337期

330期

331期

332期

333期

343期

344期

345期

346期

339期

340期

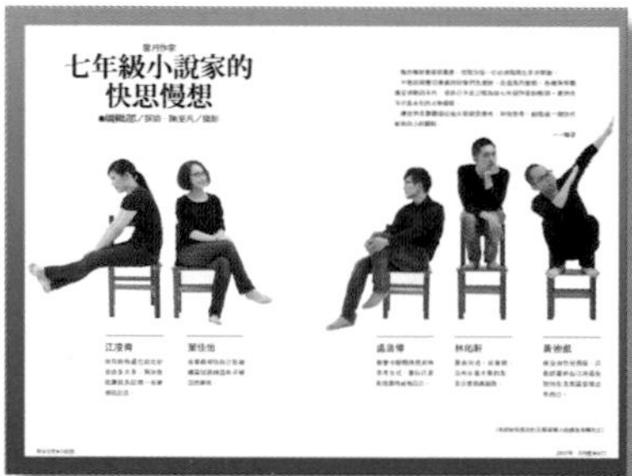

341期

342期

350期

347期

350期

348期

350期

349期

350期

350期

靈感角落

315期

311期

307期

303期

316期

312期

308期

304期

317期

313期

309期

305期

318期

314期

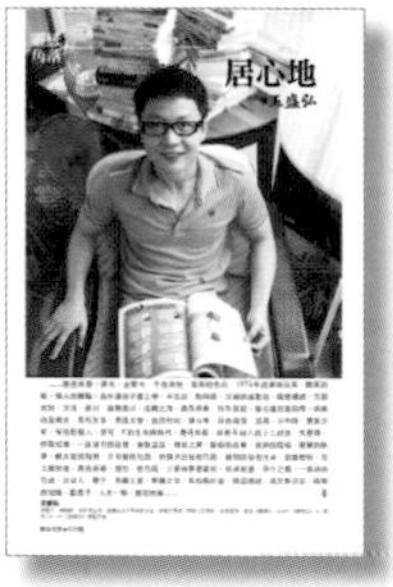

310期

306期

331期

327期

323期

319期

332期

328期

324期

320期

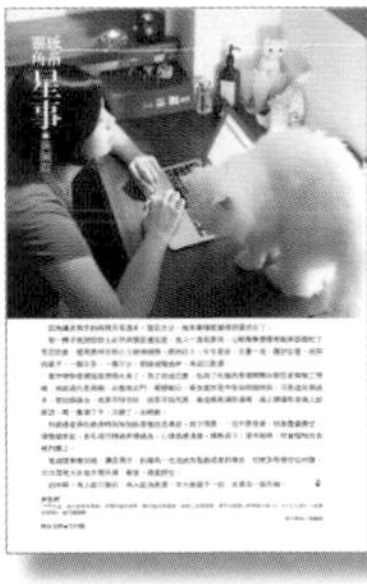

333期

329期

325期

321期

334期

330期

326期

322期

347期

343期

339期

335期

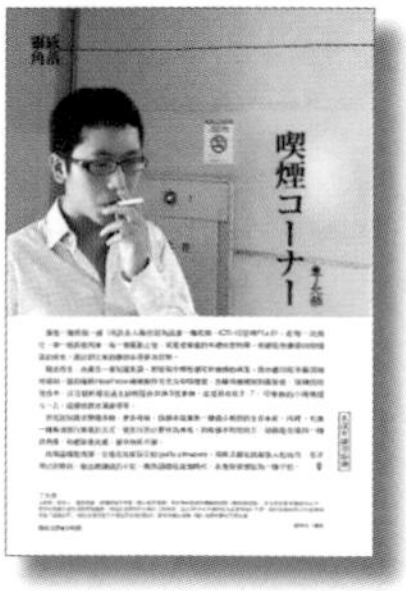

348期

344期

340期

336期

349期

345期

341期

337期

350期

346期

342期

338期

在新誕生的雜誌裡成為編輯

高：在「編輯」這件事情上，我們兩個人的知識可以說有一半以上來自袁哲生[1]。除了後面我們自己的經歷之外，基礎的部分幾乎七八成都是袁哲生打的底。可以請你先從自己「如何成為一個編輯」開始談起嗎？

王：你說的沒錯，我們的確是從袁哲生那裡開始學習編輯這一行的。不過我的經驗跟你有一點不一樣，我記得是一九九九年年底，它剛剛創刊，你的第一份工作就是*FHM*的編輯，而我一開始則是雜誌的外部寫手[2]。大概是同年的四月，我在高雄當兵，有一天放假還躺在床上，接到袁哲生的電話，他一開口就說：「我是袁哲生。」他自己這樣大剌剌地報上名字，有一種很屌的感覺，我想：「你以為你講袁哲生我就該認識嗎！」（笑）後來才想起來，不就是寫出〈送行〉得時報文學獎的那個小說家嗎？我對他唯一的印象就是這篇小說。總之呢，哲生說他們要創一本新的男性時尚雜誌，希望找我來寫稿子。我從來沒有做過編輯，甚至很少看雜誌，更從來沒有想過有一

1 **袁哲生：**一九六六年生，為台灣五年級世代重要的小說家，曾獲時報文學獎、聯合報文學及吳濁流文學獎。著有小說集《寂寞的遊戲》、《秀才的手錶》、《倪亞達》，風格清淡細緻，能挖掘出在平靜情節底層流動的綿長哀愁，又能寓深意於富有鄉土諧趣之作品。一九九七年起擔任《自由時報》副刊編輯，二〇〇〇年之後加入*FHM*編輯，本次對談的王聰威、高翊峰兩位同是小說家的編輯便是在這個背景下與袁哲生共事、受到影響。於二〇〇四年逝世。

天居然會幫時尚雜誌寫東西，你那時候也不知道*FHM*是什麼吧？

高：去的時候不知道，我那時候只知道*GQ*。*GQ*台灣的創刊號，我有買，因為裡頭有村上春樹的專欄。到現在我還留著那本創刊號。

王：對啊，根本不可能聽過。何況它在台灣是全新的雜誌類型，我根本無法想像它是什麼樣子。不過他一問我要不要寫，我一瞬間我就答應了，因為那時候一心一意想，退伍後要到台北來當文字工作者，所以就算是鬼來電我也會答應。

高：哲生叫你寫的第一篇稿子是寫什麼？

王：他給我的第一個工作是採訪台灣做防彈車的公司，一篇三、四百字的邊欄小文章。我記得我先從電話簿黃頁裡找到一家類似的改裝公司，然後在路邊打公共電話給人家，（我剛搬到台北，連家用電話也沒有）跟他們說我是*FHM*的寫手。但那時候根本沒人聽過*FHM*是什麼玩意，也不知道「寫手」是幹嘛的，就這樣什麼都不管地打電話去，人家居然也客客氣氣回答了，我想我比對方更緊張吧，（笑）於是寫出我的第一篇雜誌稿。我應該是*FHM*創刊頭三年寫了最多稿子的人，包括大型專題、各式人物、明星採訪等等……一個

2 **寫手：**在一本雜誌構成上，需要非常大量長短、性質不一的文字稿件，這些稿件不可能全部由雜誌編輯部來完成。因此，除了編輯部本身的人力以外，雜誌稿件會「外包」給適合的寫手。而在不同類型的雜誌中，寫手的形態、擔任的任務、專業要求都不相同。以《聯合文學》這類文學雜誌來說，重要的作品、評論會由著名的作家、學者擔綱，因此「寫手」的運用不如*FHM*這樣的生活型態雜誌廣泛。

月大概可以寫到兩萬字。

高：當時是不懂那樣的東西，但其實現在回想起來有一種很明朗的感覺。袁哲生會的整套東西，都是從報社編輯的經驗學過來的。他教給我們的，就包括這套被一群老報人持續嚴謹遵守，關於文字編輯的扎實標準。往回溯二十幾年，台灣根本沒有現在所謂的「時尚生活雜誌」，可是報紙卻有幾十年傳統了，它有一些自己的方法。像在寫文章的時候，我們之前有一個規則，是規定「幾行字之內就要出現一個笑點」。就像電視連續劇，你三分鐘沒有爆點觀眾就轉台了。哲生在做 *FHM* 雜誌的時候也會要求我們，你每一個小標跟小標之間，一百五十字到三百字之間的文章，一定要有一個哏，不然這個小標就沒有意義了。這是文章寫作的部分，而在編輯這邊的要求，袁哲生在意的是「轉幾圈」。就是你一個概念要多轉幾個圈，不能直接把哏點出來。我們稿子過去，通常都還會被他修改，你會看到稿子有微微橋動的痕跡——我們的幽默感原本是只轉一圈，他會讓它再多轉一圈。

這樣一種非常扎實的做法，反過來說，就是比較缺乏一點彈性。像是在企劃、創意發想上，比較不像現在很多日系的雜誌和歐美系的雜誌。相較於報紙系統的成熟，台灣的這種生活類型雜誌是發展得比較慢的。當時我是在內部，是編輯的角度，不知道從聽威當時寫手的角度來看，對這種「轉圈」或當時編輯樣貌的轉型有什麼想法？

王：因為我以前沒有做過編輯，也沒有幫雜誌寫過稿子，完全是大外行，所以剛跟哲生接觸時非常不習慣。他會要求給 *FHM* 的文章該怎麼寫，如何落標等等，可是這種討論與寫作模式一開始是沒辦法想像的，我們自由創作慣了，平常不可能接受別人要求文章要怎麼寫、符合什麼風格、幾個字裡面就要有哏等等。後來進了 *FHM* 當編輯，這是我的第一個編輯工作，才知道除了哲生自己對文字、文章的要求之外，*FHM* 內部還有一本嚴格的「Guide Book」在指導編輯，包括每一個單元應該怎麼做、圖像如何使用、文字要怎麼寫、哪些狀況是禁止的等等嚴格規定，比方說，它就規定了雜誌內不可以出現其他時尚雜誌愛做的星座預測。因為「這是一個男人應該有的樣子」——*FHM* 以前在英國是給藍領工人讀的雜誌，原本是從車庫裡面做起來的。我想很多編輯並沒見過類似的「Guide Book」或具備

「Guide Book」的概念，甚至我自己後來參與了其他不同類型的國際版雜誌創刊或改版，也沒見過。它最重要的功能是可以具體指導每一個國家的團隊，如何透過編輯的技術，確保這本雜誌應要堅守的品牌精神、目標讀者與理想性，不是隨便找人寫寫文章就把它放上去而已。雜誌是一個特別的載體，不僅僅是一本書[3]，它不是因為某個作者的特殊能力而產生的，它必須動用很多作家、編輯、寫手、攝影師、插畫家、行銷人員等等才能完成，所以它第一優先應該要的是建立雜誌本身的性格、精神與要求，而不是放任某位成員為所欲為，這就是我一開始在*FHM*學到的東西。

從「Guide Book」學來的高度專業性編輯術

高：當時我們都叫那本「Guide Book」是*FHM*的「Bible」，聖經。它有非常嚴格的規定，比如說如何下圖說，比如說幽默的方式，它甚至都清楚告訴你，該怎麼做。因為*FHM*需要的是一種英國人的冷調子幽默，不能像美國人那種脫口秀的麻辣趣點。

3 **書與雜誌：**書本與雜誌雖然都會經過「編輯」才出版，但兩種編輯的實質內涵卻很不一樣。大多數書本的主要內容是一位作者的一部完整創作，因此編輯的主要考慮是如何呈現這部創作和這位作者的特質。與此相對的是，雜誌並不是一個人的著作，而是團隊合作的結果；裡面的圖、文內容雖然也互有關聯，但並不一定全部隸屬於單一主題之下。因此，雜誌更重視每一期都必須服膺的「調性」，整個團隊及其創作出來的內容都以此為準，所以會有「Guide Book」內包山包海的具體規定。王聰威接任《聯合文學》之後，於王：我記得那裡面連內部管理，像是編輯部如何組織、進稿流程、開會怎麼進行、每個人負責什麼工作、職銜角色定位、對別人的反應要有什麼回饋、平常互動形式應該怎麼樣都有詳細規定。對我的編輯養成來說，這是非常好的開端，它給了我對雜誌這個載體的全面性了解，後來我轉換工作，創刊或改版，基本上都還是按照完整的「Guide Book」概念去發想整本雜誌的樣貌。不過在文章的部分，畢竟牽涉到寫作者的能力，剛創刊沒辦法那麼穩定，所有人都還在抓那個風格，我們外部寫手當然就得配合內部編輯的規定。比方說寫明星QA採訪的時候，一定要有個數百字前言，總編輯余光照依英國版的風格，規定不可以直接切入寫明星這個人，必須從乍看之下完全無關的事情，一直轉轉轉到最後把這無關的事情與明星本人連接起來，所有的明星採訪前言都得這樣寫。我記得我的第一個明星採訪稿是寫吳辰君，因為根本搞不清楚要怎麼寫，就算編輯再怎麼跟我解釋舉例，我也寫不出來啊⋯⋯想也知道，誰平常會寫這樣的文章呢？報紙上也沒看過人家這樣寫啊，想用抄的都沒辦法，結果不知道被退了幾次稿才勉強可用。

二〇一〇年一月號大規模改版，編輯室報告〈又不是口香糖糊的！〉就提到了「視覺風格」以及「以暢銷小說家丹．布朗作為專輯主題」的轉變意義，這便是《聯合文學》重新設定調性，從過往的「純文學」風格轉向的跡象。

高：其實可以這樣講，這裡面有兩個不同層次的東西：一個是袁哲生這位小說家，在報社學會了嚴謹的傳統文字編輯之後，突然遭遇了源自英國這種有「Guide Book」、高度限制的男性生活類型雜誌。在這兩種指導原則結合之下，找出了屬於台灣繁體中文版的調子。我覺得這裡面最成功的是，余光照找到了袁哲生這樣一個小說家。如果不是一個這麼擅長說故事、這麼擅長轉圈思考的人，面對那個時候剛創刊，要在那麼複雜的規定底下寫雜誌文章，一定會挫敗掉。這兩個東西加起來，就變成了哲生教給我們的所有東西了。

王：我覺得*FHM*教給我最重要的東西，就是做雜誌的高度專業性，但其實就跟所有高度專業性工作一樣，你在學校受的教育或作過校刊根本不足以應付，一旦進了職場，所有人都必須從頭學起。我那時就像個剛被賣給一位親切和藹的老匠師的學徒，一邊要幫哲生提東西！又被他嫌棄！（笑）一邊學著每一行字、每一個圖說、每一個封面要怎麼做……然後在這些重重限制之下，學習怎麼發揮自己最大的能力。簡單來說，在*FHM*我學到的「Guide Book」編輯術，這就是應該怎麼從頭開始思考，然後確實地做出雜誌這種容器來，這容器既要外型好看，又要有高度的功能性，符合使用者的最高要求，總不能說我要做一個杯子給人家喝香檳，卻偏偏去做一只馬克杯的東西，那就不是用來喝香檳的啊[4]！

高：像這樣一個容器的概念，就讓我想到我在《野葡萄文學誌》進行的改版工作。某個程度上就是延續「Guide Book」這個邏輯。我舉個例子。像我當初要求雜誌裡面書介的部分，每一本書都要拿到、然後拍攝，而且一定要從封面的四十五度角拍過去，美術去背留影。或者說訪問明星，明星一定要提到幾本書，一定要深入介紹封面照片手拿的那一本書。這就有點像是在寫《野葡萄文學誌》的「Guide Book」，重新設定雜誌的定調。對於學會「打造一個合適的容器」的過程，可以再多談一些你的想法嗎？

王：這可以提到 *FHM* 影響我的另一個部分，就是專題企劃的能力。*FHM* 一期裡面通常會有好幾個專題，每一個專題一寫就是一兩萬字，主文可能要分四、五個段落，中間還得設計各式各樣的邊欄、圖表、問卷、小遊戲等等，非常複雜，因為它就是一個愛複雜的雜誌。（笑）因為現在很多雜誌都是以企劃性專輯取向，也就是說必

4 **雜誌是一種容器：**在二〇一一年博客來 Okapi 網站的訪問〈【雜誌總編說】聯合文學王聰威：文學雜誌也可以很米其林三星〉當中，王聰威亦提及了類似的比喻概念：「以前的文學雜誌，講究的細節在文章與文字，這是亙古不變的，但如何組織、擺盤，端出來像米其林三星般漂亮可口，則是現在更重要的事。」傳統的文學觀念較重視作品的精神內涵，而缺乏對作品呈現時的物質狀態的關注，因此文學雜誌很少朝這個方向來思考。然而厚此並不一定就要薄彼，改版後的《聯合文學》與傳統文學雜誌最大的差異即在此。

須要以一個最強的專題做為整期雜誌的核心，那麼能夠獨立企劃專題的編輯力就很重要了。還好在 *FHM* 時代，哲生認真教過我該怎麼去做這件事，一開始什麼也不懂的時候，都是他全部企劃好，叫我完全照他說的樣子寫出來，那時候還真是有耐心啊，什麼鬼專題都能寫落落長，後來才學會自己做企劃。

高：你的第二份工作是在 *marie claire*，我自己也做了快三年的 *COSMOPOLITAN*，知道 *marie claire* 的專題報導在女性時尚雜誌裡算是很強的，所以應該很適合你吧？

王：我在 *marie claire* 做過編輯台和報導組，*marie claire* 的確是一本比較強調專題報導的女性時尚雜誌。有個有趣的比較，*marie claire* 做為月刊形式跟 *ELLE* 都是二次大戰之後才出現的雜誌。*ELLE* 剛開始是一個風格比較年輕化、圖像創意總是歡欣雀躍的雜誌，（我們做員工訓練的時候，常被要求得從一大堆圖片中，分辨出不同女性雜誌的圖像頁面。）他們的想法是，二次世界大戰期間女人實在太苦了，所以在這之後女人要為自己而活，找到讓自己快樂的方式，因此文、圖都往這個方向設計。*marie claire* 原本的想法卻是：二次大戰實在太苦了，所以女人應該要做些什麼才能讓這件事不再發生？同一個事件，導致兩種不一樣的想法，因而變成風格不一樣的雜誌，所以 *marie claire* 一再強調 "Women's power"，女人的力量可以改變什麼？因此形成了非常重視社會議題的專題報導傳統。因為在 *FHM* 的訓練，我在 *marie claire* 報導組工作時就比較能夠和更資深的同事一起合作規劃專題，每一篇文章的方向要怎麼做，採用不同形式，最後如何組織起來。話雖然這麼說，製作 *FHM* 的專題和 *marie claire* 的專題完全是兩碼子事，主管要求的重點也截然不同，我不知道搞砸了多少東西，也常常跟美麗的女同事們鬧脾氣。

高：那就更不用說了，敢做女性時尚雜誌的編輯台工作，一定更慘烈。

王：沒錯！我以前在 *FHM* 也是做執行編輯，還以為什麼大風大浪沒見過，結果完全不一樣，這裡可能是雜誌圈子最慘烈的編輯台之一吧。首先公司人數就差了好幾倍，雜誌厚度也差了快三倍，所以所有事情至少都要做三倍。時尚、美容、報導、生活、美術、廣告業務、行銷、廣告編輯、印務，每個部門的地盤清清楚楚的，主管、編輯、記者一律強勢的要命，現在大家應該親切很多了，但我剛去的時候，連要跨部門合作都困難重重，我想是因為大家都忙到沒辦法顧慮到別人吧。問題是，執行編輯最主要的工作之一就是協調：協調美編跟文編、協調記者跟編輯、協調業務跟編輯、協調各部門交稿進度、協調美編進度、協調製版廠進度、協調同事看樣時間，才不會事情統統擠在一起，害雜誌出不了……每次要跟資深的部門主管拜託什麼事，我都覺得好可怕。

高：你這樣說，人家會以為執行編輯就是出一支嘴到處哈啦的工作……

王：才不是這樣啦！找圖挑圖、談文章版權、打電話、搬東西、叫快遞、檢查編輯交來的文圖是否齊備、跟美編討論版型、修改所有人的文章、落大小標、寫前言文案、缺了頁面要從哪裡生內容出來補，出刊前一週還要勸架、看樣、看藍圖，在製版廠一待就是一整夜，抱著一桶QQ小熊軟糖猛吃，不是開玩笑的，時尚旺季時可以做到四、五百頁，第一次看到那麼複雜的落版單時，我都快昏倒了，等等，再加上各式別冊！出刊後還得管公關書、算稿費、報帳，這方面我簡直做得一塌糊塗，緊接著就是開大編輯會議……我記得剛去 *marie claire* 的前幾個月，常常忽然間有一種「我現在到底在這裡幹嘛」，腦袋空空的，只有手一直在動，還有隨時跑來跑去的感覺。一位資深主管曾經告訴我，編輯大部分做的事都比較像工人，所以平常要穿耐用點的衣服，那時候一回過神來，的確是這樣，全身弄得髒兮兮的。我做過最多不同編輯事務的地方就是在這裡，這裡也是我犯過最多錯的地方，不過這樣鍛鍊過後，好像接下來幾乎什麼事情都可以不用怕了。

讓文學雜誌變成一本正常的雜誌

高：我們都講了幾個去到不同的雜誌的經驗，從完全創刊到改版都做過。我自己覺得這些經歷觸動了我們作為「寫作者」的部分，讓我自己有一些內在的調整。像你現在做《聯合文學》，我當年也參與過《野葡萄文學誌》[5]。我們自詡都是和文學比較有關係的人，而雜誌編輯工作是我們習得的一種能力，我們會帶著這把刀去面對不同的工作。我做《野葡萄文學誌》的時候，放眼過去，有《聯合文學》，超級老牌的文學雜誌；又有超級強的《印刻》，所有我們景仰的大哥大

5 **野葡萄文學誌：**二〇〇三年九月創刊的月刊型雜誌，於二〇〇六年十二月休刊。有別於傳統的文學雜誌，《野葡萄》定位為「閱讀情報誌」，除了各種書籍評介欄目和相關專輯之外，最引人注目的創舉是每期以明星作為封面，進行與閱讀相關的訪問，如五月天、林志玲、范逸臣、林依晨、陳綺貞均曾上過《野葡萄》封面。

姐都在那裡。一開始我去《野葡萄》就是為了改版，我參考了很多文學的刊物，比如說英國的*Granta*和日本的《達文西》，甚至是像報紙那樣的Book Review。作為一個文學刊物，它們能夠存活這麼久，一定有某個清楚的價值在那邊，於是被嚴苛的閱讀市場認定說：「好，你可以留下來。」從而有足夠的讀者群支持下去。

延續這個想法，我做《野葡萄》的時候就做了一個決定：我們這本雜誌，只為了高中生、國中生存在。這件事情確定下來之後，後面所有東西就都明朗了，包含從企劃、書寫文字的深淺問題、字級排版、使用顏色的方式；大到一張封面，小到一個採訪時的題邊……都從能不能吸引這個族群來考慮。我比較好奇的是，《聯合文學》被你改造成現在的樣貌，你背後對台灣的文學雜誌該往哪個方向走的想法是什麼？

王：我到《聯合文學》也和你一樣，目的就是為了改版，來之前，它已經八個月沒有總編輯了，主要是靠主編鄭順聰維持，改版這件事也是他建議發行人的。《聯合文學》雜誌歷史悠久，也一直是台灣文學刊物的重要領導品牌[6]。然而即便這樣，在近年來面臨普遍雜誌銷量下降與文學市場萎縮的雙重寒冬中，必定得重新思考自己的品牌價值、讀者定位、編輯風格與更長遠的未來性，以適應這越來越艱困的出版環境，所以會希望有一個徹底的改變——成果現在大家都已經看到了，最多人給我的評價就是「把時尚雜誌的做法與概念引進文學雜誌」。這種說法我剛聽的時候很開心，可是事實上，我第一步要做的事情卻不是這個。我一開始想做的只是讓它變成一本「Guide Book」式的，擁有適當訓練的人員，經過嚴謹邏輯思考做出來的雜誌而已。非常基本。

高：但不可否認，你自己是個文學創作者，也做過國際時尚雜誌、娛樂雜誌的主管。這樣多重的、甚至有點不太同調性的工作經驗，和歷任的《聯合文學》總編輯應該有明顯差異，非常特別。你自己覺得這對你改版《聯合文學》的身分認同和實際工作上，有什麼困難或是幫助嗎？

王：這個倒是來之前就很清楚自己的角色定位。我知道「文學人」與「雜誌人」的不同，我想了個比喻，文學人就像一位優雅茶師，最厲害的就是自在地泡出好茶來請客人喝，那麼製作一組美麗又有高

6 **台灣文學刊物：**一九五〇年代之後，台灣的文學作品形成了主要發表在「報紙副刊」以及「文學雜誌」兩種刊物上的態勢，早期前者又比後者重要。主要的原因是，在戒嚴時期，報紙限定只能出版三大張，副刊即占有整份報紙三分之一的篇幅。同時，前兩張的政治、社會新聞在言論控制的環境下難有變化的空間，故副刊便成各家報紙增加銷量的「賣點」之所在。與雜誌相較，報紙每天出刊，版面大、讀者眾、又能持續經營累積影響力，故成為文學寫作者亟欲登上的園地，出色的副刊編輯因而也成為影響文學史的重

度功能性，符合茶師和客人喜愛的茶具，便是雜誌人的工作。既然來的目的是改版，那理所當然我得把雜誌人的身分放得重一些。我所面臨的困難主要有兩個，一個是我的同事們很少有做過其他類型雜誌的經驗，長期在文學刊物的圈子裡，人都很單純，不像我這麼邪惡又愛錢[7]，（笑）所以對我帶來的運作方式、思考邏輯和美學觀點並不了解，或者不知道該怎麼做，這方面我必須從基礎的ABC開始跟他們溝通、說服、練習。另外一個困難是，《聯合文學》本身在文學質素上當然沒問題——二十幾年來，它累積了那麼多作家、支持者——但它在某些方面看起來就不太像一本在市面上賣的雜誌。比如說，光是「如何處理廣告頁面[8]」，以前就會常常發生一個對頁的左右兩邊是兩個不同廠商廣告的情形。你不可能把CHANEL的廣告放在左邊、Gucci的廣告放右邊，然後你居然期待廣告主會付錢給你？或者左開雜誌的付費廣告應該落在右頁，卻一直被落在通常只有內廣或沒有付費的廣告，才有可能落的左頁，同樣的，你很難想像出錢的廣告主，願意他的行銷費用被這樣花掉。這些基本到不行的廣告頁問題，其實不僅跟服務廣告主有關，更重

要人物，如林海音、瘂弦、高信疆等人。但到了一九八〇年代末期，報紙副刊因「限張」與言論控制帶來的優勢不再，加之文字版面的縮減，文學雜誌逐漸取代了報紙副刊，成為最重要的文學作品發表、文學思潮介紹的陣地。《聯合文學》創刊於一九八七年，正是在這樣的脈絡底下逐漸成為台灣文學刊物中最有影響力的老牌雜誌。

7 **關於邪惡的錢**：根據長年擔任本土文學雜誌《台灣文藝》主編的小說家耆老鍾肇政的說法，這份創刊於一九六四年的重要刊物，平均的零售銷量是兩

要的是，胡亂配置的廣告頁會使雜誌的閱讀線變得雜亂無章，廣告主利益受損是一回事，讀者讀起來舒不舒服，決定了這本雜誌有沒有賣相。

高：你說到「閱讀線」的問題，在你就任《聯合文學》之前有一小段時間，確實沒有穩定的閱讀線。這一期和上一期，有時跳躍很大，每個單元的位置常常大幅度調動。

王：是啊，以前的《聯合文學》好像不太在乎「每一個單元應該依序出現在固定位置上」，甚至有同一個單元在同一期裡卻出現在兩個不同位置的狀況，真是不可思議啊，因此只好重新設計閱讀線[9]，一一把位置確定下來。這些並不是因為我是從時尚雜誌出身所以會這樣處理，這跟時不時尚一點關係也沒有，只是要使《聯合文學》成為「一本雜誌」的基本整理而已。但當然沒有想像中容易，除了必須指出問題，一一說服有習慣性做法的人員這樣不對之外，也得直接提出解決的方式，使得一切規劃變得簡單可行，像是只要使用單頁專欄做法，就能解決單頁廣告必須落第一台彩色頁，又不會出現廣告對廣告的情況。不過，重要的是，還必須告訴大家別擔心，

百到三百冊之間，贊助訂戶則在七百份左右；時代再往前推，日治時代的文學雜誌極盛時期，大約有兩千到三千份的發行量。與此相較，王聰威在《聯合文學》二〇一一年一月號的編輯室報告〈稍微煩惱一陣子〉提到的「訂戶成長一三〇%、『張愛玲學校』專輯再版兩萬冊」，這意味著文學的讀者與能量並非不存在，只是缺乏適當的方式引出來。

8 **如何處理廣告：**廣告作為雜誌的重要收入來源，其擺放位置與呈現效果非常重要，因為這事關廣告主會不會繼續投資。王聰威

反正怎麼改也不會壞掉啊！（笑）解決了這些基本問題，設法使《聯合文學》追上當下美學觀、邏輯性、合理化的閱讀方式，然後下一步我們才能想它如何成為一個有開放市場競爭力的雜誌？我們的專輯企劃、封面設計、品牌精神是什麼、目標讀者是誰等等，一一找到我們要的定位，這樣也才能來更往前一步，我們可以發揮到什麼地步？

高：文學其實是生活的一部分，閱讀應該像是喝咖啡看電影一樣日常。這是我認為文學可以有一般商業競爭力的主要想法。我記得，當時我們在「小說家讀者8P」[10]時期，意識到文壇好像一灘死水，文學雜誌本身就是在「撐」——撐住一個「文學是有價值的」的世紀末華麗景象。當然，這是一個很廣泛而且複雜的問題，包含了文學的目的或價值，在這裡無法妥當的溝通。但在這裡重要的問題是：文學雜誌是雜誌嗎？如果它是一本雜誌，它就具有廣義的媒體身分。媒體就應該要有自己的姿態以及立場——如果你是個媒體，信任你的讀者群在哪裡？報紙也好、刊物也好，都是建立在這個基礎之上。這也是為什麼廣告商會買單，因為你背後有一群信任你的「消費

曾在他處訪談提及幾個過去《聯合文學》時常忽略的基本原則：一、往左手邊翻動的雜誌必須將廣告落在右半邊那頁，這是因為人的視線比較容易在那個位置。二、同一個跨頁之間不可以出現兩個不同品牌的廣告。三、廣告主當然要求廣告頁必須是彩頁，而由於雜誌頁面是以「台」為單位（一台便是十六頁），同一台或半台的區塊之中，要不就是全部彩頁、要不就是全部黑白，加上雜誌前半的廣告效果較佳，因此受限於成本無法使用全彩印刷的文學雜誌，第一台往往就是配置大量廣告的彩頁。因應以上原則，改版後的

者」。如果文學雜誌沒有正視這件事情，它就會有危機浮現，沒有辦法跟上現代，成為一個可以在當下穩定經營的媒體。有一個前提，所有的雜誌媒體都有它自己的堅持，也就是有它自己的調子，也就是有它的偏頗與分眾個性。比如，當初我在《野葡萄文學誌》，背後也有一個小知堂文化的出版社，但為了盡可能維持一個雜誌媒體的客觀性，我們的書介並不只限於小知堂的書。而是所有的出版社全部都做，就是為了有一個比較開放的平台。就像現在《聯合文學》也不會排斥別的雜誌的作家來寫專欄。關於這樣的生態關係，現在擔任總編輯之後，有什麼看法？

王：不管怎麼說，文學雜誌面對的讀者永遠是「小市場成員」，也就是你會說的「分眾」，不過這個分眾數非常小，也無法期待擴張這個分眾數到多大，差不多可以算是祕密組織了。「小市場成員」願意持續支持，就表示他們已經是中重度讀者，也就是說，他們絕大部分不是會在理髮廳隨便翻翻的人，他們會真的去買、去訂閱或是特別到圖書館去看，跟一般流行雜誌的閱讀行為並不一樣。那麼實在沒有理由不把我們能給的東西盡可能給他們，儘管與一些「競媒原

《聯合文學》在彩頁以及廣告的運用上特別作了設計。細看近三年的《聯合文學》，第一台安排了數個單頁的彩頁專欄，每一個專欄都落在左頁對應一個右頁的廣告；接在這之後的是需要大量彩色照片的「當月作家」。到了第二台的末尾（也就是第三十三頁前後），最後的彩頁便留給隆重製作的本期封面專輯的刊頭。

9 **閱讀線：**「閱讀線」指的是一本雜誌編排文章的動線，它也會影響讀者的閱讀體驗。王聰威指出，之前《聯合文學》在閱讀線設定上最大的問題就是「沒有固定各欄目的位

則」有所牴觸，但在這一點上我倒是認為文學雜誌可以開放一些，我並非考慮《聯合文學》能不能做一個公正的文學平台，我反而認為雜誌愛怎麼做都行，理念上可以非常自私沒問題，我只是想這一行如此寂寞寒冷，對讀者和作者都是，好不容易保有一間屋子的我們，卻連門都不願意打開來，請朋友進來跟我們一起取暖，與其他朋友相見說話，也實在太不近人情。當然我們樂於讓不同出版社的作家登上我們的雜誌封面，也要有雅量讓我們的作家為別家雜誌撰稿。

高：我覺得在這裡我們碰觸到文學雜誌編輯術的核心，那就是我同意你說的，文學雜誌一方面必須要具備開放市場的競爭力，但另一方面還要保留文學雜誌跟其他生活雜誌截然不同之處，像是面對讀者與作者的姿態。問題是這兩方面某些部分是牴觸的，你剛也說了「競媒原則」有時就無法適用，你怎麼調適這兩者的衝突？

王：《聯合文學》早期其實有很多廣告收入，訂戶和零售數也多到嚇人，甚至不用依賴出版部門，光是賣雜誌就能支撐公司運作，像我這種錯過「文學是門好生意」的時光的傢伙，簡直無法想像。但當那個

置」。當讀者因為雜誌的某一個欄目（比如說某位名作家的專欄）而追讀雜誌的時候，若是閱讀線沒有固定下來，就會造成讀者在翻找文章時的阻力。因此，改版後的《聯合文學》把每一個欄位固定，以二〇一〇年十月號為例，雜誌的最前面是一系列較短的專欄、目錄；再來依次是編輯室報告、當月作家、專輯、全球文學快訊、聯文選書、特稿、較長的專欄、特稿、文學作品、表演藝術及其他文化介紹、廣編稿、下期預告、靈感角落。這一組結構在這一年的十二期裡，幾乎沒有變動，前後順序相同，每一區塊所占的頁

時期過去之後，或許大家對文學雜誌失去興趣、信心了，也就不太關心該怎麼做，所以你要是稍微觀察一下就會發現，跟那個黃金時代相較，現在許多文學刊物整體形象的改變幅度其實並不大，（可是文學書的設計卻改變很大！）大都還停留在比較「質樸」、「簡單」的做法，不用說，這樣的雜誌在一般市場上是缺乏競爭力的，結果「不在開放市場競爭」好像變成了一種優良傳統？（文學書卻競爭激烈！）我不知道我的想法是好是壞，我完全認為文學雜誌怎麼做都是「敝帚自珍」的雜誌，也就是一群認定彼此能心心相印的讀者、編輯、作家，三方所共同珍視的事物，沒有哪一方壓倒性地能夠支配哪一方，這是跟其他高度商業性質雜誌最大的不同，但並不因為這樣，文學雜誌就不能與其他流行雜誌在市場上一較高下，日本的*BRUTUS*與《達文西》都是次文化雜誌，但它們的銷售量、設計感都足以在正式商業場域中存活。台灣這兩年也有較好的例子，像是閱讀情報誌《雙河彎》以時下年輕人的流行主題結合文學閱讀，加上低價全彩的策略，進攻輕度與年齡層較低的讀者相當成功。別人都行，為什麼我不行？你看，我調適得還不錯吧！（笑）《聯合文學》

數、區塊內部的組成結構也不會有太大的改變。除了固定之外，整本雜誌還需要顧及到閱讀的節奏感，一般來說，文字較長、較艱澀、讀者閱讀負擔大者，節奏較「重」；反之為「輕」。編輯的大忌是將兩個「重」的區塊放在一起，要輕重相間才能給讀者喘息的空間。這也可以從上述各區塊的性質與所占的頁數看出來。

10 **小說家讀者8P**：二〇〇三年由六名小說家創立的文學團體，除了本文對談的王聰威、高翊峰兩位之外，還有許榮哲、李崇建、李志薔、甘耀明；隨後加入了伊格言、張耀改版一整年後，在二〇一一年結束時，博客來做了一個中文雜誌「年終暢銷排行榜」前四十名，《聯合文學》是裡面唯一的文學雜誌。你現在負責的 *FHM* 可能排在前五名左右，但我們好歹也排了個三十幾！（笑）無論如何，我們能夠一起在這份「會賣的」名單裡面，對我來說目的就算達到了。

只有《聯合文學》敢做的封面

高：就像你說的，這十多年來，其實是走到了「生活是門好生意」的美好時光。不過，我相信，這門生意，至少是紙本雜誌，也愈來愈有向下緩弱的波動。你說的博客來銷售數字的意義，對我來說很單純：它說明做為一個雜誌編輯，你需要對那些讀者消費群負責與思索。不過，《聯合文學》能以「文學雜誌」之姿，有如此的銷售成績，確實是亮眼的。我覺得可以聊聊你改變的編輯新策略？

王：一眼就看到有大改變的是封面吧。文學雜誌的封面向來比較素樸，沒有那麼強調設計創意，對讀者的刺激比較弱，這真的很不可思議，

仁，形成「8P」。小說家讀者 8P 主要的理念是以更富創意的活動形式來刺激已經僵化的傳統文學活動，並且主張更開放地面對純文學與大眾文學之間的鴻溝，因而引起不少爭議。雖然這個文學團體近年已經停止集體活動，但無論是王聰威在《聯合文學》改版的方向，或是高翊峰經營的《野葡萄》，都繼續帶有這個文學團體對文學該如何面對大眾、如何找到出路的思考特色。

文學書都已經做到那麼有設計感的地步了，可是文學雜誌卻停滯不前，跟其他類型的雜誌一比，好像是停留在古代似的，完全和當下的審美觀脫節。過去的《聯合文學》也是一樣，常常選張藝術畫作放上去就算了事，所以，我想第一個可以讓讀者重新發現它的方式，就是在封面上決勝負[11]。

做法有好幾種，比如像《達文西》或者過去《野葡萄文學誌》用明星當封面，這是一個好的策略，一下就能掌握一般人對名人熟悉的目光，我們的確有少部分期數是使用明星封面，但我們也採取了更多的美術形式：插畫、手寫字、素人或作家的棚拍、戶外攝影等等，我覺得有幾個最成功的例子，第一個當然是三一一期「張愛玲學校開學」，我們讓三位美麗的北一女校友，穿上原本的制服來拍攝封面，當時我還買了日本的街拍雜誌當參考。第二個是三二二期「同志文學專輯」以紀大偉老師做封面，這種作家影像的拍法和設計，我保證你從來沒在其他文學刊物見過，我參考了日本版GQ的影像風格，用在表情精準到位的紀大偉老師身上剛剛好。第三個就是我們二〇一二年做的三三二期「世界末日後唯一雜誌」專輯，是以

11 **封面**：文學雜誌的主題圍繞著文學作品，然而文學作品卻是一種必需深入細讀之後才能得到體驗的表達形式。因此，當文學雜誌被放置在書店平台上與其他雜誌一同競爭時，勢必需要面對「如何立刻抓住目光、引起讀者興趣」的問題。改版後的《聯合文學》利用封面圖像與專輯文案來面對這個問題：精緻的人像攝影（如二〇一〇年八月號的伊格言）、特殊的設計形式（如二〇一二年六月號的POP字體）、以及能立刻指出特點的一句口號文案（如二〇一〇年十二月號針對《挪威的森林》電影所下的文案：「我們的

POP海報的概念完成的，但仔細看就知道，裡面有很多創意的細節。開放預購本期雜誌的四十八小時之內，在臉書上有關這個封面的討論串，超過了一千則留言和三百則以上的分享轉貼，有些人或許只是喜歡設計、喜歡一點點藝文或甚至根本跟這一行無關的，只是聽朋友提過這個封面很有趣，連內容是什麼都不知道，就去買了雜誌，所以同樣在四十八小時之內，本期就成了博客來當週中文雜誌排行榜的第一名。後來我遇到很多美術設計跟我說，他們不敢相信有一個雜誌敢這麼做，這已經跟什麼類型的雜誌無關了，至少在封面設計方面，這就是一個有競爭力，能夠抓住讀者的做法。

高： 我覺得封面上還有另外一點值得說，那就是封面標文的落法。在那一段時期，《聯合文學》的封面標不一定能一眼看出本期重點，因為專輯和一般性文章的標題會交雜在一起，字級字型的選用沒有明顯的區別，用字風格也有點跳動，有時會有點雜亂，這應該也是封面改版的重點之一？

王： 我以前在 *marie claire* 是負責落封面標的，但是等到雜誌出來了，我都看不出來那些是我落的了，因為幾乎都被總編輯和社長改光了，

悲哀如今觸目可見。」）。

這種封面處理雜誌配合有明確核心的每一期雜誌內容，帶給讀者明確的意象與記憶點，因而能夠在書店之中凸出。

我落的標題十個大概有九個不會被採用。（笑）在*FHM*也是，我們呈上去的封面標，如果能被哲生看上一個的話，就開心的要命了，可以說封面標題簡直是總編輯和社長最大的權力展現，也是決定封面成敗的重點，因此大家都非常在乎。我給《聯合文學》規定的封面標原則是：首先一定要有一個清晰易懂的專輯名稱，而且要占據顯著位置，其次配合此專輯，一定要有一組能夠刺激讀者思考、感動、想像，而引發閱讀興趣的副標，然後一一放置專輯重點內容，最後再考慮是否放上一般性文章。因為《聯合文學》向來是以高度企劃性專輯取勝[12]的雜誌，封面標自然以凸出專輯內容為優先考量。過去並不是不知道，但我想不同之處在於我更想賣雜誌吧……所以會想「標題要怎麼落，讀者才會想買呢？」於是就使用了不同類型雜誌的落標法，比方說「直擊」、「史上首次」、「獨家」、「緊急出刊」[13]這樣的廣告式用語也敢放上去。又因為我們期封面設計差異很大，所以也會想「標題要怎麼配合封面才會在平台上吸引讀者呢？」美術與落標必須更緊密配合，封面標有時寫得簡單有時複雜，有時詩意有時俗氣，有時字數多排得很密，有時刻意減少字數，

12 **以作家為中心的專輯：**
王聰威在〈【雜誌總編說】聯合文學王聰威：文學雜誌也可以很米其林三星〉提到：「我覺得，不管什麼領域的雜誌，一定要帶讀者到現場，比如，時尚雜誌就要帶讀者到巴黎時尚週現場，而文學雜誌就要把讀者帶到作家身邊。」《聯合文學》在改版之後，絕大多數的專輯都以一名或一組作家為中心。這樣的專輯後面其實有一個不易察覺的觀念變化：它更看重讓讀者去認識作家這個人，而不是以作品為一切的核心。操作一個「人」會比操作一個「文本」更有故事、更有話題性，也就更能達到吸

排得疏朗一些，封面圖文這樣緊密的設計關係，大概是以前的文學雜誌比較少考慮的。

革命性的文學雜誌專輯企劃

高：你到任《聯合文學》之後我就一直在關注它，我覺得它的改變，勝出的原因就是兩個字：企劃。你把《聯合文學》帶向一個以企劃為主導的文學誌，以前的文學雜誌也有企劃，但不是這種邏輯下的企劃——我以為，是一個國際版生活雜誌的一種思維。你把它放到了文學這個領域。這裡產生的變化，恐怕是過去少見的，可否談談這方面的想法？

王：大家說我把時尚雜誌的東西引進來，乍聽之下好像雜誌變得文學的質地減低了，但其實你有沒有發現，改版後的《聯合文學》非常文學，就像回復最早期的《聯合文學》以重量感十足的文學性專輯為主的做法，另設計了一個「聯文講堂」來收納各式藝文報導、文化資訊等等，而使雜誌絕大部分內容都直接指向文學本身。那麼，要

引讀者進一步去閱讀文學作品的效果。

13
時間感與話題感：大量使用「直擊」、「史上首次」「獨家」、「緊急出刊」這類帶有新聞的時間感的文案，並非偶然。文學雜誌有別於一般的文學書籍之處在於，它是一個有時效性的、持續出刊的系列。王聰威指出，他希望每一期《聯合文學》出刊的時候，一方面能跟上最近最重要的文學話題，也希望能夠引領這一整個月的文學話題。因此，有時候會有極為「應景」的專題（如二〇一〇年十二月號的村上春樹），有時卻是台灣讀者較為陌生的、

是跟其他藝文有關的事情，覺得很有趣，無論如何也想做成專輯這麼複雜的話，那要怎麼辦呢[14]？三二三期「帝國的哀寫」是個很好的例子，那時候電影《賽德克．巴萊》非常紅，我就想我也要做啊，但是電影雜誌和各式各樣的刊物都做了，身為文學雜誌的我們要怎麼處理一部電影？我覺得這就是當編輯最有挑戰性和有樂趣之處。我們把電影主題擴張為「殖民地文學」，然後由各種角度與形式去執行，像是讓導演魏德聖和文學家陳芳明對談、找學者作家來談日本與原住民的文化觀點、有關霧社事件的文學專論、擴及日本亞洲殖民地的文學綜論，甚至登了中村地平的經典短篇小說〈霧之蕃社〉等等。我覺得這是《聯合文學》足以自豪的地方：我們充分展現了高度的專輯企劃能力，將一部熱門流行的商業電影轉換成具有深度文學意義的雜誌專輯。

高：將電影《賽德克．巴萊》轉換成文學專輯很不錯，是一種取材新鮮的方便做法。而且整個專輯讀起來很嚴肅，比較沉重一些，沒有那麼親近讀者的生活感。其實我覺得《聯合文學》最厲害的地方，是能把正統的文學題目轉換成有生活感的形式與內容，也就是我說的

但編輯部認為值得介紹的專題（如二〇一二年十月號的布魯諾．舒茲）。

14 **文化議題與文學刊物結合：**文學刊物「兼差」處理文化或其他藝術議題的習慣，亦是從報紙副刊開始建立的。在一九七〇到一九八〇年代之間，由高信疆主編的《中國時報》人間副刊和瘂弦主編的《聯合報》副刊是兩份最有影響力的副刊，兩刊互相競爭，不斷激盪出新的編輯方式與內容。「文化副刊」的概念就是在這樣的競爭中出現的，它把嚴肅的學術文化內容以及多元的藝術創作形式納入本來只以文學為主軸的副刊

「國際生活類型雜誌的思維」，讓文學雜誌產生新型態的變化。之於過去台灣的傳統文學雜誌來看，這是一種革命，也是一種反動。

王：我覺得最好的例子是剛剛提過的三一一期「張愛玲學校開學」。用張愛玲做文學刊物專輯是一個老哏，不知道被做過幾百次了，只要做了通常賣得不錯。但我們就是想，如何把這個老哏轉換成現代讀者會喜歡的新樣貌？包括我們封面的做法——可以這麼說，有誰看到封面那三個北一女學生，不會心動想打開雜誌來看呢？（笑）即使到現在，許多文學雜誌所謂的專輯企劃，仍然只是單純邀請幾個作家學者寫幾篇稿子，就組織起來了，沒有什麼形式上的變化。你可以想像，那樣的閱讀線就非常單調，嗯……但總不能說也就因此非常文學吧？因為出刊時間是在開學的九月，所以我們把「張愛玲」主題跟「學校」概念連結起來，然後將關於張愛玲的每一項知識，都轉換成一門一門的功課，另外還有朝會演講、人生年表與張迷測驗卷組合起來的課後輔導，並提供剛出版的《雷峯塔》選文做為獨家教材等形式……整個專輯就變成一個很完整、有趣，而且貼近生活感的企劃。我覺得有這種「轉變不同類型」和「把老題材翻新」，

之內。（與此相對的是，鍾肇政一九七八年主編的高雄《民眾副刊》繼續堅持以刊登文學作品為主力，反而形成了當時最大的文學發表版面之一，可反映出「文化副刊」做法之普及。）嗣後創刊的《聯合文學》和其他文學雜誌，在雜誌發展的過程中也承繼了這個做法，廣納各種文化與藝術議題。因此，王聰威堅持將主題設定在「文學」上，毋寧是一頗為「古典」的做法。

讓它們被讀者接受的能力，就是一個「編輯」在「雜誌」裡面應該要做到的事情。

高：另外，我覺得有趣的部分是，跟 *FHM* 這樣的雜誌比起來，《聯合文學》可以有一種彈性，容許它用一個大的專題，在每一期之間，透過對應的封面設計，展現全然不同的樣貌。在 *FHM* 裡面，可能只有類似「全球『性』普查」或者「全球百大性感女郎」這樣的年度大主題，能夠讓它脫離平常固定的欄目，去做出比較大的變化。你對此有什麼看法呢？

王：我們倒也有類似的「年度主題」做法，在我來之後，每年十二月號都會推出回顧一整年文學出版狀況的「嚴選文學．書與人」專輯。這種企劃在我到《聯合文學》時已經沒有人固定做了，以前好像《誠品好讀》會處理，其他文學刊物或副刊若有做，幅度也不會這麼廣泛。我們會評述當年度的焦點作家、挑出幾十本重要的文學作品，以及回顧當年熱門的文學現象、論戰、市場行銷等等，雖然聯合文學本身有大量的出版物，但在這個專輯裡不分出版社，只要是我們認為重要的事物就一律介紹。這東西一旦固定下來，就會成為《聯合文學》的特色之一，做久了，大家自然就會知道每年的十二月會是這個，所以就要看一下我的書有沒有被選上一類的。我覺得這就是雜誌的新風貌，除了單期改版之外，一整年也要有一個新節奏，《聯合文學》十一月一定是小說新人獎專號，十二月則一定是年度回顧。但我們保留了彈性，如果十二月有重要的事情要報導，可以做成雙專輯，比如像二〇一二年村上春樹，當然也照例很暢銷。

讓讀者看見作家應有的樣子

高：雖然你在前面說過，你對《聯合文學》改版的基礎，並不是「引入時尚雜誌到文學雜誌」裡，而是遵照雜誌的ABC來做而已。但在基礎的工作做完之後，每一年《聯合文學》都在設法進一步去出雜誌的微調變異。這方面我不得不說，仍是你從生活時尚雜誌學來的編輯術。比如，最後一頁的「靈感角落」單元的處理，我覺得就像是時尚雜誌最後一頁通常會有一個小專欄。*FHM* 現在的做法就是用一個性向測驗來做結尾，其實這種編輯術裡頭蘊含了許多邏輯與意義，不是嗎？

王：嗯……這算是被發現了嗎？你說的沒錯，「靈感角落」這個單元只有一頁，卻有很多想法在裡頭。它首先是個跟讀者分享作家私密空間與創作靈感的地方，為我們撰稿的作家幾乎都寫得非常動人，每一篇讀起來都像是傾訴心腸般的優美，你甚至會覺得彼此像是在競逐那文章的高度似的。這個專欄大受歡迎，很多人一拿到雜誌就是先翻到最後面讀，然後再看編輯室報告。（笑）其次你當然會希望你的雜誌能夠被從頭讀到尾，像吃魚一樣，連骨頭都挑乾淨一點都不浪費，所以就要確保雜誌從頭到尾都很精彩。這是為讀者負責，其實也就是對廣告主負責，除了封底與封底裡之外，你知道絕大部分的廣告主都會希望把自家廣告放在雜誌的前三分之一頁面，但是總會有些廣告被放在後頭，那麼編輯就要設法讓後頭的廣告是可能被閱讀到的。*GQ* 最後面都會放一個性愛問答專欄，這玩意兒死也會有人去看！（笑）*FHM* 很久以前好像是用「成人笑話」當結尾，女性雜誌除了特別設計的女性議題專欄之外，也常用星座或占卜單元做結尾。這些東西都是短小好看或實用性強，很容易形成讀者的閱讀習慣，這樣就能保證你的讀者，一定會翻到最後一頁。我覺得過去的文學雜誌比較不會去想像要怎麼讓每一個頁面都是有意義的？每一頁在什麼位置應該具備什麼功能性？為什麼在這邊而不是在那邊，為什麼在前面而不是在後面。你必須要讓單一頁面是有意義地來思考整本雜誌，對你的「容器」的每一處設計要很有把握，除了美之外，真正能發揮功能來承載你的內容，這也是我改版《聯合文學》很努力要達成的一件事情。呃……當然用講得很好聽，不過直到目前為止，還是個缺陷很多的容器就是了，一不小心就做歪掉了。

高：最後讓我們回到人的身上，畢竟一本雜誌的最終成敗，還是要依賴內容的提供者。在時尚雜誌的編輯術裡，我們常常會將這些contributer特別放在版權頁，甚或另開頁面加以介紹，以凸出做為內容提供者的重要性。但即使這樣，如何看待「內容提供者」這件事？對文學雜誌來說，其實是迥然不同的意義。

王：每次我看到時尚雜誌介紹contributer的頁面，我都覺得好羨慕喔，因為男的帥女的美，我也想要那樣帥氣地被介紹！不過，除了少數的contributer之外，時尚雜誌運用的作者都是「寫手」或「記者」，他們稿子來了編輯可以修改成雜誌要有的樣子，這在前面談過了，我們以前也都這樣被哲生改稿子。可是文學雜誌邀的都是「作家」或「學者」的稿子，你不可能動他們的東西。這中間的差別代表什麼意義呢？這代表文學雜誌服務的不只是讀者，還要服務作家。你不可能聽時尚雜誌說要服務寫手、記者，也沒有服務 contributer 這回事，但文學雜誌存在的意義有很大的部分就是服務寫作者本人。只是我們可以給寫作者什麼？我們已經給不起高昂稿費了，（笑）比起早年的 *FHM* 實在差太多了。我們最好的服務當然是刊出他們的作品，讓更多人去讀他們，也給他們最多的頁面訪問、最好的視覺呈現，因此在攝影的風格上就非常重要，把他們拍得漂漂亮亮、很有氣質或很帥氣，這就是對作家最好的服務啊！其他方面以前的文學雜誌都做得很厲害，但唯有在影像這點上，文學雜誌跟時尚雜誌或其他雜誌相比就偏弱許多，連什麼 contributer 的待遇都比較好啊。

高：我覺得從這一點上就可以看出你對《聯合文學》的改版，不只這樣，而是對編輯文學類型雜誌的整個態度，拋開剛剛談的那些編輯的技術性層面，這個態度我想跟你本人身為創作者脫不了關係，那就是：

身為創作者的你想要如何被對待，在文學這個場域裡。而你想要如何被對待這件私人之事，也就轉換成你的編輯術的最終核心：提升所有作家的價值感，是這樣嗎？

王：我想改版後的《聯合文學》是近年來採訪最多作家的雜誌，如果能像你說的那樣當然是最好的啊，可以提升作家的價值感。但你不覺得很難想像嗎？我們以前在拍明星的時候，絞盡腦汁要把他們拍得漂亮帥氣，絕對不會叫明星自己交個生活照，然後就放上封面，一定會動用最好的攝影師、最好的妝髮師和造型師。商業雜誌要拍郭台銘、張忠謀這類的企業家，或只是業務員也一樣，一定會慎重其事地執行。可是我們過去對作家卻很糟，時常只是請對方提供照片，很少有真正進攝影棚拍照的機會，編輯不會與攝影師討論範本，不會在意打光，更不可能有人告訴作家適合穿什麼衣物，或請造型師、妝髮師來協助等等。這些事其實跟是不是時尚雜誌無關，跟國外雜誌裡對待作家影像的豐富性與質感相較，我們長久以來實在太不在乎了。有人也許認為這是預算的問題，但我覺得重點不在這裡，我們可以沒有時尚雜誌那麼厲害，但是總不能弄得很醜——這中間的幅度仍然很大。老實說，在提升作家價值感這方面，我們還是遠遠做的不夠，但我來之後所設計的「當月作家」單元，可以給任何一本雜誌都不可能給的版面：整整六到八頁彩頁，四千多字訪問稿加上徹底執行的影像拍攝，（很抱歉，有好有壞）你不會在其他雜誌的每一期看到這樣的篇幅了，我相信這是身為文學刊物編輯的我們，可以給作家最好的禮物，而不是只會請客吃飯。這是我對「當月作家」這個單元的期待，至少，我希望至少我們做出來有個「作家的樣子」，對整本《聯合文學》來說，也做出來有個「雜誌的樣子」。

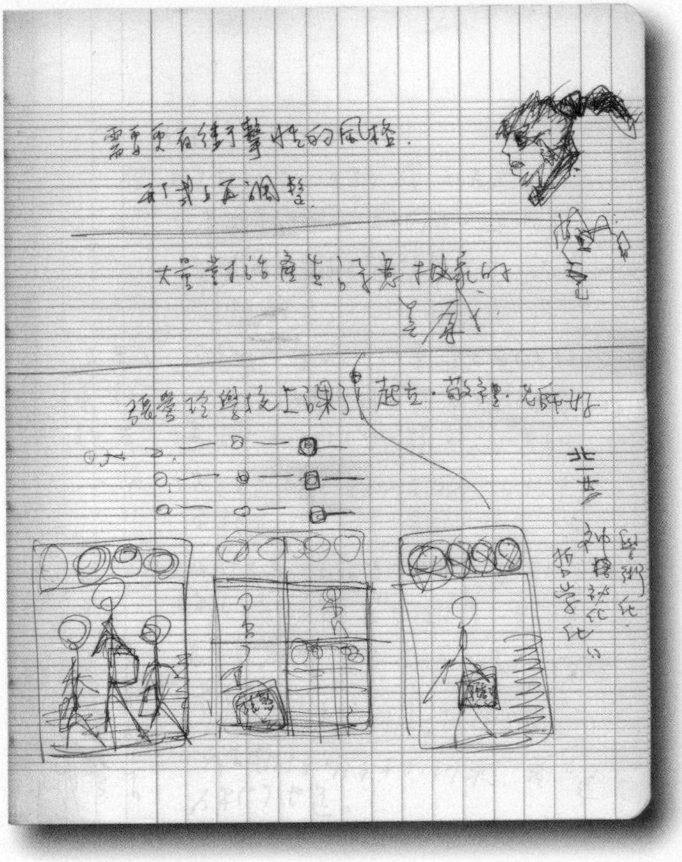

／附錄2

總編輯的祕密心事

——七封偽裝成「徵人啟事」的情書

這是二〇一二年我為了徵求新的編輯與美編寫的啟事，但寫著寫著，卻成了抒發自己編輯生活的心情記事。我也從許多回信裡，獲得回響和鼓勵，成了支持我繼續當一位編輯的能量。直到今天，我仍然會收到因為讀了這批文字而投來的應徵信。謝謝大家。

九月三日

這兩個月，我見了幾位願意來《聯合文學》雜誌工作的應徵者，但是很可惜，因為各式各樣的原因，有些是我這邊的，有些是對方那邊的，我們還沒遇見適合的伙伴。

雖然不能說沮喪，不過心裡還是會想，如果真的有所謂的雙面人生的話，「我會不會錄取我自己呢？」或者「我願不願意來這裡與我自己工作呢？」不用說，這麼胡思亂想當然沒有答案。真正的答案，還是需要另一人來完成。

如果你對文學有熱情，也樂於從事雜誌編輯的工作，（相當不簡單的工作）希望你能告訴我們，讓我們有機會跟你一起工作。請直接聯絡我，謝謝。請附履歷寄到：will.wang@udngroup.com。

九月四日

我的第一份正式工作是 *FHM* 雜誌的編輯，在整個編輯部裡是最小的職務，但卻要企劃題目、邀稿、編稿、催稿、跟英國本部聯絡、看打樣、看藍圖等等。現在想起來真不可思議，大家可能也不會相信吧，雖然每天忙得團團轉，也常得熬夜加班，但我居然一想到能夠早起上班，就興奮得發抖，下班回家前還會想明天要早點來公司。我喜歡當時一起工作的伙伴，喜歡自己正在做的事情，非常非常喜歡編輯這件事。

直到今天，我的工作性質有些不同了，卻還是最喜歡當編輯。當然，每個人有每個人的想法，甚至不需要對工作那麼興奮，也能把事情做得很棒。但是，能夠對喜歡的事情感到興奮，總是想一做再做，不是更好嗎？因為我是這麼想的，所以也希望能有一位這樣的工作同伴。如果你覺得來《聯合文學》當編輯，有可能變成這樣的人的話，請直接跟我聯絡：will.wang@udngroup.com。

九月五日

在職場裡，無論是自己犯了錯或是被誤解了而被主管責備，都是件令人沮喪難過的事情，但還有許多事比這件事更令人難過。

我在 *marie claire* 雜誌工作時，有一次社長親自交代我執行一個頂級時尚品牌的廣編專案，這案子有些複雜，必須跟廣告部合作，耗時數月，當然收益也相當可觀。最後，我做出來的東西只能以慘不忍睹來形容，只好全部撤掉，換人重做。

社長將我和廣告部的最高階主管叫進她的辦公室，非常生氣地痛斥了廣告部的主管一頓，認為她沒負責好這個案子。但對我，卻一句苛責的話也沒說。沒有任何藉口地做壞了案子，卻完全沒有挨罵，但這或許是我工作以來，最傷心難過的時刻。我猜想，社長只是認為：「原來啊，他不夠資格，也沒有能力負擔這個責任。」

從此之後，我不曾遺忘此事，像是隨時提醒我的警句：「我曾讓人如此失望。」

這位我真心信賴，甚至希望自己能變成像她那樣子的編輯的長官，去中國工作數年，早已失了聯絡，但我想像她若記起此事，而現在願意痛罵我一次的話，我應該會非常開心。

文學本身具有強大的包容力與廣闊的諒解，然而作為一種現實生活中的行業，從業者就必須有該負的責任，該得的好處與該挨的罵。

跟臉書上的「善良」形象不同，我在工作時有些內向嚴肅，也不太擅長誇獎同事，但如果你願意來《聯合文學》雜誌擔任編輯工作，我很樂意與你分享這責任、好處與挨罵是什麼，以及我們要如何不使他人失望。請直接聯絡我：will.wang@udngroup.com。

九月七日

幾天來收到許多應徵信函，謝謝大家願意來《聯合文學》工作。

在這些信裡，許多人告訴我，你們是讀了我所寫的徵人啟事，受到了鼓舞與感動，才投了履歷，寫了信。但是你們並不知道，真正被鼓舞與感動的是我。

有多少封信是這麼寫的：「我知道我沒有資格應徵編輯，但如果有助理、實習生、工讀生的任何機會時，請告訴我。」這些信的主人，有些是剛唸大學、研究所的孩子，有些則是從事完全不同行業的朋友，寧願放棄熟悉的領域，投入原本不抱期望的文學工作。

一位上海復旦大學的四年級生，告訴我，她願意無償為這本雜誌撰稿。

一位已在其他出版社擔任編輯，原本覺得生活百無聊賴的年輕人，決定更加珍惜現有的機會，全心認真投入工作。

在這許多信裡，來或不來已經不是重點，而更像是我們「得知」了對方的心意。

我一邊讀這些「偽裝」成求職信的「情書」，告訴我你們有多捨不得文學，一邊從你們那邊重新獲得支撐下去的能量。

因為這個編輯的名額，目前只有一個，我必然將和絕大部分寫信來的人，錯過彼此。雖然遺憾，但我希望彼此傳送給對方的理解與心情，能夠溫暖地保留更長的時光。但如果你還願意試試的話，請你聯絡我：will.wang@udngroup.com。

九月十八日

不久前，我在臉書上應徵《聯合文學》雜誌編輯，謝謝大家投來的消息，或者撥冗來與我見面，沒辦法一一回覆道謝，很抱歉。但是要向大家報告，也就是透過臉書，我們得到了一位很棒的女孩。她正在努力工作著，還要忍受我嚴肅的脾氣。

這一次，我們想為《聯合文學》雜誌找一位「美術編輯」。

在我們這三年多的改版歷程裡，你可以一眼看見的，就是雜誌封面變得跟過去截然不同。我們試著將文學雜誌的封面，當成可以發揮美術創意的作品，而不是單純地放張圖像或插圖，再配上文字而已。所以，我想你永遠會記得，我們曾經讓整個封面充滿手寫字，像張手工大字報。你也會記得，我們將紀大偉拍得跟小勞勃道尼一樣帥氣，還大剌剌地把專輯名稱打在他漂亮的額頭上。這當然都是我們美術編輯林佳瑩的功勞，現在我們需要一位同樣這麼棒的美術編輯。

與文字編輯不同，美術編輯在工具技術面上的要求相當高，所以，以下是幾個條件，請你參考。

1. 需要非常熟練 InDesign、Illustrator、Photoshop。
2. 需要一般水準以上的攝影與插畫能力。
3. 真的要非常熱愛雜誌設計。我說的熱愛是指：你隨時懷抱著《聯合文學》將有另一種視覺面貌，而且你可以完成。
4. 你覺得文學有趣得不得了。

很抱歉有這些條件限制。同樣的，若是你願意與我們一起工作的話，請將履歷以及各類作品（無論雜誌或書封設計等）寄來我的信箱：will.wang@udngroup.com，謝謝。

十月十九日

昨天寫了應徵《聯合文學》雜誌美術編輯的短文之後，被一位資深美編好友唸了一頓。說是應徵美編就應徵美編，幹嘛把條件寫得一副像是要找人來開太空梭那般嚴重，你付得起NASA的薪水嗎？

我仔細反省了一下，好友說的有道理，大概是我被現任美編林佳瑩寵壞了，因為她就是什麼都會啊，一位年紀輕輕的女孩，這幾年來成長得那麼快速，從完全沒做過雜誌到現在，變得可以獨當一面了，而且那麼包容我的種種無聊想法。

我假想你們沒跟美術編輯工作的經驗，所以無法想像，像我這種在雜誌裡做文字編輯和執行編輯出身的人，跟美編之間總有說不完的愛恨情仇，我想幾乎沒有一個文編不曾跟美編痛心疾首地摔桌子吵架，但卻又得很快地收拾心情密切合作，在最後的時刻把稿子做出來。對文編來說，能夠跟一個適合自己的美編一起工作，簡直就像找到一個人生好伴侶。反過來從美編這方面來說，應該也是如此，不必忍耐一個沒有美感品味的文編，是最幸福的事情。

所以請別被這些條件給阻止了，如果你喜歡文學出版，也熱愛雜誌設計這件事，甚至你沒做過雜誌，空有一身好本領想找個什麼來試試，我都希望你能告訴我們，讓我們有機會跟你見面，最後能一起工作和吵架。請直接聯絡我：will.wang@udngroup.com，

十月三十一日

這一個星期，和一些應徵美術編輯的朋友見了面，但還沒辦法下定決心，也怕不適合的工作型態耽誤了人家，所以想再問問，是否還有朋友願意來試試當《聯合文學》雜誌編輯呢？

其實這一星期，正是雜誌截稿最忙碌的時候，必須要和應徵者見面，但一有空檔就坐在美編的旁邊，討論這期雜誌封面要怎麼做。不知道為什麼，這一期的封面一直難產，大概是因為專輯是「小說新人獎」的關係，沒有明確的主題，美編佳瑩一直做不出來我想要的樣子，我則也說不清楚我想要的樣子，我和她，加上新來的文編明珠，三個人只好坐在

她的 mac 電腦前，東改改西改改，換換顏色，變變字體，有一搭沒一搭地瞎扯，說些：「這看起來好像捐血廣告喔！」的廢話。

桌上有一盒佳瑩買的 QQ 熊軟糖，這是她的最愛，我一邊說：「這種可愛軟糖都是用要丟掉的噁心豬皮做的耶。」然後一邊忍不住一顆接一顆吃。佳瑩說：「你是不是一焦慮就會一直吃東西啊……」呃，我想是的，不然怎麼會一直沒法減肥成功。吃完 QQ 熊軟糖之後，又開始吃維他命 C 片，反正捉到什麼就吃什麼。

最後封面當然是做出來了。雖然過程有些苦惱，但我卻喜歡並享受這樣的過程。這本來就是一本小而親密的雜誌，內容本身是這樣子，完成的方式也是這樣子，反正再怎麼做也不必擔心會影響國家大事或世界經濟，在這樣與美編、文編親密說話、發表空想、胡亂瞎聊的過程裡，我們得以將文學的溫度編織到雜誌裡去，成為一本我們共同喜愛的刊物。

我很想認識也想要如此工作的美術編輯，如果你是這樣的人，也很願意來《聯合文學》雜誌擔任美術編輯，請你直接跟我聯絡：will.wang@udngroup.com，

／後記

文學人或雜誌人？

我唸國中時便立志要當文學作家，從來沒想過當編輯，不像許多前輩一樣，早在各階段的校刊社就有頗多磨練，學生時代的我唯一編過的東西，是用幾張白報紙釘起來的社團迎新文藝營分組通訊錄。（內容全部是我自己手寫的）

不過雖然學生時代熱心寫作，也有點像是晨間露水般的名氣，可是出了社會之後很長的一段時間，什麼進展也沒有，我對自己的寫作人生幾乎感到絕望。相反的，卻有幸參加了男性雜誌 *FHM* 的創刊，我大約是 *FHM* 初期三年寫過最多各式人物、明星採訪與大型專題的寫手，光為這刊物寫稿子，便足以支撐我的簡單生活。後來，當時的主編，早逝的小說家袁哲生問我，是否有興趣進 *FHM* 當編輯？我想也不想就答應了，當時給我的薪水，甚至還低於我一個月能領到的稿費。

我的編輯生涯從此展開，也去了不同的雜誌任職：像是在最激烈的國際版女性時尚雜誌編輯台、報導部門工作，參與國際版男性雜誌、娛樂周刊的創刊、改版等等，特別辛苦的幾年裡，平均一天只能睡四小時，乍聽之下好像很厲害，其實同事之間都差不多。在這段期間裡，與其說對任職的雜誌有什麼貢獻，不如說幸好沒搞砸太多東西，但是不幸的，有一兩次還是跟老闆不歡而散，最後下來，在我的寫作人生看得見光明未來之前，反而是在雜誌編輯方面學到不少硬碰硬的經驗，總算沒浪費掉大把時間。

不知道是好還是壞，我來《聯合文學》工作時，把自己當成雜誌人多一些，文學人少一些，那麼這兩者的差別是什麼呢？我覺得文學人就像一位優雅的茶師，懂得挑選茶葉、泉水、炭火，對泡茶這件事有其獨特技巧、品味與理想性的願望。也因此，他這邊必定需要一組足以匹配其技巧、品味與理想性的茶具，才能泡出他認為可以奉給客人的好茶，而接受招待的客人這邊則能夠好端好入喉，舒適地聞香品茗，完全將茶師的心意深深地吸收到感官與心靈之中，那麼如何製作一組兼具美麗外型與功能充足，符合兩邊喜愛的茶具，便是雜誌人的工作。

每個文學雜誌的編輯都身兼文學人與雜誌人雙重身分，但這兩者都需要心神敏銳地處理高度專業性的事務，所以一定會有氣質與技術是否符合的問題，在這方面確實無法強求，若這雙重身分沒辦法彼此信任，互相欣賞，而勉強一起工作的話，讀者一定會感受到編出來的東西，其中有難以忍受但無法說清楚的不平衡感。

我自己是這樣想自己的：因為我來《聯合文學》被賦予的第一項任務就是雜誌改版，也就是說有個明確的製作一組新茶具的新目標，所以我無疑是將雜誌人的身分施展得鮮明一些。如今許多人都已經感受到《聯合文學》改變的幅度之大，讓文學雜誌呈現了完全不同的面貌，在通路販售與訂戶上也反映了實績，大家會說，這是因為我把時尚雜誌的做法引進了文學雜誌才得到的結果。一開始聽這樣的說法，雖然有點開心，但其實引入時尚雜誌的編輯概念與形式並不是身為雜誌人的我最初想到的事情，我最初想的只是二十幾年歷史的《聯合文學》如何能在面臨普遍雜誌銷量下降與文學市場萎縮的雙重寒冬中，仍然可以是一本讀者會樂於從通路平台拿起來考慮買不買的雜誌。而我所發揮擅長的編輯術，也不過是使其追上當下美學觀、邏輯性、合理化的閱讀方式，也就是讓《聯合文學》變成具有一般開放市場競爭力的刊物。至少在這一點，我們的改版算是有些許的成功，二〇一一年博客來網路書店的年終排行榜中，《聯合文學》是唯一打進中文雜誌暢銷榜前四十名的文學雜誌。

《聯合文學》的改版對我以及我的同仁來說，是一次嘗試嶄新的文學雜誌編輯術與挑戰創意發想的歷程，必須感謝這幾年來與我一起做事的編輯鄭順聰、陳維信、黃崇凱、果明珠、葉佳怡，美編林佳瑩、陳怡絜，以及始終耐心協助我們提升影像創意的外聘攝影師河尚、陳至凡與小路。另外，也要謝謝負責雜誌行銷的李文吉、劉秀珍與紀竺君，負責廣告活動的周玉卿，雖然這本書裡比較少談到，但這幾年我們共同決定採取新的行銷廣告手法，也使得銷售量較我來之前頗有成長。事實上，完全改版後的第二年訂戶即成長了百分之一百三十，網路銷售則成長了十倍以上。

也謝謝《聯合文學》的創辦人與前發行人張寶琴女士放手讓我去做一些從來沒人敢做，甚至敢想的事……像是讓《聯合文學》的標誌從封面消失掉。我有時甚至懷疑，她這樣的包容與勇氣從何而來？要是我自己出錢做一本雜誌，也敢這樣放手給一個毛頭小子去做嗎？跟我過去的不幸經驗，（還有最近朋友的不幸經驗）相較，我想沒什麼人比她更能忍受這一行的種種挫折，並且慷慨。

最後不用說，最要感謝的是作家這邊和讀者這邊。在這改版紛亂不穩定的階段，有這麼多作家、學者、特派員願意持續地提供我們最佳的文章，也願意讓我們拍攝他們可能從來沒試過的影像，配合我們邀稿時的諸多請求，容忍我們的失誤，並放手讓我們編輯他們的作品，沒有他們百分百的信任，這次的改版歷程是絕對不可能成功的。

至於讀者這邊，如果您讀了書前的自序，您就知道，這本敝帚自珍般地改版的文學雜誌，正因為有您的光臨，才足以稱之為我們的家。

編輯樣

2014年1月初版　　定價：新臺幣430元

著　　者　王　聰　威
發 行 人　林　載　爵

出　版　者　聯經出版事業股份有限公司
地　　　址　台北市基隆路一段180號4樓
編輯部地址　台北市基隆路一段180號4樓
叢書主編電話　(02)87876242轉221
台北聯經書房：台北市新生南路三段94號
電　　　話：(02)23620308
台中分公司：台中市北區崇德路一段198號
暨門市電話：(04)22312023&22302425
台中電子信箱　e-mail：linking2@ms42.hinet.net
郵政劃撥帳戶第0100559-3號
郵撥電話：(02)23620308
印　刷　者　文聯彩色製版印刷有限公司
總　經　銷　聯合發行股份有限公司
發　行　所：台北縣新店市寶橋路235巷6弄6號2樓
電　　　話：(02)29178022

叢書主編　林　芳　瑜
叢書編輯　楊　玉　鳳
內頁設計　劉　亭　麟
封面設計　聶　永　真

行政院新聞局出版事業登記證局版臺業字第0130號

本書如有缺頁，破損，倒裝請寄回聯經忠孝門市更換。　ISBN　978-957-08-4335-4 (平裝)
聯經網址：www.linkingbooks.com.tw
電子信箱：linking@udngroup.com

國家圖書館出版品預行編目資料

編輯樣/王聰威著．初版．臺北市．聯經．2014年
1月（民103年）．296面．15.5×22公分
ISBN 978-957-08-4335-4（平裝）

1.雜誌編輯

893 102027921